Leigh Howard
y el Misterio
de la Mansión
Simmons-Pierce

LEIGH HOWARD
Y EL MISTERIO
DE LA MANSIÓN
SIMMONS-PIERCE

SHAWN M. WARNER

Traducción de Raúl Silva y Alicia Reardon

HarperCollins *Español*

LEIGH HOWARD Y EL MISTERIO DE LA MANSIÓN SIMMONS-PIERCE. Copyright © 2022 de Shawn M. Warner. Todos los derechos reservados. Impreso en los Estados Unidos de América. Ninguna sección de este libro podrá ser utilizada ni reproducida bajo ningún concepto sin autorización previa y por escrito, salvo citas breves para artículos y reseñas en revistas. Para más información, póngase en contacto con HarperCollins Publishers, 195 Broadway, New York, NY 10007.

Los libros de HarperCollins Español pueden ser adquiridos con fines educativos, empresariales o promocionales. Para más información, envíe un correo electrónico a SPsales@harpercollins.com.

Título original: *Leigh Howard and the Ghosts of Simmons-Pierce Manor*

Publicado en inglés por Black Rose Writing en los Estados Unidos de América en 2022.

PRIMERA EDICIÓN EN ESPAÑOL, 2024

Traducción: Raúl Silva y Alicia Reardon

Diseño: Yvonne Chan

Fondo decorativo de la portada © iuneWind/stock.adobe.com

Este libro ha sido debidamente catalogado en la Biblioteca del Congreso de los Estados Unidos.

ISBN 978-0-06-339031-7

24 25 26 27 28   HDC   10 9 8 7 6 5 4 3 2 1

PARA LIZETTE,

quien me dio la libertad para soñar, la valentía
para intentarlo y la inspiración para luchar siempre
por la mejor versión posible de mí mismo

LEIGH HOWARD
Y EL MISTERIO
DE LA MANSIÓN
SIMMONS-PIERCE

CAPÍTULO UNO

Leigh se sentía como perro callejero rescatado de una perrera, a punto de desfilar ante sus nuevos dueños. Unos minutos antes, la limusina en la que viajaba había atravesado algo que ella solo podía describir como la pesada reja de entrada a un castillo medieval. Cuando pasaba por debajo de sus arcos, echó un vistazo a la torre de vigilancia y observó los rifles alineados en las paredes. Se volteó en el asiento para mirar por la ventanilla trasera; los guardias estaban cerrando las puertas de hierro por las que acababa de pasar. En lugar de portar espadas y vestir la cota de malla, estos hombres llevaban trajes caros y tenían armas ocultas cuyos bultos sobresalían por debajo de sus chaquetas.

Se dio vuelta y miró hacia adelante. Su padre había sido policía, y gracias a él sabía más sobre armas de fuego que la mayoría de los adultos. En varias ocasiones la había llevado al campo de tiro y sabía que tenía muy buena puntería. Sin embargo, ver tantas armas en un solo lugar le provocaba pánico y le cortaba la respiración. Levantó la vista y vio su imagen en el espejo retrovisor de la limusina, se estaba mordisqueando la uña del pulgar. Cerró la mano en un puño y la dejó caer sobre su regazo.

La gran máquina negra había tardado cinco minutos en recorrer

1

la distancia desde el portón hasta la mansión, a una velocidad constante de cincuenta kilómetros por hora. Ella se había fijado en el velocímetro e hizo las cuentas: cincuenta kilómetros en sesenta minutos equivalían a ochocientos metros por minuto. Cinco minutos equivalían a cuatro mil metros. El camino de entrada a la casa, si es que así lo llamaba gente como los Simmons-Pierce, medía casi cinco kilómetros.

Ahora, parada frente a su nueva familia, esperaba su veredicto. Ella se daba cuenta de la incertidumbre e inquietud que transmitían los ojos que la miraban. Se quedaron viendo su largo flequillo negro, que pendía muy por encima de sus ojos, en un enmarañado revoltijo que se alargaba delante de las orejas y se iba estrechando hacia la nuca. No le ayudaba la falta de maquillaje y esmalte de uñas. En realidad, se podría decir que no tenía uñas, pues se las mordía hasta que le dolía el alma.

Con sus jeans agujereados y una sudadera holgada con capucha, teñida con anudados, se imaginó a su primo Tristin Simmons, a su mujer Peg y a su hija Myra preguntándose en silencio: «¿Morderá los muebles o se meará en las alfombras?».

Leigh no se atrevía a mirarlos a los ojos. Las mejillas le ardían de vergüenza y se quedó viendo los garabatos de tinta azul que había dibujado en la punta de sus tenis rojos de lona.

—No sabe cuánto le agradezco que me haya aceptado, señora Simmons —murmuró, tratando de romper el silencio y desviar su atención.

—Por favor —musitó la señora de la mansión—, llámame tía Peggy. O simplemente Peg, si lo prefieres.

Leigh dirigió su mirada hacia el castillo que tenía enfrente. Para ella, la casa era eso. Enorme y antigua. Construida con grandísimos bloques grises en los que brillaban diminutas piedras incrustadas como cristales rotos en una zanja. Durante dos siglos, quizá más, la hiedra verde había asediado aquellos muros, pero aún no llegaba ni a la mitad de la superficie.

Tristin se acercó a su lado para compartir la vista.

—Impresionante, ¿verdad? El hogar ancestral de la familia Simmons-Pierce. —Hizo un efusivo gesto de orgullo—. Esta casa ha sido uno de los principales escenarios históricos de Estados Unidos. Aquí los presidentes han firmado tratados. Los generales idearon planes de batalla. Los espías conspiraron y los filántropos bailaron. Esta casa no es un monumento histórico. Es la historia.

—Papá, este no es momento para eso. Estoy segura de que a Leigh le interesa más su futuro que el pasado de nuestra casa.

Leigh se dio la vuelta y le sonrió a Myra Simmons. La prima Myra.

Todos eran primos. Myra, Peg y Tristin. Primos muy lejanos. El lado cínico de Leigh (el único que tenía) le decía que Peg y Tristin habían adoptado los títulos de «tía» y «tío» para dejar en claro que ellos eran los que mandaban. Que se haría lo que ellos quisieran.

Leigh mantuvo firme su sonrisa. No le importaban. Ni ellos ni ninguna otra cosa.

Para llegar allí tuvo que convencer a los psiquiatras de que no atentaría contra su vida. Eso era lo suficientemente cierto, una verdad frágil que el peso de una pestaña al caer podría hacer añicos. Esta noche o mañana, en algún momento de la próxima semana, o con el paso del tiempo, volvería a tratar de suicidarse.

«¿Y mientras tanto? No dejes de sonreír», se dijo Leigh a sí misma al tiempo que dirigía su falsa sonrisa a Myra.

Con diecinueve años, Myra era tres años mayor que ella. Vestía unos pantalones de mezclilla demasiado caros como para llamarlos jeans y un suéter de maltrecho aspecto que contradecía su precio elevado. Su cabello y sus uñas estaban arreglados con mucho cuidado para hacer que luciera como todas las personas. Leigh calculaba que, sin problema, Myra Simmons se había gastado unos mil dólares en conseguir un aspecto increíblemente común.

—¿Ves aquella ventana? —le preguntó Myra, señalando la torre que Leigh y Tristin habían estado admirando—. La tercera hacia arriba. Es la única habitación de ese piso y será la tuya.

Se inclinó, como si fuera a compartir un secreto, pero habló lo bastante alto para que todos la oyeran:

—A mi modo de ver, es la mejor habitación de la casa.

—¿Y eso por qué? —preguntó Leigh con desgano.

—¡Por los fantasmas!

El corazón de Leigh se aceleró, su interés había aumentado en un setenta y cinco por ciento.

—¿Fantasmas? ¡Genial! —Myra se echó a reír.

—Myra —la regañó Peg—, no le llenes la cabeza con esas tonterías. Lo siento, Leigh —continuó Peg—. Pasa demasiado tiempo frente a la tele.

—Y muy poco tiempo delante de sus libros de texto —añadió Tristin—. Eso no te va a servir cuando empieces la universidad en otoño.

Peg dijo en tono de queja:

—Myra, ¿por qué no llevas a Leigh a su habitación antes de que terminemos hablando de lo mismo? La cena estará lista en veinte minutos.

—Claro —dijo Myra, y miró por encima del hombro de su madre mientras arqueaba las cejas y fruncía con picardía los labios para decir—: te quiero, papá.

Tristin sonrió, suspiró y, moviendo la cabeza con un gesto de derrota, le dijo:

—Yo también te quiero.

Myra levantó la maleta del suelo y le indicó el camino hacia el interior. Cumpliendo su papel de sabueso leal, Leigh tomó su bolsón y la obedeció.

Dentro, la mansión estaba sellada con paneles de madera oscura. Los ojos de Leigh se abrieron de par en par al ver tantos retratos colgados en las paredes. Algunos paisajes rellenaban los pocos huecos que quedaban entre retrato y retrato.

Se asomó hacia un lado y echó un vistazo al salón contiguo. Al igual que el vestíbulo, también estaba lleno de cuadros.

Jadeando, Leigh dejó caer su bolsón al suelo. Corrió hacia el interior de la habitación, sintiendo que su corazón latía con una esperanza absurda. Ignoró todos los demás retratos y se colocó frente al cuadro de una mujer que colgaba cerca de la ventana.

La luz del sol brillaba en el marco revestido de oro y, como un halo, rodeaba el cuadro. La mujer del retrato llevaba un vestido azul abombado de estilo antiguo. Tenía el pelo rizado y castaño, y un rostro amable y sonriente.

Myra se acercó a su lado.

—Leigh, ¿qué ocurre?

—Esta mujer —le dijo Leigh, señalando el cuadro—, ¿quién es?

Rebecca Florence Pierce. Murió a principios del siglo xviii. ¿Por qué?

Leigh buscó en su sudadera teñida, metió la mano en un bolsillo oculto y sacó una fotografía que le entregó a Myra diciendo:

—Ésta es... era... mi madre.

Myra estudió la foto por un momento y la comparó con el cuadro.

—Gracias —le dijo Myra al devolvérsela—. No te quería preguntar, al menos no directamente, cuál era tu relación familiar con nosotros. La respuesta tendría que ver con tus padres, y esos detalles son íntimos. Tú los compartirás cuando estés lista, no tengo derecho a pedírtelos.

Leigh observó a Myra tratando de saber cómo era la persona detrás de esa lujosa apariencia.

Myra estaba respetando su intimidad, aunque le era tan desconocida como cualquier mendigo de la calle. Leigh dedujo que Myra acostumbraba a respetar siempre a todos.

Leigh no estaba segura de cuánto tiempo se quedaría en la mansión Simmons-Pierce. No sabía cuánto tiempo seguiría viva. No quería hacer amigos, pero eso no significaba que tuviera que hacer enemigos.

—Está bien —le dijo Leigh—. Al menos tuviste la consideración de no preguntar. La mayoría no la tiene. Tal vez crean que su curiosidad me obliga a darles una explicación.

Leigh se sonrojó y se miró los tenis. Sin pensarlo, se tapó las cicatrices de sus muñecas con las mangas de la sudadera y las sostuvo apretándolas con las yemas de sus dedos, con tanta fuerza que los nudillos se le pusieron blancos. «Como si les debiera una explicación sobre todo eso».

Myra parpadeó y de cada uno de sus ojos brotó una lágrima.

Leigh apretó la mandíbula. Odiaba que la gente sintiera lástima por ella. Es más, detestaba que intentaran consolarla. Todo eso demostraba que su dolor les incomodaba y que lo que en realidad querían era sentirse mejor.

Myra era distinta. Ella no haría nada de eso. La dejaba ser y compartía su tristeza lo mejor que podía, sin negar que esa tristeza estaba ahí como una mancha fea en una alfombra. Tampoco pretendía borrarla, eso habría sido peor: borrarla a ella. El sufrimiento formaba parte de su personalidad y Myra no estaba tratando de cambiarlo.

—Vamos —le dijo, como si intuyera los pensamientos sombríos de Leigh—. A lo mejor esto te va a gustar.

—Lo dudo —murmuró Leigh, mientras seguía a su prima fuera de la habitación.

Atravesaron de nuevo el vestíbulo y entraron en la biblioteca, ubicada justo enfrente del salón donde colgaba el retrato de Rebecca Pierce.

La biblioteca no lucía tantos cuadros como la sala de estar. En su lugar, había enormes estantes de libros que ocupaban la pared. Los pocos retratos que colgaban de los paneles estaban agrupados alrededor de otro gigante sobre la repisa de la chimenea.

La pintura representaba a un anciano de aspecto severo, con barba y sin bigote. Estaba sentado en una silla y detrás de él, en el extremo izquierdo y casi fuera del cuadro, había un sirviente asiático. El rostro del hombre sentado no daba ningún indicio de calidez y sus ojos penetrantes, que miraban fijamente la habitación por detrás de unas cejas que parecían setos grises, hicieron que Leigh sintiera que estaba observando cada uno de sus movimientos.

—Estos dos —dijo Myra, señalando un cuadro mucho más pequeño y alegre— son los gemelos Christian y Corinne Pierce. Eran los hijos de Rebecca.

Leigh parpadeó para quitarse de encima el efecto de esa mirada del anciano en el cuadro. Paralizada por el asombro, analizó a la pareja que Myra le señalaba. Corinne se parecía a su madre más que Rebecca. Los hombros de Leigh se tensaron y un escalofrío recorrió su columna. Encontrar tanto de su madre, y de ella misma, en los rostros de quienes habían muerto hacía mucho tiempo era una sensación morbosa y espeluznante que no estaba preparada para aceptar.

Myra señaló al hombre del cuadro:

—Nuestro primo Christian iba a heredar el negocio familiar. Hasta que eso ocurriera, resolvió pasar al menos un año en cada puerto donde nuestra empresa tuviera oficinas. Corinne decidió acompañarlo durante el año que pensaba pasar en las Antillas Británicas. Como era una joven de esa época, tenía aún menos ocupaciones que su hermano. —Myra se rio de su propio chiste. Leigh sonrió sin ganas—. Mientras estuvo allí conoció a Monroe.

Myra hizo una pausa, esperando a que Leigh hiciera la pregunta obligada.

Leigh le siguió el juego.

—¿Quién era Monroe?

—¡Era un agricultor de caña de azúcar! Ni siquiera lo bastante rico como para afirmar que fuera propietario de una plantación. Era solo un mísero agricultor.

—Apuesto a que eso le gustó a la gente de esta casa —dijo Leigh.

—No —dijo Myra con seguridad—. Es más, Monroe era nativo y era negro. Hoy en día, eso no importaría mucho, pero a principios del siglo XVIII era escandaloso. Bueno, ya te imaginarás su respuesta cuando Corinne anunció su compromiso. Le dijeron: «Cancela la boda o serás repudiada».

—Entonces, ¿qué hizo? —le preguntó Leigh, pues sentía una extraña sensación de curiosidad. Después de todo, eran sus antepasados.

—Le dijo al clan Simmons-Pierce que, junto con todo su dinero, se fuera al infierno, y de todos modos se casó con Monroe.

Leigh le dirigió una rápida y genuina sonrisa al retrato: «¡Muy bien, muchacha!»

—¡Claro! —Myra sonreía con amplitud al mirar la imagen de

Corinne, en su voz resonaba un tono de orgullo—. A mí también me cae bien.

—¿Qué le pasó después? —preguntó Leigh.

Myra volteó a verla, arqueando sus cejas:

—¿Qué quieres decir?

—¿Qué le pasó a Corinne? ¿Cómo era su vida? ¿Tuvo hijos?

—Yo creo que sí —dijo Myra—. Aquí estás tú.

Leigh la miró fijamente, exigiendo en silencio una mejor respuesta.

Myra le explicó:

—Hoy en día nos cuesta imaginar a cualquier padre dándole la espalda a su hijo. En aquellos días, ser «repudiado» significaba un rechazo total. Su matrimonio con Monroe fue lo último que la familia supo de Corinne.

Ya con más calma, Myra miró el cuadro y, hablando como si estuviera a kilómetros de distancia, dijo:

—Es un poco raro. Como crecí en esta casa, era natural que me preguntara por la familia de Corinne y dónde podrían estar sus descendientes.

Volteó y le sonrió a Leigh.

—Pensé en ti sin saber que era en ti en quien pensaba. Y ahora, aquí estás.

Leigh se encogió de hombros e hizo una mueca.

—Aquí estoy. Espero no ser una gran decepción.

Myra movió las cejas y frunció los labios, como lo había hecho con su padre cuando aún estaban afuera.

—No lo eres, no, por lo menos todavía no. —De repente, Myra soltó una carcajada despreocupada. Leigh sintió celos de la alegría de Myra y se sonrojó avergonzada.

Leigh necesitaba alejar su mente de ese territorio peligroso. Señaló el gran retrato y preguntó:

—¿Y quién es ese?

Myra abrió los brazos, como si abrazara el enorme cuadro del viejo ceñudo sobre la chimenea.

—¡Bodie Pierce!

Leigh dijo, burlona:

—¿Bodie?

—Bueno, así le llamo yo. Su verdadero nombre era Ichabod.

Consternada, Myra sacudió la cabeza como con lástima. Se acercó al retrato y le preguntó:

—¿En qué estarían pensando tus padres?

Ambas se rieron. Leigh se sobresaltó ante el extraño sonido de su propia alegría y para detenerlo preguntó:

—¿Qué tiene de especial Bodie?

Myra la miró con un brillo de satisfacción en sus ojos:

—Es el fantasma que ronda la mansión Simmons-Pierce.

—¿Alguna vez lo has visto?

—No. Ni tampoco lo ha visto nadie más de la familia. Mamá y papá creen que son tonterías. Pero se han contado historias a lo largo de los años. Según la leyenda, el fantasma del Viejo Bodie solo aparece cuando la familia tiene problemas graves. El Pequeño Bodie es otra cosa, pero tampoco lo he visto nunca.

Leigh ladeó la cabeza como un cachorro intrigado.

—¿El Pequeño Bodie?

—¡Myra! —gritó Peg desde el otro extremo de la casa—. ¿Vas a llevar a Leigh a su habitación? Ya casi es hora de cenar.

Myra puso los ojos en blanco.

—Te lo explicaré arriba —susurró.

Leigh siguió a Myra por la gran escalera. Cuando llegaron al segundo piso, Myra le dijo:

—Esa es la habitación de mamá y papá.

Señaló un lugar al otro lado de la escalera, sin que Leigh supiera a cuál de las muchas puertas se refería.

Myra se dio la vuelta y caminó hacia el final del pasillo. Leigh no tuvo más remedio que seguirla. Cuanto más veía la casa, más sentía que la habían transportado al escenario de algún programa de la televisión británica, que no se relacionaba con lo que se podría ver en un remoto rincón de Maryland. Todas sus intuiciones le decían que no pertenecía a este lugar, pero no tenía adónde ir.

Los ojos de Leigh se llenaron de lágrimas y la imagen de Myra se le desdibujó. Antes de que se diera cuenta, se secó las lágrimas con una orilla áspera del bolsón que abrazaba.

—Esa es la mía —gritó Myra, al señalar una puerta que parecía tan vieja y sin gracia como todas las demás.

Justo enfrente de la habitación de Myra había un pequeño descanso con techo abovedado. Dentro de esa pequeña cueva se hallaba una escalera de caracol muy empinada y estrecha. Myra se acercó a ella y empezó a subir.

Al llegar hasta arriba, Leigh se encontraba dos escalones más abajo que Myra, quien estaba parada sobre una pequeña plataforma donde apenas cabía una persona. Delante de Myra había una extraña puerta de madera, que era circular y más pequeña de lo normal.

Con un tono burlón, Myra preguntó:

—Vaya subidita, ¿verdad?

—Y más cargando este bolsón. No estoy segura de cómo subiré hasta aquí cada vez que quiera llevar algo pesado a mi habitación.

Myra curvó los labios y le sonrió a Leigh con burla.

—Bueno, hay un ascensor que llega hasta el segundo piso, pero pensé que te gustaría hacer un poco de ejercicio, ya que has estado encerrada en un coche todo el día.

Leigh se quedó con la boca abierta.

—¿Es una broma pesada? ¿En serio?

—Solo una pequeña —sonrió Myra—. Espero que no te enojes.

—No estoy enojada, no. Pero me voy a desquitar —le dijo Leigh.

Con una sonrisa aún más amplia, Myra abrió la pequeña puerta redonda y entró. Leigh se agachó y la siguió. En cuanto vio cómo estaba distribuida se enamoró del lugar.

La habitación era mucho más grande de lo que se había imaginado. Primero notó que era circular, igual que la puerta. Luego que las zonas para dormir, sentarse y vestirse se encontraban en diferentes niveles.

La cama individual justo frente a la puerta descansaba sobre el alféizar de la ventana, que era el más ancho que Leigh había visto en su vida. Técnicamente, la zona de dormir era un altillo, pero en lugar de un espacio vacío por debajo, tenía una sólida base de roca labrada que se parecía al exterior del castillo.

Leigh dejó su bolsón en medio de la habitación y trepó rápidamente las escaleras de madera. Los escalones eran muy empinados, como los de una escalera de mano. Se ubicaban paralelos a la pared y sonaban huecos bajo sus pies.

Al llegar arriba, Leigh se dio cuenta de que ese altillo tenía suficiente espacio para la cama y una mesita de noche, y para que ella se desplazara sin temor a caer. Sin embargo, en el borde del alféizar estaba incrustada una barandilla de madera muy bien pulida. Al otro lado de la cama había un hermoso ventanal, que iba desde el suelo hasta el techo. Las pesadas cortinas estaban abiertas y solo quedaba un fino tul que atenuaba el resplandor de la tarde. Al mirar hacia afuera, Leigh podía ver kilómetros de campo boscoso.

Al bajar por las escaleras hacia la planta principal, Leigh cruzó hacia el área de la sala, que estaba más abajo. Allí no había ninguna barrera que le impidiera caminar por el borde. Podía saltar al desnivel, un metro más abajo, o utilizar la pequeña escalera. Eligió el modo más digno, pero sabía muy bien que, cuando estuviera sola en la habitación, tomaría la ruta directa de saltar desde el altillo.

La luz del sol entraba por una ventana rectangular situada en lo alto de la pared, al fondo de esa sala de estar. Dio un pequeño salto, se agarró con las puntas de los dedos en el alféizar y se elevó. Al asomarse pudo ver el camino de la entrada desaparecer en el bosque. Ahora tenía una idea de cuál era la orientación de la habitación en relación con el resto de la casa. Se trataba de la misma ventana que Myra le había señalado cuando aún estaban afuera.

—¡Guau! —dijo Myra, todavía de pie en el vestidor—. Te has elevado como si nada.

Leigh no le hizo caso y se dejó caer desde la ventana.

A la derecha de Leigh había tres escalones de piedra que conducían a otro lugar. Al subirlos llegó al cuarto de baño, que era otra habitación circular, pero con una pared interior curva que formaba un círculo dentro de otro círculo y que hacía las veces de ducha.

—Íntimo, pero espacioso —dijo Myra, que la había seguido hasta la sala de estar.

Leigh salió corriendo del cuarto de baño, saltó los tres escalones de piedra, cayó de puntitas y dio un brinco suave. Sintió un calor que no había sentido en más de un mes. Cuando le dijeron que habían asesinado a sus padres, se quedó tan helada como el mar Ártico. Luego de una semana encerrada en aquella prisión de soledad glacial, se cortó las venas. Este fue el mayor deshielo de su depresión desde aquella horrible noche.

—Me parece maravillosa —dijo—. ¿Es otra broma o es realmente mía?

—Es toda tuya —respondió Myra con dulzura.

Al mirar por encima del hombro de Myra, Leigh observó un

retrato que colgaba solitario en la pared más lejana. La primera vez que entró no lo vio porque estuvo de espalda al cuadro. Leigh salió de la sala de estar y caminó hasta detenerse ante esa imagen, para estudiarla.

El retrato mostraba a un joven muchacho que parecía un par de años menor que ella. Su cabello rubio tenía un flequillo que colgaba sobre sus grandes y hermosos ojos azules. Sus abundantes mechones aleonados le acariciaban los hombros. Leigh sabía que, incluso en aquella época, ese cabello era demasiado largo para lo que dictaba la moda. Su aspecto no era desaliñado, su ropa estaba limpia y su piel de marfil no se veía sucia, pero su apariencia tampoco era nítida y pulcra.

Sus rasgos eran delgados y finos, incluso delicados. Sus mejillas y el puente de la nariz estaban salpicados por una fina lluvia de pecas. En esa pose, con los labios ligeramente entreabiertos, Leigh podía ver un sello juvenil, provocado por sus dos dientes delanteros de adulto flanqueados a ambos lados por dientes de leche. Parecía como si hubiera tratado de sonreír para el pintor sin conseguirlo del todo. La curva de sus labios, de color rosa pálido, negaba su inocencia sin sugerir malicia.

—Todo un niño —sentenció Leigh.

Cuanto más miraba ese cuadro, más invadía a Leigh una sensación muy diferente de quién podría haber sido ese muchacho. Aislados, los rasgos del chico eran de una belleza sin igual. Considerándolos en conjunto, colaboraban para darle una apariencia triste. La melancolía de aquel joven se mezclaba con la suya y, en lo más profundo de su ser, Leigh sentía que era su alma gemela, alguien que conocía el dolor.

—Ese —dijo Myra, sacando a Leigh de su trance— es el Pequeño Bodie.

—¿El segundo fantasma de la casa?

—No, para nada —se rio Myra—. El Viejo Bodie y el Pequeño Bodie son el mismo fantasma.

Leigh parpadeó, mirando a Myra mientras intentaba entenderlo.

—¿El Pequeño Bodie es en realidad el Viejo Bodie, solo que más joven?

—Exacto —dijo Myra.

—Pero ¿cómo sabes que son el mismo fantasma?

Myra soltó una risita.

—Tus antepasados y los míos, querida prima, contrataron a una bruja tenebrosa para demostrar que había un fantasma viviendo con nosotros. Nadie se sorprendió al saber que era el Viejo Bodie quien rondaba la mansión.

»Pero lo que la médium dijo sobre el Pequeño Bodie fue lo que desconcertó a la familia. Nos contó que, en ciertos lugares, aquellos en los que había sido más feliz durante su vida, el alma de Ichabod Pierce se manifestaba como un niño. Ya te imaginarás lo que ocurrió después. La médium no perdió tiempo en filtrar la historia a la prensa, que la exprimió al máximo. Esa bruja manipuló la historia para convertirse en una de las médiums más famosas del mundo. Nadie había oído hablar antes de algo así y ella se aseguró de que nunca olvidáramos que fue ella quien lo descubrió. Sus memorias están en algún lugar de la biblioteca. Deberías leerlas.

Leigh no tenía intención de hacerlo.

—¿Así que nadie ha visto nunca a ninguno de estos fantasmas? —preguntó.

—Eso no es cierto —replicó Myra—. Te dije que ninguno de nosotros los ha visto. Pero han sido vistos en el pasado. El Viejo Bodie aparecía con bastante frecuencia durante la Segunda Guerra Mundial y la Guerra Fría. Incluso hubo un general que aseguraba haber discutido toda la noche con él sobre lo que pasaría si Estados Unidos decidía invadir Japón. Este general atribuyó su decisión de hacer campaña en contra de ese plan a la perspicacia de Bodie.

—Te lo estás inventando —acusó Leigh.

Antes de que pudiera contestar, la voz de Peg les llegó desde abajo:

—¿Myra? ¿Qué hacen ahí arriba? La cena se está enfriando.

—Será mejor que bajemos —dijo Myra—. Y claro que no me estoy inventando nada —le dijo a Leigh, sonriendo.

Capítulo dos

Mientras seguía a Myra escaleras abajo, en la mente de Leigh giraban pensamientos sobre fantasmas. Si un año antes le hubieran preguntado si creía o no en ellos, habría respondido que no. Si le hubiesen preguntado si se imaginaba que viviría en una mansión con una de las familias más ricas del mundo, ella se habría reído. Pero ahí estaba, confundida e insegura acerca de todo, incluso de los fantasmas.

El comedor al que Myra la condujo estaba tan arreglado y elegante como el resto de la casa. Las ventanas cubiertas por blancas cortinas combinaban demasiado bien con el mantel nevado como para que fuera una coincidencia. La mesa de roble era bastante larga, como para doce comensales, pero todos se sentaron agrupados en un extremo, con Tristin a la cabeza. Leigh observó la elegante fuente de pollo. Parecía salida de una cocina de cinco estrellas, sin indicios de que fuera comida casera. Era atractiva a la vista y deliciosa al gusto, pero para Leigh todo era estéril e insatisfactorio.

La cocinera había preparado una comida con la intención de ofrecerle a su patrón algo delicioso. Después de todo, ese era su trabajo, pero todo contrastaba con los recuerdos que Leigh tenía de las comidas que le ofrecían sus padres, con frecuencia demasiado cocidas o saladas si las había preparado su padre, pero hechas con amor. Por imperfectas que fueran, le sabían mucho mejor. Leigh se sentó en el lugar que le ofrecieron y por cortesía probó la comida.

—¿No tienes hambre, querida? —le preguntó Peg.

—No, gracias —murmuró Leigh ante su plato—. Pero está muy bueno.

El cuchillo y el tenedor de Tristin producían suaves tintineos cuando rozaban la delicada vajilla de porcelana.

—Si hay algún platillo en especial que te gustaría comer, habla con Jenny. Estoy seguro de que estará feliz de prepararte lo que quieras.

—Jenny es nuestra chef —le explicó Myra—, y ella puede cocinar cualquier cosa, ¡lo que le pidas!

Leigh trató de imaginar cómo se vería en esos platos lujosos el pastel de carne de su mamá, bañado en una salsa picante de tomate en lata, acompañado por las papas fritas que vienen congeladas en una bolsa y una guarnición de chícharos calentada en el microondas. Se imaginó un refresco de los que imitan la Coca-Cola, burbujeando en esos vasos de cristal. Si no fuera por el dolor que sentía en el corazón, se habría echado a reír por lo absurdo de todo aquello.

—Le conté a Leigh acerca de los fantasmas del Viejo y del Pequeño Bodie —dijo Myra.

—¡Myra! —la reprendió Tristin, mientras dejaba los cubiertos en el plato con estrépito—. Por última vez, olvídate de esas tonterías. Ya perdiste bastante tiempo persiguiendo a esos falsos fantasmas y no voy a tolerar que malgastes también el tiempo de Leigh con eso.

—¡Pero, papá!

Tristin lanzó una mirada severa a su hija. Su gesto era tan frío que asustó a Leigh hasta la médula.

Pensó en su propio padre y en lo estricto que era con sus normas y sus grandes expectativas; podía ser todo lo que cualquiera esperaría de un exintegrante de la marina convertido en policía. Pero él nunca la había asustado. Ni siquiera cuando levantaba la voz, cosa que ocurría rara vez. Él jamás se había mostrado amenazante, al menos no con ella.

Myra miró fijamente a su padre.

Leigh estiró la pierna por debajo de la mesa para empujar el pie de Myra. Mostrándole la misma sonrisa orgullosa de respeto que le había ofrecido al cuadro de la prima Corinne, Leigh le estaba haciendo saber a Myra que ya había presionado bastante a Tristin por su culpa.

A Myra le temblaban los labios. Su cuerpo empezó a agitarse y, aunque trataba de reprimirse, sus risitas se negaban a ser controladas. Myra dejó de intentarlo y estalló en carcajadas.

Sorprendido, Tristin abrió los ojos de par en par.

—¡No lo puedo creer! —dijo Peg, escandalizada.

Leigh soltó de golpe una suave risa. Sonó de forma tan repentina que apretó los dientes.

—Ha sido un día muy largo para mí —dijo—. Si a todos les da lo mismo, creo que me voy a acostar.

—¿Tan temprano? —preguntó Myra antes de agregar—: Supongo que para ti ha sido un día diferente. Si te parece bien, ¿puedo subir más tarde a ver cómo estás?

Unas horas antes, Leigh habría sospechado que Myra podría temer que ella iba a hacer alguna tontería durante la noche. La idea se le ocurrió en ese momento, pero, a pesar de que acababa de conocer a Myra, esa idea ya no parecía encajar. Myra no estaba preocupada por lo que pudiera hacer Leigh, sino por lo que pudiera querer o necesitar.

La tristeza de Leigh se disipó un poco.

—Sí, me gustaría.

Pidió permiso para levantarse de la mesa y fue a la cocina, adonde Myra le había dicho que estaba el ascensor. Según ella, lo habían
hecho instalar cuando uno de los miembros de la familia, a finales
del siglo XIX, ya no podía subir las escaleras. Leigh no prestó mucha
atención a lo que dijo Myra, no sabía quién lo había necesitado ni
por qué ya no podía subir las escaleras.

Como todo lo demás, el ascensor era una antigüedad, con una
puerta plegadiza que se cerraba después de entrar. Pulsó el botón
de latón con el número dos en relieve y se estremeció cuando el
destartalado aparato se puso en movimiento.

A medida que se elevaba, también crecían los sentimientos de
soledad de Leigh. Tan pronto abrió la puerta manual del ascensor,
corrió a su habitación y subió las escaleras hacia el altillo. Se tiró en
la cama y sollozó hasta quedarse dormida.

La tristeza y los sentimientos de abandono burbujeaban como
un guiso dentro de su subconsciente. Lo peor era que se sentía sola.
Completamente sola. Como si no existiera nadie más en todo el
universo.

Ya en su habitación, Leigh dejó tras de sí un rastro de ropa al
subir las escaleras para acurrucarse bajo las sábanas de su cama.
Cuando dormía, la desesperación se apoderó de su mente y quedó presa de horribles pesadillas. Atrapada en un espantoso sueño
de oscuridad, sentía como si estuviera nadando en un jarabe para
hotcakes dentro de un enorme vacío. A su alrededor la acechaban
formas oscuras con las que no podía evitar chocar. Algunas eran
duras como el granito y otras pegajosas como malvaviscos chamus-
cados. Unas la atropellaban y eran como neumáticos mal apilados,
que amenazaban con aplastarla.

Aterrorizada, gemía mientras daba vueltas en la cama.

En su sueño, una suave luz azul brillaba a un lado. Se esforzó por girar para mirarla; sin embargo, la luz desapareció tan pronto se dio la vuelta, pero con su visión periférica pudo notar que aparecía al otro lado.

Tímida y cohibida, una fina voz susurró:

—¿Estás bien?

Leigh se quedó helada de repente. Tanto en el sueño como en la cama, se hizo un ovillo y tembló para mantener el calor.

—¿Estás bien? —repitió la vocecita.

Leigh sintió que se ahogaba y gimió horrorizada.

La luz azul cambió a un repugnante color púrpura. Como un trueno, rugió una voz profunda y furiosa:

—¿Estás bien?

Leigh se incorporó de golpe y se sentó. El corazón le latía con fuerza, los pulmones se le agitaban y tenía la piel de gallina.

—¿Leigh?

Myra estaba sentada en el borde de su cama.

—Leigh, ¿estás bien?

—Sí... estoy bien. Estaba soñando.

—Eso fue una pesadilla, no un sueño cualquiera —dijo Myra—. ¿Quieres contármelo antes de que lo olvides? Yo siempre olvido mis sueños si no los escribo en cuanto me despierto.

—¿Escribes tus sueños?

—Sí. Bueno, antes lo hacía. Cuando tenía doce años llevaba un diario especial para anotar los sueños. Noche tras noche esperaba que Bodie me hablara en mis sueños. Nunca lo hizo, así que dejé de escribir en el diario. ¡Tu sueño debe haber sido increíble!

—¡Lo fue! Oí a alguien que me preguntaba si estaba bien.

El rostro de Myra mostraba que se sentía culpable.

—Creo que fui yo. Subí a ver cómo estabas. Toqué, te lo juro. También te llamé a través de la puerta para preguntarte si estabas bien. Debo haber preguntado como dos o tres veces antes de entrar, y como vi que estabas teniendo una pesadilla me acerqué. Seguro fue mi voz la que escuchaste en tu sueño. Lo siento.

—No te preocupes por eso —dijo Leigh—. Ya tenía sueños espantosos mucho antes de llegar aquí. En todo caso, tú me rescataste de una noche llena de pesadillas.

Myra soltó una risita juguetona.

—Me alegro de haberte ayudado.

Leigh se dio cuenta de que Myra estaba realmente contenta de ofrecer toda la ayuda que podía. Leigh pensó que su prima era una de las personas más amables que había conocido. Con cautela, porque sentía que corría un gran riesgo, le preguntó:

—¿Alguna vez has sido… no sé… infeliz?

—¡Claro! —dijo Myra—. Aunque, ¿quién querría mantenerse así? Una mirada de culpabilidad invadió el rostro de Myra.

—¡Uy! Eso que te dije fue muy desconsiderado, ¿verdad?

—No —dijo Leigh—. No lo fue.

—Para que lo sepas —dijo Myra—, tengo la mala costumbre de decir lo que pienso antes de darme cuenta de que podría herir los sentimientos de algunas personas. Puedo lastimarlas, pero no lo hago para ser cruel. Es solo que no me doy cuenta del mal que hago hasta que las palabras ya han salido.

—Yo también seré sincera contigo, Myra. Desde que mataron a mis padres, la gente tiene tanto cuidado de no molestarme que me tratan como si fuera un frágil adorno navideño. Sé que intentan ser amables, pero se siente muy falso. Tú has sido una de las pocas en comportarte tal como eres. Por favor, no dejes de hacerlo. Yo te prometo que siempre seré sincera contigo.

Por primera vez desde que se conocieron, Leigh vio que Myra se quedaba sin palabras.

—Entonces, ¿tú estás… bien? —preguntó Myra.

Siguiendo con su pacto de honestidad recién establecido, Leigh le dijo:

—Las dos sabemos que no —pero lo dijo en un tono de burlona ironía.

—¡Humor negro! —Myra asintió con la cabeza—. Me gusta.

Leigh se rio. Se sentía bien tener a alguien con quien compartir una risa mordaz, sin que se amargara y le dijera que estar tan deprimida no era algo para reírse.

—Escucha —dijo Leigh—, aún no he desempacado ni nada. ¿Quieres quedarte y ayudarme a encontrar dónde poner mis cosas? Porque… después de ese sueño, no voy a dormir pronto.

—Claro —aceptó Myra.

Leigh cruzó la habitación y entró en el armario que había bajo las escaleras.

—¡Uy, huele a humedad! —se quejó.

—¿En serio? Sé que mamá ordenó que fregaran de arriba abajo —dijo Myra—. Le diré que mande a alguien a que revise todo mañana.

—Ya que estás ahí, ponte de rodillas y vete gateando hasta el frente.

—¿Para qué?

—¡Vamos, hazlo! Ahora túmbate boca arriba y mira la parte de abajo del segundo escalón.

A pesar del olor, el suelo del armario parecía bastante limpio. Leigh se agachó y avanzó todo lo que pudo. Se dio la vuelta y se acostó con la cabeza debajo de la parte inferior de la escalera. Utilizando los omóplatos para desplazarse, siguió hasta que su cabeza tocó el primer escalón y no pudo avanzar más.

Usando la luz de su teléfono, encontró lo que Myra quería que viera. Debajo del segundo escalón, a centímetros de su nariz, el nombre Ichabod estaba tallado en la madera con letras impecables.

—Esto parece una broma —le dijo Leigh a Myra, gritando—. ¡Incluso en esta incómoda posición su letra es mejor que la mía cuando estoy sentada ante un escritorio!

—Y mejor que la mía también —dijo Myra—. ¡Pequeño mocoso!

Leigh empezó a salir poco a poco de nuevo. Las tablas del suelo traquetearon bajo su peso.

—¿Sabías que el piso está suelto ahí dentro? —le preguntó Leigh cuando salió del armario.

—No, pero la última vez que estuve allí tendría como trece años. Puede que me haya dado cuenta y lo olvidara.

—Hace mucho que te has vuelto loca por los fantasmas, ¿verdad?

—Desde que descubrí que existían. Ahora todo es un juego divertido, pero cuando era pequeña estaba obsesionada. Volvía locos a mis padres. Como habrás notado en la cena, todavía les perturba. Creo que por eso me gusta hablar de ellos. Es tan divertido sacarlos de sus casillas.

—¡Especialmente a nuestros papás! Yo le decía al mío que tenía un novio…

El recuerdo era doloroso y Leigh calló.

—Está bien, Leigh. No tienes que hablar de tu familia si no quieres.

—Quiero y no quiero. Es que, cuando lo hago, siento una extraña felicidad infeliz.

Myra sonrió.

—Es una forma poética de decirlo. Aun así, si no estás preparada no te voy a presionar.

—Iba a decirte… —empezó de nuevo Leigh— que, bueno, ya sabes que mi papá era policía, ¿verdad?

—¡Sí!

—Mi escuela no era de las mejores y los chicos se metían en problemas todo el tiempo. Cuando la policía se llevaba a uno de ellos yo le pedía detalles a papá, diciéndole que era mi novio. Entonces papá enloquecía.

—¡Uy! Eres tremenda. ¿Y qué hizo cuando apareció tu verdadero novio?

Leigh tomó en sus manos las puntas separadas de los mechones del flequillo que colgaban delante de sus ojos y se quedó viéndolas.

—Todavía no he tenido novio.

—¿En serio? Eres preciosa. ¿Cómo es posible que no hayas tenido novio?

Leigh sintió que un calor subía a su rostro y lo sonrojaba. Myra no estaba siendo amable. De nuevo, expresaba lo que pensaba. Leigh se sintió incómoda.

—Nunca tuve la necesidad, supongo.

Luego desvió la atención hacia Myra y le preguntó:

—¿Y tú?

—¿Novios? Unos cuantos, pero nada serio. Más bien experimentaba.

Leigh arrugó la nariz.

—¿Experimentabas?

—Sí. La primera vez que besé a un chico tenía más o menos tu edad. Suena horrible, pero no me gustaba lo suficiente. Quiero decir… me gustaba, pero… no me gustaba. ¿Entiendes? De todos modos, quería ver cómo era. Saber por qué eso provocaba tanto alboroto. Al segundo chico lo besé para averiguar si los muchachos besan de diferentes maneras. Y sí, así es, por si te lo estás preguntando.

Leigh soltó una carcajada estruendosa.

—Además, tenía que asegurarme de que ese segundo beso no fuera casualidad ni nada por el estilo, así que era necesario un tercero, ¿no crees?

—Y apuesto a que hubo un cuarto, quizás incluso un quinto —dijo con sarcasmo Leigh.

—Oye —replicó Myra—, ¡a mí me gusta besar! ¿Okey?

Con un dedo apuntó hacía Leigh y le dijo, juguetonamente:

—¡Solo besar!

—¡Yo no estaba pensando otra cosa! —rio Leigh.

Cuanto más hablaba con Myra, más se le olvidaba a Leigh que se suponía debía estar desesperada. Horas más tarde, con la luz de la luna filtrándose por las ventanas, Myra se quedó dormida en el sofá y Leigh se volvió a subir a la cama.

El sol de la tarde entraba por la ventana y despertó a Leigh. Parpadeó ante el reloj que había junto a la cama y se sorprendió al ver que eran más de las dos. Myra se había ido. Leigh descansó otros veinte minutos antes de levantarse para ir a ducharse. Esa noche había dormido mejor que en mucho tiempo. Se sentía renovada y, aunque no se hacía ilusiones sobre lo que le esperaba ese día, tampoco tenía miedo.

Un impulso extraño hizo que se detuviera en medio de la habitación. Sin pensarlo dos veces corrió hacia el borde que separaba la sala de estar del resto de la habitación y saltó. Aterrizó con un golpe seco, que le produjo dolor en las plantas de los pies, pero no por eso se arrepintió de hacerlo.

La puerta de Leigh se abrió de golpe.

—¿Qué demonios fue eso? —preguntó Peg.

—¿Qué fue qué? —preguntó Leigh, dándose la vuelta y con apariencia de culpable.

—Saltaste desde allá arriba, ¿verdad?

—¿Quién? ¿Yo?

Peg sonrió y agitó un dedo para regañarla, pero era evidente que no estaba enfadada:

—Sí, tú. Myra solía hacer lo mismo, pero cuando era mucho más joven que tú. Deberías portarte mejor.

—Oí el golpe —dijo Myra al entrar en la habitación detrás de su madre, con la cara radiante de orgullo—. Pensé que sería mejor venir a ver si había algún hueso roto.

—¿Las dos me oyeron? —preguntó Leigh.

—Bueno, de todas maneras, yo estaba subiendo, así que no es que estuviera muy lejos de tu habitación. Son más de las dos, ¿sabes? —explicó Peg—. Quería ver cómo estabas.

—Y yo estaba abajo a punto de dar un paseo —dijo Myra—. Debí haberte advertido que algo tiene ese piso, porque si saltas con suficiente fuerza se sacude toda la casa.

La voz de Tristin retumbó desde muy abajo:

—¿Qué diablos está pasando allá arriba? Estaba hablando por teléfono con nuestra oficina de Nueva York.

—Nada, querido —le dijo Peg, sonriéndole a Leigh y a Myra—. Nosotras las chicas estamos un poco alborotadas aquí arriba.

—En cualquier momento me llegará una llamada de nuestro embarcadero en Panamá —gritó Tristin—. Por favor, no hagan que toda la casa se derrumbe a mi alrededor mientras hablo por teléfono.

—Gracias, mamá —dijo Myra, sonriendo.

—Sí. Gracias, Peg —dijo Leigh—. Siento haber molestado a todo el mundo.

—¡Tonterías! —se burló Peg—. Ahora vives aquí. Tendremos que acostumbrarnos a los estruendos ocasionales. Pero quizá sea mejor —continuó— que esperes a que tu tío Tristin esté fuera de casa antes de volver a saltar de ahí.

—Lo recordaré. Gracias de nuevo.

—¿Por qué no te vistes y me acompañas a dar un paseo?

—sugirió Myra—. Puedo mostrarte los alrededores y no interrumpiremos a papá.

—¿Adónde vamos? —preguntó Leigh cuando se encontró con Myra en la puerta principal.

—Pensé en llevarte al río —dijo Myra—. Es uno de mis lugares favoritos.

Atravesaron el jardín hasta que llegaron al punto donde terminaba el césped bien cuidado y empezaba el denso bosque. Con experta familiaridad, Myra la condujo hacía un sendero muy viejo, que se torcía y daba giros, pero que en determinado punto se alejaba de la casa y descendía.

Leigh pudo oír el río antes de verlo. El torrente de agua parecía profundo y peligroso, pero era mucho más tranquilo cerca de la orilla. Un sinfín de árboles crecían a varios metros de la orilla. Uno destacaba sobre los demás por ser el árbol más cercano al agua y porque marcaba el punto en el que el sendero terminaba en el borde del río.

Tenía una gran rama gruesa, que formaba un ángulo para alejarse de la orilla y caía sobre el agua. Al ver que su corteza estaba desgastada, Leigh se imaginó los innumerables pies descalzos que a través de los siglos habían trepado por las ramas del árbol para saltar al agua.

Myra se sentó debajo del árbol con las piernas estiradas sobre el suelo arenoso. Inclinó la cabeza hacia atrás e inhaló profundamente el aire rico y terroso. Abrió la boca y vació sus pulmones con un soplido igual al susurro que producían las hojas. Leigh envidiaba lo tranquila que parecía estar su prima. Se tumbó en la arena junto a Myra e intentó contagiarse de un poco de su alegría.

—Mamá y papá detestan que baje aquí —dijo Myra, por fin.

Leigh arrojó una piedrita al arroyo.

—¿Por qué?, si aquí está todo tan calmado.

Myra señaló el árbol que dominaba el río:

—Ese árbol casi me mata.

Leigh volteó a ver a Myra sorprendida.

—¿Qué? ¡Vamos! No puedes decir algo así sin contarme toda la historia, ¿no te parece?

—Yo era mucho más joven que tú —dijo Myra—. ¿Tal vez tenía diez años? Por aquel entonces me bañaba desnuda aquí cada vez que podía.

Leigh se mofó solo de pensarlo.

—No te sorprendas tanto —se burló Myra—. Lo harás en algún momento. Te lo garantizo.

Leigh arrugó la nariz y curvó maliciosamente sus labios.

—¡Lo dudo!

Myra se rio.

—Ya veremos. Pero te decía que bajé aquí a nadar y me subí a ese árbol para saltar al agua.

Señaló la rama más alta. Su voz adquirió un tono sombrío, como si estuviera reviviendo el momento mientras lo describía.

—Al caminar por esa rama, resbalé y me golpeé la cabeza antes de caer al agua. Quiero decir que me rompí la crisma. Ni siquiera recuerdo haber caído al agua. Ya estaba inconsciente.

Leigh sintió un vuelco en el corazón.

—No te lo tomes a mal, pero ¿cómo no te ahogaste?

—No tengo ni idea. Lo siguiente que recuerdo es que me desperté en mi cama tres días después con la cabeza vendada como una momia egipcia.

—¡No! —gritó Leigh—. No puedes saltarte la mitad de la historia así. ¿Qué pasó?

—¡Que no te dé un ataque! —se burló Myra—. No sé lo que sucedió. Tampoco lo sabe nadie. Sé que estaba aquí abajo, desnuda como el día en que nací, y luego, según me han dicho, papá me encontró ante las puertas que dan al jardín, vestida con mi ropa, con sangre brotando de mi cabeza.

—Tal vez estabas tan desorientada que no recuerdas haber vuelto caminando por tu cuenta —sugirió Leigh.

—Los médicos dijeron que eso era imposible. Me habría muerto a mitad del camino.

—Entonces alguien debió llevarte hasta la casa. ¿Quién?

—Te dije que no lo sabemos. Ahí está lo raro...

—¿Por qué? ¿No crees que esta historia no es ya bastante espeluznante? —preguntó Leigh.

—Escúchame. Mientras estaba inconsciente en la cama, papá contrató a gente para que investigara. Cuando llegaron aquí vieron sangre por toda la rama. —Myra volvió a señalarla—. Había sangre en toda mi ropa y en el umbral de la puerta donde aparecí. Había sangre en la rama y en la arena que había debajo. Pero el caso es que nadie encontró ni una gota entre el río y la casa.

Leigh se quedó pensativa.

—Eso no es posible. Aunque te hubieran llevado en brazos habrían caído algunas gotas de sangre. Las cabezas sangran más que otras partes del cuerpo. Tiene algo que ver con que hay más vasos sanguíneos.

—Bueno, ahí tenemos el dato curioso —dijo Myra, fingiendo que le daba asco.

—La cuestión es —protestó Leigh— que debió haber habido algo.

—Bueno, pues no lo hubo.

—Entonces, ¿qué crees que pasó? —le preguntó Leigh, como si la estuviera desafiando.

—Antes pensaba que me llevó de vuelta el Pequeño Bodie. Se dice que le encantaba nadar en el río. ¿Y ahora? Supongo que alguien estaba invadiendo la propiedad y decidió ser un buen samaritano, pero no quiso que lo detuvieran por miedo a que lo consideraran sospechoso de algo.

Leigh apretó las piernas contra el pecho y apoyó la barbilla en el hueco que quedaba entre las rodillas.

—Tal vez.

El celular de Myra zumbó en el bolsillo trasero de sus pantalones de mezclilla. Se inclinó hacia un lado, lo tomó en su mano y dijo:

—Eso debió ser.

Myra leyó el mensaje de texto.

—Es papá. Quiere que volvamos a casa cuanto antes.

—¿Por qué? —preguntó Leigh.

Myra se puso de pie y se sacudió la arena del trasero antes de ofrecerle la mano.

—Hay algo que debes saber sobre papá. Dirige la mayor compañía naviera del mundo. Él da órdenes, no explicaciones.

—¡Qué bien! —dijo Leigh mientras la ayudaban a ponerse de pie.

—¡Vamos!, no me malinterpretes. Es súper increíble, amable y dulce, deja que mamá y yo hagamos todo lo que queramos la mayor parte del tiempo. Es un gran padre, pero cuando se pone serio, es todo negocios.

Capítulo tres

Regresaron de nuevo por el bosque sin hablar. El silencio de la arboleda les hacía sentir que era sagrada. El lugar exigía veneración y creían que incluso sus voces podrían profanarlo. El silencio solía ser peligroso para Leigh. Le daba demasiado espacio a su mente, que llenaba pensando en lo sola que se sentía y en cómo podría poner fin a esa soledad de una vez por todas.

Allí la tranquilidad era diferente. Su mente estaba igual de vacía, pero sentía que era algo natural, como si así debiera ser en un lugar como este. Ese vacío no se llenaba con nada tóxico.

El sol y la sombra se turnaban en su rostro. La brisa le acariciaba el pelo y se sentía viva.

Al salir de la arboleda, reconoció el Chevrolet Camaro 1969, un convertible azul oscuro, estacionado delante de la casa.

—¡Ty! —gritó, echándose a correr.

—¿Quién? —preguntó Myra.

—Tyrone Milbank. Uno de los amigos de mi padre. Es policía.

Leigh entró en la casa. Supuso que Ty estaba allí por trabajo y se dirigió directamente a la oficina de Tristin. Sin molestarse en llamar, empujó la puerta y entró corriendo.

Tristin se levantó de un salto.

—¡Leigh! No puedes irrumpir así en mi oficina.

Ella lo ignoró y saltó hacia Ty para abrazarlo.

—Me alegro mucho de verte —le dijo ella.

—Yo también me alegro. ¿Cómo te trata la vida por aquí? —le preguntó.

—Hasta ahora muy bien. Tristin y Peg han sido fantásticos y la prima Myra es genial.

—Bueno, pues te ves muchísimo mejor que la última vez.

Leigh se ruborizó y con la punta de los dedos movió su largo flequillo para ocultar sus ojos. La última vez que Ty la vio estaba en un hospital psiquiátrico, totalmente drogada con antidepresivos y sedantes, y exhibía ambas muñecas con vendas que cubrían los cortes que se había hecho. Era imposible tener peor aspecto.

Leigh se sintió profundamente avergonzada y quiso huir, pero se quedó, y a pesar de la incomodidad tuvo que hacer un esfuerzo para sonreír.

—Entonces, ¿qué te trae por aquí?

Ty se movió con nerviosismo.

—Quería hacerte unas preguntas. Si te parece bien. Sin presiones.

—¿Sobre mamá y papá?

—Sí, cariño. Sobre tus padres. ¿Estás de acuerdo?

—Supongo que sí.

—Qué buena chica.

Ty le lanzó una mirada a Tristin, sugiriendo que se fuera. El gesto de Leigh fue mucho menos sutil. Ambos querían que saliera de la habitación.

—¡Oh! Este…. Bueno —tartamudeó Tristin—. Detective Milbank, tengo entendido que usted conoce a Leigh y a su familia, y si esta fuera una visita personal sería bienvenido —agregó nervioso y con prisa—, y en ese caso no dudaría en darle toda la privacidad que quisiera.

Leigh lo observaba mientras él ponía mucho cuidado en lo que iba a decir.

—Por otra parte, según tengo entendido, se trata de una entrevista profesional y, puesto que somos los guardianes de Leigh...

Ty evadió lo que Tristin pretendía agregar.

—Lo entiendo a la perfección, señor Simmons. De hecho, me agrada que se tome su papel de tutor tan en serio. Por supuesto que es bienvenido a quedarse, siendo Leigh menor de edad.

Leigh no estaba contenta con la situación. No tener ni voz ni voto en el asunto la llenaba de resentimiento. Pero los adultos habían hablado y, por mucho que lo odiara, su papel de niña era aguantarse.

—Bueno —dijo Ty, como si percibiera su furia—, ¿por qué no nos sentamos?

Leigh tomó asiento en el sofá que Ty le indicó. Él se sentó a su lado y Tristin ocupó el sillón de enfrente. Leigh pensó: «La última vez que estuve en una habitación llena de adultos que me mostraron tanta consideración fue el día que me dijeron que mis padres habían sido asesinados».

La voz de Ty la apartó de sus recuerdos.

—¿Leigh? Quiero que hagas memoria. Tómate todo el tiempo que necesites. Piensa en cualquier conversación que hayas podido escuchar entre tu madre y tu padre. O tal vez por teléfono. Trata de recordar si alguna vez viste a tu padre anotando cosas.

Leigh entrecerró los ojos, como si estuviera profundamente concentrada. En realidad, estaba reprimiendo el horror que sentía y que le impedía hablar. Era la hija de un policía. Conocía el oficio. Si Ty venía a pedirle alguna información que ella hubiera escuchado a escondidas, eso solo podía significar que no tenían nada más. No había pruebas ni indicios. «Si vienen conmigo para buscar pistas, es que están desesperados», pensó.

—No recuerdo nada, Ty. Pero tú conocías a papá. Si no hubiera sido porque salía todas las mañanas con su placa y su pistola, yo nunca habría sabido que era policía. —Se encogió de hombros—. Así eran las cosas, ¿me entiendes?

—Claro que lo sé. Yo también les oculto cosas a mis hijos.

—Tal vez hablara de su trabajo con mamá —dijo ella mansamente, mirándose los zapatos—, pero nunca cuando yo estaba cerca.

—Tal como debe ser, cariño. —Ty le dio una palmadita en la rodilla—. Como debe ser. —Suspiró.

—¿Y usted, señor Simmons? ¿Tiene idea de por qué los asesinatos ocurrieron en sus muelles?

—¡Qué! —gritó Leigh.

—¡Detective Milbank! —espetó Tristin—. ¡Eso ha sido muy poco profesional e insensible de su parte!

Ty reaccionó como si le hubieran dado una bofetada en la mejilla.

—Creía que lo sabías —le dijo a Leigh.

—¡Sabía que los habían matado en los muelles!

Volteó a ver a Tristin.

—Nadie mencionó que se trataba de tus muelles.

Leigh dejó escapar un sonoro grito de frustración.

—No me quieren decir qué está sucediendo.

Apretó sus mandíbulas e hizo un esfuerzo por calmarse. Jalando las mangas de su sudadera, dijo en voz baja:

—Supongo que hay razones obvias para eso. Pero aun así... es frustrante.

—Bueno, siento haberlo dicho así. Es solo una pregunta rutinaria,

Leigh. La compañía de buques cargueros Simmons-Pierce posee más del ochenta por ciento de los muelles. Es casi imposible que si algo ocurre no suceda en su propiedad. Todos estamos seguros de que es una coincidencia.

Leigh asintió.

—Entiendo.

La lógica en el razonamiento de Ty no logró que la noticia fuera más fácil de digerir.

—¿Cómo he llegado hasta aquí? —preguntó, sorprendida por haberlo dicho en voz alta.

—¿Qué dices? —preguntó Ty.

—Tú eres de la familia —le dijo Tristin.

—Ahora lo sé, pero antes de que mataran a mamá y a papá no sabía que éramos familia. No es nada personal, Tristin, pero tampoco creo que tú supieras que éramos de la misma familia antes de eso. Entonces... o sea, ¿cómo supiste de mí?

—Cuando Simmons-Pierce llevó a cabo su propia investigación sobre lo sucedido, se descubrió que estábamos emparentados por el lado de tu madre —explicó Tristin—. Después de hablarlo con Peg, decidimos ofrecernos como tus tutores.

Ty se volvió para mirar a Tristin.

—¿Cómo te enteraste?

—Después de que los cuerpos... Lo siento, Leigh. Fue cruel de mi parte decirlo así... Después de que descubrieran a los padres de Leigh, nuestro departamento de seguridad inició una investigación especial para indagar sobre el asunto. Les pedimos a todos los empleados que vinieran en su día libre para poder entrevistar a todas y cada una de las personas que trabajaron en los turnos que cubrían las veinticuatro horas anteriores y posteriores al suceso, y nos ofrecimos a pagarles el triple por las horas extras. Por desgracia, no averiguamos nada nuevo.

»Lo que sí descubrimos fue que la madre de Leigh le dejó un solo documento a un abogado que a veces representa nuestros intereses, pero que no es parte de nuestro personal. En esa carta, la madre de Leigh describía la conexión entre su familia y la nuestra.

Tristin dijo, mirando a Leigh:

—Puse a algunas personas a trabajar en este asunto y me confirmaron el hecho de que tu madre y yo, y por lo tanto tú, Leigh, somos primos lejanos.

—¿Por qué no se notificó a la policía de estas entrevistas? —Ty se erizó.

—¿Para qué? No salió a la luz ninguna información nueva.

—Eso nos toca decidirlo a nosotros —dijo Ty en tono áspero—. Quiero tener acceso a las transcripciones de esas entrevistas, así como a cualquier otra documentación que tengan.

—Esta tarde tendré las entrevistas esperándole en nuestras oficinas. En cuanto a los demás documentos, deberá revisarlos nuestro equipo jurídico primero. Le avisaré cuando estén listos. Esto podría llevar varias semanas y necesitaremos las órdenes judiciales pertinentes.

—¿Por qué la obstrucción? —preguntó Ty.

Leigh creyó oír un tono de acusación o sospecha en su voz. Seguramente Tristin también lo sintió así, porque se movió con nerviosismo en su asiento antes de contestar.

—Por favor, compréndanos, oficial Milbank —dijo Tristin—, Simmons-Pierce es una empresa multimillonaria. Entre nuestros clientes se encuentran algunas de las personas y naciones más ricas. Ninguno de ellos se sentiría cómodo si entregáramos datos confidenciales sin seguir el procedimiento adecuado. La posibilidad de que emprendan acciones legales contra nosotros es un riesgo demasiado grande, por muy noble que sea la causa. Le prometo que si aclara lo que sea necesario y pone los puntos sobre las íes, encontrará a Simmons-Pierce más que dispuesto a facilitarle todo lo que desee revisar.

Ty siguió fisgoneando, mientras Tristin intentaba que desistiera. Leigh pensó que se habían olvidado de ella y que Ty no se iría nunca. Se sentía fatal por desear que se fuera. La atormentaba el hecho de que Ty le cayera bien y, lo que era aún más importante, que le hubiera caído bien a su padre. Lo único que podía hacer era enrollar las mangas de la sudadera en sus puños y aguantar hasta que Tristin y Ty terminaran sus acuerdos.

—¿Puedo quedarme un momento con Leigh antes de irme? —preguntó finalmente Ty.

Tristin le dirigió una mirada dubitativa.

—Le prometo —dijo Ty— que dejaré mi insignia policial en el bolsillo. Será solo el encuentro con un amigo de la familia.

—Está bien —se rio Tristin, un tanto avergonzado por su vacilación.

—¿Leigh? —preguntó Ty—. ¿Quieres enseñarme un poco la casa?

—Si quieres —dijo Leigh sin entusiasmo y lo guió hacia los jardines del exterior.

—¿Qué tal es aquí? —le preguntó con un tono de incredulidad en la voz.

—No es un cuento de hadas, si es lo que estás pensando —le dijo ella.

—Apuesto a que no. Pero… ¿te tratan bien?

—Claro, sí. Todos son maravillosos. Especialmente Myra.

—Myra. Es la hija, ¿verdad?

—Sí. Ella es adorable.

—Bueno, me alegro de que hayas hecho una amiga —dijo Ty.

Siguieron caminando juntos, en silencio. Leigh supuso que la falta de conversación de Ty se debía a que ya no tenía nada más que decir, lo que confirmaba sus sospechas de que la policía había llegado a un callejón sin salida en su investigación.

Ty dijo por fin:

—Te va a llevar tiempo acostumbrarte a vivir sin tus padres.

—Lo sé —dijo Leigh con cansancio. No era un tema que ella quisiera discutir, pero le parecía que todos los demás deseaban hablar de eso.

—No, no lo sabes —insistió Ty—. Así como tampoco sabes que yo tuve una hija.

Leigh se detuvo y lo miró fijamente.

—Sí —le dijo Ty—. Ahora tendría más o menos tu edad. Murió cuando tenía dos días, cinco horas y cuarenta y dos minutos. De algo llamado anencefalia, por si te interesan esos tecnicismos.

—Lo... lo siento —dijo Leigh, preguntándose por qué le estaba contando esto.

—La cosa es que pienso en ella todos los días —continuó, ignorando la disculpa de Leigh—. Ya no está aquí, pero sigo pensando en ella. El mundo en el que tengo que vivir es uno en el que ella no está. He tenido que aceptarlo para aprender a vivir y a ser feliz en él.

Leigh clavó la punta de sus tenis en la hierba.

—¿Cómo lo has logrado?

—Con el tiempo, principalmente. Minuto a minuto hasta que pude arreglármelas día a día. También hubo gente que me ayudó, como mi mujer y tus padres. Me abrí a ellos y me ayudaron.

—Sé que puedo contar contigo, Ty —le dijo ella.

—No es una competencia, Leigh —dijo Ty, riendo entre dientes—. No me importa si soy yo, Myra o el jardinero. Supongo que en un lugar como este habrá un jardinero.

Leigh se encogió de hombros y estuvo a punto de sonreír.

—El punto es… —continuó Ty— encontrar a las personas en quien confiar. Los que encajen contigo, como tus padres encajaron conmigo, porque esas cicatrices en tus muñecas... no se deben a lo que perdiste. Tienen que ver con lo que no has encontrado.

—¿Y qué es eso? —murmuró Leigh, deseando que dijera lo que tenía que decir y luego se callara.

—Necesitas conocerte a ti misma. Saber cuál es tu lugar en este mundo. Y lo que es más importante, la gente con la que puedes compartir lo bueno y lo malo. Esa gente que encaja. La mayoría de los jóvenes lo logran con el tiempo. ¿Pero tú, pequeña…? Te lanzaron a lo profundo sin avisarte. Eso duele, pero así es. Lo que cuenta no es que te arrojen a la piscina. Lo importante es si eliges nadar o ahogarte.

Leigh necesitaba meditar sobre eso.

—¿Cuándo volverás? —preguntó.

—Tan pronto como pueda. Te lo prometo.

—Ty, ¿me prometes otra cosa?

—¿Qué más?

—Que me mantendrás informada sobre cómo va la investigación. Que no tratarás de protegerme de las malas noticias. Por muy malas que sean.

Él la miró con los ojos entrecerrados.

—No pides mucho, ¿verdad?

Ella le ofreció su meñique.

—Las personas que me convienen son las que no tratan de protegerme. Son los que me ayudan a enfrentarlo... a sobrellevarlo.

Ty enganchó su meñique al de ella y le dijo:

—Te lo prometo.

A lo lejos, una curva del camino devoraba el Camaro azul detrás de una línea de árboles. Leigh se quedó mirando, parada sobre la grava que había delante de la casa. Estaba abrumada por todo lo que Ty le había dicho. La información daba vueltas en su mente. Tan pronto como lograba sacarse de la cabeza algún hecho espantoso, otro comenzaba a darle vueltas, como si fuera un carrusel de sus miserias.

Saber que los asesinos de sus padres iban a quedar impunes la atormentaba sin piedad. No habría final. No habría justicia. Sus muertes eran solo otra de esas cosas horribles que se oyen en las noticias de la noche. Trágicas. Sin sentido. Pero todo sigue: el clima y los deportes. La vida continúa. A menos, por supuesto, que no sea así.

Las personas con las que vivía eran dueñas de la propiedad donde habían matado a sus padres. La rodeaban más comodidades y riquezas de las que jamás podría haber soñado, y todo a costa de la vida de sus padres. De alguna manera, le parecía deshonesto. Ella no había elegido eso, pero seguía pareciéndole repugnante.

Con pasos lentos y cansados, Leigh se fue a su habitación. Cuando se esforzaba en subir el siguiente peldaño de la escalera de caracol, le pesaban los pies como si fueran troncos de madera. Se sentía enferma, pero no como si tuviera ganas de vomitar. La suya era una enfermedad del corazón.

Colmada de soledad y vacío, se convencía a sí misma de que había hecho algo malo, de que todo era culpa suya. Lo peor era la culpa que sentía por no querer estar viva, sabiendo que eso era lo que sus padres desearían, que continuara viviendo.

Leigh llegó a su habitación y cerró la puerta sin hacer ruido. No tenía fuerzas para alcanzar su cama, dio tres pasos antes de caer al suelo y ponerse a llorar. Se mordió el brazo para ahogar los sollozos, no fuera a ser que Myra, la única persona lo bastante sensata y atenta como para venir a verla, la oyera.

Afuera, los ruidos de una tormenta que se acercaba se abrían paso a través del cristal de la ventana. Sus susurros ahogados sonaban como una canción de amor cantada a los inmaculados árboles que se balanceaban como bailarinas ebrias. Al levantar la cabeza para mirar por la enorme ventana, vio que en el cielo se habían acumulado nubes verdeazuladas, formando una especie de espuma parecida a la de una olla de fideos a punto de hervir. La escena del exterior era tan amenazadora y tumultuosa como lo que ella sentía en su interior.

Abrumada por el cansancio, Leigh utilizó la energía que le quedaba para arrastrarse hasta el altillo y tumbarse en el colchón. Se tapó la cabeza con el edredón. Si no podía estar muerta, al menos podía escaparse hacia la segunda mejor opción: la pequeña muerte del sueño, plagada de pesadillas.

Capítulo cuatro

De repente, Leigh se sentó en la cama, el corazón le latía con fuerza y le golpeaba las costillas. Al otro lado del gran ventanal, un relámpago se encendía como una luz estroboscópica. Los truenos retumbaban imitando el sonido de cañones en un campo de batalla. Entre los deslumbrantes fogonazos y estruendos ensordecedores, una oscuridad absoluta teñía la noche y la lluvia se lanzaba sobre el cristal como una cortina de agua que caía en cascadas.

Su habitación se iluminó totalmente con un destello. El trueno que siguió sacudió la colosal casa hasta sus cimientos. El retrato del Pequeño Bodie vibró sobre la pared. En su mesita de noche, la foto enmarcada de sus padres saltó unos centímetros y casi se cae. La lluvia, que ya era intensa, segundos después se volvió torrencial.

A Leigh le aterraba que entre ella y la tempestad solo estuviera esa inmensa ventana, pero el poder de la tormenta la mantenía como una prisionera hipnotizada. Observaba con horror y fascinación cómo los árboles del extremo opuesto del jardín se sacudían y se inclinaban en protesta ante el aullido del viento. En algún lugar de aquel oscuro caos, Leigh oyó que uno de ellos perdía la batalla y emitía un chasquido agudo, como si se quejara de dolor. Los truenos retumbaban con total indiferencia.

La habitación volvió a estallar de luz y el estruendo que la acompañó hizo vibrar por completo los cristales de la ventana, con tanta violencia que Leigh pensó que iban a hacerse añicos. El miedo la hizo reaccionar. Tiró la almohada y la pesada colcha por encima de la barandilla y se apresuró a arrastrarlas hasta el sofá, que estaba lejos de otra ventana más pequeña. Si no fuera huérfana, habría corrido hacia la cama de sus padres para acurrucarse con ellos temblando como una niña de tres años.

Un relámpago y un trueno quebraron la oscuridad en el mismo instante en que tuvo ese pensamiento. Se cubrió la cabeza con la manta y se acomodó en el sofá. La idea de bajar corriendo a la habitación de Myra, para meterse bajo sus sábanas, pasó por su cabeza con la misma fuerza de la tormenta que había afuera. Por más que lo deseaba, se reprimió y descartó la idea por ridícula.

Otro estruendo resonó en toda la casa. La puerta de Leigh se abrió de golpe. Asustada, saltó del sofá. Con el resplandor de otro relámpago, vio que Myra estaba de pie en la puerta.

—Eh… hola… —le dijo Myra, entrando despacio en la habitación—. Vine a verte para asegurarme de que estuvieras bien, porque con esta tormenta…

Myra se rio, nerviosa, al terminar la frase.

—Estoy bien —le mintió Leigh.

La luz y el ruido volvieron a sacudir la habitación. Leigh volteó para mirar por la ventana. Myra bajó las escaleras corriendo para pararse a su lado.

—¿Estás segura? Podría quedarme un rato contigo, si quieres.

Leigh la miró, dejando ver que no le creía.

—¡Ya! Me has descubierto. ¿Puedo quedarme? Por favor.

—Claro que puedes —dijo Leigh—. Cuando quieras.

Myra se sentó en el sofá y tomó un extremo de la manta de Leigh.

—Normalmente no me dan miedo las tormentas. Pero me asusta la forma en que esta hace vibrar la casa cada vez que truena.

Leigh se cubrió con el otro extremo de la manta.

—Yo siento lo mismo. ¿Ocurre con frecuencia?

—No recuerdo una tan fuerte —dijo Myra—. Quiero decir, hemos tenido grandes tormentas antes, pero nunca habían sacudido así toda la casa.

—¿Por aquí tienen algo así como, no sé, tornados?

—Nunca —le aseguró Myra—. Ni siquiera tenemos advertencias de tornado, salvo una vez cada tres o cuatro años.

Una corriente de aire frío recorrió la habitación, trayendo consigo un leve gemido. Al entrar, Myra había dejado la puerta abierta y se cerró de golpe.

Afuera, un relámpago iluminó el cielo y segundos después la casa se estremeció con un trueno.

Leigh y Myra escondieron las cabezas bajo la manta.

Cuando se asomaron afuera de nuevo, Leigh sintió que el frío le punzaba en las orejas y las mejillas.

—Qué raro —dijo Myra.

—Lo raro —respondió Leigh— es que puedo ver tu respiración mientras hablas.

—A eso me refiero. No hacía tanto frío hace un segundo. Me pregunto si se habrá roto una ventana en alguna parte —dijo Myra—. Eso explicaría la corriente de aire.

Un grito procedente del piso de abajo atravesó la casa.

—¿Qué fue eso? —gritó Myra.

—No tengo ni idea —se quejó Leigh, ya de pie y dirigiéndose a la puerta.

Ella esperaba que se abriera al primer jalón, pero se mantuvo firme. El hombro le tembló en la coyuntura.

Los relámpagos brillaron y los truenos rugieron. Otro grito frenético llenó el aire.

Con ambas manos, Leigh jaló con todas sus fuerzas, pero la puerta se negó a ceder. Estaba atrapada.

El vapor salía de su boca mientras jadeaba. Un dolor sordo le punzaba en el costado mientras su corazón palpitaba a una velocidad increíble.

—¿Qué le pasa a esta estúpida puerta? —gritó Leigh, jalándola una y otra vez con furia.

Myra corrió a su lado.

—La madera debe haberse hinchado por toda la humedad del aire.

Colocando sus manos sobre las de Leigh, ambas chicas dieron un fuerte empujón contra la puerta. No lo consiguieron y volvieron a intentarlo. Al tercer intento, la puerta se abrió de golpe y ambas cayeron al suelo, una encima de la otra.

Leigh se puso de pie y extendió la mano para levantar a Myra.

—¡Vamos!

Leigh y Myra corrieron escaleras abajo, sus pies descalzos retumbaban en los escalones. Haciendo tanto ruido como el trueno de afuera, saltaron hacia el pasillo. Myra llamaba a gritos a su mamá y a su papá. La escalera, que conducía a la puerta principal, era lo bastante ancha como para que se deslizaran una al lado de la otra.

Peg estaba en la puerta de la oficina de Tristin.

Ella detuvo a Leigh y a Myra gritando:

—¡No pueden entrar! La ventana se rompió y se ha metido una tromba.

Mirando por encima del hombro de Peg, Leigh observó la tempestad dentro de la oficina. Los papeles volaban enloquecidos. Libros pesados se caían de las estanterías. Bolígrafos y adornos bailaban en el aire. Los muebles se balanceaban y se deslizaban. Daba terror presenciar ese caos.

—¿Dónde está papá? —gritó Myra.

—Entró para ver si podía hacer algo —gritó Peg por encima de toda la devastación.

Leigh miró más allá de Peg. Tristin estaba de pie en medio del caos y le caían escombros encima.

—¡Ya lo vi! —gritó Leigh—. Está muy desorientado.

Apartándose de Peg con todas sus fuerzas, se lanzó a la vorágine. Detrás de ella, Peg y Myra le gritaban que volviera.

Restos de cosas rotas golpeaban la cara de Leigh. Los cristales le cortaron las plantas de sus pies descalzos. Agachando la cabeza, se dirigió hacia donde estaba Tristin, de pie en el centro de la habitación, a merced de esos escombros. Leigh extendió el brazo y lo agarró por la manga para arrastrarlo fuera de la habitación. En cuanto hizo contacto con la tela de su camisa, un tortuoso frío caló a Leigh hasta la médula de los huesos.

Todo se detuvo. Los objetos más pesados cayeron al suelo y los papeles siguieron flotando en un vaivén. El silencio repentino era desconcertante. La tormenta de afuera también se desvaneció, dejando tras de sí una suave llovizna.

La gélida mano que parecía sujetar el alma de Leigh con su férreo puño la soltó. Leigh cayó al suelo, como todo lo demás en la habitación.

—¡Papi! ¡Leigh! —gritó Myra.

—¿Tristin? ¿Estás bien? —gritó Peg.

—Estoy... estoy bien. Creo —balbuceó.

—¡Levanta a Leigh y salgan de ahí! —exigió Peg.

Aturdida, Leigh sintió que Tristin la levantaba en brazos y la sacaba de la oficina. Peg cerró las puertas de golpe y Tristin dejó a Leigh en los peldaños de la escalera principal.

Myra golpeó el barandal con los puños.

—¡Leigh! ¿En qué estabas pensando al lanzarte así a la tormenta?

Leigh giró la cabeza para mirar a Myra. Exhausta, alcanzó a suspirar antes de desmayarse:

—Ningún niño debería perder jamás a sus padres.

Cuando Leigh parpadeó para abrir de nuevo los ojos, la asaltó la imagen de un papel pintado a rayas de colores rosa, blanco y café, en el que se reflejaba la luz de la mañana. Al girar la cabeza vio a Myra sentada en un sillón de mimbre al otro lado de la habitación. Como estaba leyendo una revista de chismes no se había dado cuenta de que ella había despertado.

—He muerto y me he ido al infierno, ¿verdad? —exclamó Leigh.

Myra dejó caer la revista al suelo y corrió hacia ella.

—¿Por qué dices semejante cosa?

—Porque siempre que me imagino el infierno, aparece en mi mente decorado con este papel.

Myra cruzó los brazos y apretó las mandíbulas.

—Es tu primera visita a mi habitación, ¿y eso es todo lo que tienes que decir?

Leigh giró la cabeza y observó la habitación. Parecía más un pequeño departamento europeo que el dormitorio de una adolescente. Los muebles eran modernos y originales, a diferencia de los del resto de la casa. La personalidad única de Myra se evidenciaba en cada rincón, excepto en el papel pintado.

Leigh arrugó su labio superior para burlarse y le dijo:

—¡Pues sí!

Myra apretaba los labios entre los dientes para no estallar en risas. A Leigh le pareció muy divertido y dejó escapar una risita. Myra perdió el control y soltó una carcajada.

—¿Cómo está tu papá? —le preguntó Leigh.

—Bien. Bueno, lo estaba. Se quedó abajo con mamá, limpiando el desastre. Logré que me desterraran cuando expuse la teoría de que el Viejo Bodie había hecho una rabieta por algo.

—Eres terrible —dijo Leigh entre risas.

—Sí, por supuesto. ¿Y tú? ¿Cómo te sientes?

—Bien. No sé por qué me desmayé.

Myra se sentó en el borde de la cama y con las palmas de las manos empezó a alisar la manta que cubría a Leigh.

—Fue muy valiente de tu parte que te lanzaras así.

—No creo. Valiente habría sido si lo hubiera pensado antes. No lo hice. Simplemente entré corriendo.

Myra le sonrió.

—¿Y no ves que justamente por eso eres aún más valiente?

A Leigh se le subió el calor a la cara y se acomodó contra la almohada.

—¿Por qué no bajamos y ayudamos con la limpieza? —dijo.

—¿Seguro que tienes ganas?

—Cualquier cosa es mejor que quedarse aquí sentada mirando este empapelado.

Myra se bajó de la cama y le ofreció la mano. Con cautela, Leigh puso los pies en el suelo, y con la ayuda de Myra enderezó las piernas. Le dolían las plantas de los pies, como si hubiera pisado una parrilla eléctrica caliente.

—¿Por qué no esperamos hasta más tarde? —sugirió Myra.

Le dolía demasiado como para pronunciar palabras, pero Leigh negó con la cabeza y volvió a intentarlo. Myra se quedó cerca de ella hasta que Leigh recuperó el equilibrio.

—Ya está —exhaló Leigh y relajó sus tensos hombros—. Creo que ya puedo. Yo voy y tú me sigues, ¿te parece bien?

A pesar de sus esfuerzos, Leigh no podía evitar caminar con

pasos cortos y torpes. Las heridas en las plantas de sus pies no eran graves, pero sí dolorosas. Comenzó a caminar y cada vez que hacía un gesto de dolor escuchaba a Myra suspirar compasiva.

Cuando aparecieron en la puerta del estudio, los ojos de Peg se llenaron de preocupación.

—¿Qué demonios haces fuera de la cama?

—Quería ayudar —dijo Leigh—. No soporto estar tumbada sabiendo que los demás están trabajando.

—Qué chica tan buena —dijo Tristin—. ¿Por qué no te acercas al escritorio y ves si puedes arreglar ese desastre?

Se volvió hacia Myra:

—En cuanto a ti, jovencita. Una palabra tuya sobre los malditos fantasmas y te quedarás en tu habitación hasta la cena de Navidad. ¿Entendido?

Leigh advirtió la seriedad de su tono porque, por primera vez desde que había llegado a la mansión, Myra le obedeció sin una pizca de desfachatez. Incómoda por el intercambio entre Tristin y Myra, Leigh se acercó cojeando al escritorio y evitó hacer contacto visual con ambos.

Utilizando el antebrazo a modo de excavadora, Leigh colocó los objetos más pequeños en los bordes del escritorio. Levantó del suelo la pequeña lámpara, un elegante soporte para dos bolígrafos y los devolvió al lugar que les correspondía. Se acercó a la silla y, más que sentarse, se dejó caer en ella.

Al colocar el porta-bolígrafos en el escritorio, Leigh vio debajo la esquina de una nota adhesiva. Al darle vuelta descubrió que se trataba de un fino trozo de papel pegado intencionalmente en la parte inferior. En él había una curiosa colección de letras y números. Al reconocer en el garabato la combinación de una caja fuerte, echó miradas subrepticias por la habitación en busca de la caja.

Como en el resto de la casa, las paredes de la oficina de Tristin estaban cubiertas de cuadros. Sin embargo, como consecuencia de la tormenta, ahora se hallaban tirados en el suelo o colgaban torcidos. Si hubiera una caja fuerte escondida detrás de alguno de ellos, sería visible. Las estanterías empotradas iban del suelo al techo. Decenas de libros estaban esparcidos por el piso de madera, lo que le permitía ver la mayoría de los paneles traseros de las estanterías. Parecían uniformes y sólidos.

No tenía ni la más remota idea de dónde podía estar la caja fuerte.

Tristin dejó caer una pesada caja de papeles desordenados sobre el escritorio.

Leigh se sobresaltó y echó la cabeza hacia atrás, apartándose del ruido.

—¿Estás bien? —preguntó Tristin—. Tu mente parece hallarse a miles de kilómetros de distancia.

Parpadeó, y la culpa le hizo creer que Tristin sabía lo que había estado haciendo. Al estudiar su rostro vio en sus ojos más preocupación que desconfianza o acusación.

Con un suspiro de alivio dijo:

—Estoy bien. Solo intentaba recordar qué me hizo perder el conocimiento.

Él le sonrió.

—No hay cómo saberlo. Debió de ser una experiencia horrible. Tuviste una valentía asombrosa. Sospecho que, una vez pasado el peligro, simplemente te venció el agotamiento, nada más.

Quedaba claro que trataba de tranquilizarla, pero Leigh sintió que acababa de considerar que ella era débil en lo emocional. Le ardían las mejillas.

—No te preocupes demasiado por intentar poner en orden estos documentos —dijo Tristin, deslizando hacia ella la caja que había dejado sobre el escritorio—. Mañana vendrá alguien a hacerlo. Pero, si quieres, puedes ordenarlos según su tipo: las hojas de cálculo en una pila, las cartas en otra. En cuanto a estas notas adhesivas, puedes ponerlas en una fila, una encima de otra a lo largo del borde del escritorio. —Esto lo dijo presionando el pegamento de una de ellas en la esquina de la parte superior—. Eso sería de gran ayuda.

—No hay problema —dijo Leigh, tratando de ocultar lo aburrida que le parecía la tarea, pero había que hacerla.

Si iba a vivir allí, su sentido del deber le decía que debía contribuir sin quejarse. Al menos eso era lo que su madre siempre le decía cuando se quejaba de las tareas domésticas. Pensar en su madre y en su padre le provocaba un dolor en el corazón, así que siguió trabajando para tratar de hacer que su mente dejara de rumiar lo mucho que los extrañaba.

Después de lo que parecieron horas, Tristin le preguntó:

—¿Cómo vas?

—Ya casi está. Pude juntar un par de informes porque tenían el mismo título en todas las páginas. La mayoría los agrupé en una pila.

—Fantástico —dijo Tristin—. No se puede pedir más.

Leigh se mordió el labio, mirando fijamente una nota adhesiva que mantenía separada de las demás.

—Oye, ¿tío Tristin?

El uso de la palabra tío, junto con su voz temblorosa, hizo que Tristin dejara lo que estaba haciendo y cruzara la habitación para acercarse a su lado.

—Quería preguntarte por esta nota. Tiene fecha del veintidós de julio de este año, y debajo de la fecha dice treinta y ocho mil dólares. Pues bueno, es que el veintidós de julio fue el día en que mataron a mis padres.

Myra y Peg se quedaron heladas mirándola. Leigh se dio cuenta de que su cara estaba roja como una granada. Ella mantuvo los ojos clavados en el escritorio. Había reunido todo el valor que pudo para preguntar por ese trozo de papel. No le quedaban fuerzas para defenderse de su reacción.

—¡Vaya! —tartamudeó Tristin—. Ya veo.

Myra y Peg centraron su atención en él.

—¿Papá? —insistió Myra.

Tristin miró a Myra.

—Un contenedor marítimo de Bahréin. —Les explicó, volviéndose para mirar a Leigh—. Eso está en Oriente Medio. Llegó y algunos de los productos se mandaron al cliente local. Esa mañana, el día 22, el cliente nos informó que faltaba parte del cargamento.

»Bahréin es famoso por sus perlas. Una caja que debía contener perlas por valor de treinta y ocho mil dólares no estaba en el contenedor, pero sí en la lista de envío.

—¿Lo sabe Ty? —preguntó Leigh.

—Lo dudo. No tiene nada que ver. Los sellos de seguridad del contenedor se pusieron antes de que saliera de Bahréin. Se inspeccionaron y hay una firma certificando que seguían intactos cuando se entregó el contenedor al cliente local. O las perlas nunca llegaron a introducirse en el contenedor o las sacó el cliente de aquí y se extraviaron.

La voz de Tristin tenía el mismo tono que cuando reprendía a Myra para que no mencionara a los fantasmas. Leigh se dio cuenta de que él ya no quería discutir el asunto, pero ella estaba lejos de querer dejarlo. Para su gusto, era demasiada coincidencia que se perdieran perlas la misma noche en que sus padres fueron asesinados. En la primera ocasión que se le presentara compartiría esa información con Ty.

Leigh se mantuvo en silencio y volvió a tratar de ayudar con la limpieza. Mientras trabajaba, leía con disimulo todo lo que podía: los papeles, los libros de contabilidad, los recibos y las notas apiladas en el escritorio. No encontró nada que tuviera demasiado sentido, aparte de las cantidades en dólares que hacían volar su imaginación. Simmons-Pierce Shipping valía miles de millones.

El ruido seco que produjo Peg al volcar el recogedor en una gran papelera hizo saltar a Leigh.

—Es la cuarta vez que paso la escoba y sigo levantando basura —exclamó.

—El suelo se ve muy bien, Peg —dijo Tristin—. Aunque no entiendo por qué no has buscado a alguien que lo haga por ti.

—Es nuestro desorden, es nuestro problema —respondió Peg—. Además, hay demasiados documentos importantes tirados por aquí.

—Por eso le pedí a Marcus Figueroa que venga mañana. Él puede arreglar todo este lío mejor que yo.

—Quizá Leigh y yo podamos salir de compras o hacer algo —propuso Myra.

—¿Qué pasa contigo y Marcus? —preguntó Peg.

—Es un farsante —exclamó Myra.

—No es así —dijo Tristin, el enojo resonaba alto y claro en su voz—. A menos que consideres que ser «farsante» significa interesarte por el bien de la empresa.

—¿Quién es Marcus Figueroa? —preguntó Leigh.

CAPÍTULO CINCO

A la mañana siguiente, el sonido de un helicóptero aterrizando sobre el jardín despertó a Leigh. Asomada a la ventana que estaba junto a su cama, observó que el helicóptero descendía sobre el pasto como si fuera la escena de una película. Era tan surreal que se preguntó si aún estaba durmiendo y soñaba con todo eso.

Un elegante piloto salió de la máquina. Su cabello largo y alborotado, aunque no tanto como para considerarlo un signo de rebeldía, revoloteaba con el girar de las aspas.

Al contrario de lo que pasa en las películas, Marcus Figueroa —pues Leigh suponía que era él— caminaba erguido y orgulloso, sin preocuparse por las aspas giratorias que iban disminuyendo de velocidad. Cruzó por el exuberante jardín y le dio la mano a Tristin antes de besar a Peg en cada mejilla. Tomándolo del brazo, Peg lo guió hasta una mesa con café y pastelillos dispuesta en el patio del jardín trasero.

«¡Así que ese es Marcus Figueroa!», se dijo Leigh.

Como si le respondieran, una fría e inhóspita corriente de aire sopló a través de la casa.

El día anterior, Myra le había explicado que Marcus era, o

tenía el cargo de, Gerente de Seguridad Global de Simmons-Pierce Shipping.

—La verdad es que —Myra siguió diciendo— él es la mano derecha de papá. Principalmente viaja por el mundo para supervisar todo, pero cuando sucede algún incidente, Marcus Figueroa viene siempre para hacerse cargo personalmente de las investigaciones.

El tono de admiración de Myra se agrió.

—Para mi gusto se cree demasiado, sobre todo por lo joven que es. Tiene un par de años más que yo y cree que solo él puede hacer bien su trabajo. En realidad, sí es bueno. Al parecer es una especie de genio cuando se trata de seguridad corporativa. Actividades ilegales, contrabando y crimen organizado, ese tipo de cosas. Todo eso ha disminuido desde que asumió el cargo de jefe de seguridad.

—Vaya —exclamó Leigh—. ¿Es verdad todo eso?

—Por supuesto que sí —dijo Myra—. En una empresa del tamaño de la nuestra, con conexiones en el mundo entero, somos un blanco ideal para todo tipo de canalladas.

En la noche, las palabras de Myra eran pensamientos que acosaban a Leigh como una nube de mosquitos, y durante horas se quedó acostada pero despierta, preguntándose si esas canalladas tenían algo que ver con el asesinato de sus padres. Cuando por fin pudo dormirse, su sueño fue irregular y oscuro, como una pesadilla.

Esa mañana, cuando vio al señor Figueroa en persona, Leigh se dejó invadir por una extraña sensación de interés que casi llegaba a la esperanza. Salió dando un salto de la cama y se vistió de prisa. Estaba decidida a conocerlo y, si tenía la oportunidad, averiguar lo que él sabía sobre el asesinato de sus padres. Apurándose lo más que podía, atravesó la casa con los pies vendados y adoloridos, porque se negaba a perder la oportunidad de que Peg y Tristin le presentaran a este hombre.

Se detuvo ante los ventanales que daban al patio del jardín y respiró hondo para reponerse. Abrió la puerta de un empujón y apareció con una sonrisa falsa.

—Buenos días —saludó al grupo.

—¿Días? —dijo Tristin, mientras miraba su reloj para verificar si aún seguían siendo «días».

Leigh dejó pasar la broma. Lo importante era que estaba en presencia del jefe de seguridad de Simmons-Pierce, el hombre que podía tener las respuestas.

—Hola —le dijo, tendiéndole la mano—. Usted debe ser Marcus Figueroa. Yo soy Leigh.

Marcus se puso en pie y le tomó la mano.

—Señorita Howard. Encantado de conocerla. Mi más sentido pésame por su pérdida.

Como una orquídea en contacto con una helada repentina, la sonrisa de Leigh se marchitó y murió.

Marcus era atractivo, tal como Myra lo había descrito. Todo en él era pura elegancia europea. Leigh supuso que su traje impecable estaría hecho a la medida. Sus zapatos, de cuero color canela, estaban muy lustrados. Su piel oscura y su pelo alborotado eran cien por ciento italianos. Lo que le molestaba era su tono de voz.

A pesar de lo que le había dicho, Marcus no parecía condolerse de ella en lo absoluto. Tantas veces había escuchado ese tono que le daban ganas de gritar. Era el que utilizaba la gente para decir lo que creía que debía decir, de acuerdo con las circunstancias, pero no era algo que realmente sintiera.

«Protocolo», pensó ella.

—Gracias —susurró Leigh, aunque no sabía por qué se lo agradecía.

—Acércate una silla y ven con nosotros —invitó Peg—. Sírvete un pan dulce.

Leigh eligió una dona rellena de crema y trató de pasar desapercibida. Esperaba que Tristin y Marcus retomaran su tema de conversación y tal vez se les escapara algo.

—Le estaba contando a Marcus lo de la extraña tormenta en mi oficina —dijo Tristin.

—Sí —dijo Marcus—. Muy rara. Y tengo entendido que tu comportamiento fue bastante heroico.

Leigh trató de evitar ser el centro de atención y dijo:

—No fue nada, en realidad.

—Lo siento, pero no estoy de acuerdo —insistió Peg—. Tristin se podría haber muerto ahí dentro y tú no dudaste ni un segundo. Te lanzaste directamente y ni siquiera consideraste el riesgo que corrías.

Para cambiar de tema, Leigh dijo:

—Tengo entendido que usted es el jefe de seguridad, señor Figueroa. Debe de ser un trabajo fascinante.

Marcus esbozó una de esas sonrisas falsas que parecen humildes pero que están llenas de arrogancia.

—Por favor, llámame Marcus. En cuanto a mi apasionante trabajo… No es tan elegante y atrevido como se podría pensar. Papeleo e investigación, sobre todo. Son los rastros en los documentos lo que nos llevan a capturar a los villanos. Más ladrones son atrapados por la pluma del contador que por la pistola de un policía.

—¿Entonces por qué los criminales guardan documentos? —preguntó Leigh.

—Porque el crimen, querida, es un gran negocio. Es algo organizado y eficiente. Con frecuencia más que las empresas legales. Para funcionar a tan gran escala, necesita estar, como cualquier otra organización, repleto de registros, contratos y recibos.

—Da la impresión de que lo aprobaras —no pudo evitar decir Leigh.

—Tal vez lo admiro, pero no lo apruebo. Igual que puedo admirar el impresionante poder de un gran tiburón blanco sin aprobar que se coma a la gente.

Leigh estaba de acuerdo con Myra. No le caía muy bien Marcus, pero quería algo que él tenía: la información sobre la noche en que mataron a sus padres. Mientras Peg y Tristin estuvieran merodeando, bebiendo café y tratándola como a una muñeca de porcelana cada vez que la conversación se ponía seria, no iba a averiguar nada. De alguna manera, tenía que acorralar a Marcus mientras estuviera solo.

—Tristin me dijo que vendrías aquí para trabajar en el desorden de su oficina. Si hay algo que pueda hacer, me gustaría ayudarte —se ofreció.

Peg dijo en un murmullo:

—¿No te dije que era la cosa más dulce del mundo?

—Ya veo —susurró Marcus mientras miraba a Leigh con recelo—. Por desgracia, no hay mucho que puedas hacer. Necesitamos a alguien que esté familiarizado con las operaciones cotidianas de la empresa, para que pueda ordenar con coherencia todos los documentos y libros de contabilidad. Me llevaría más tiempo enseñarte lo que tienes que hacer que hacerlo yo mismo. Lo siento.

De nuevo, a pesar de lo que decía, Marcus no parecía lamentarlo en absoluto.

—Pero quiero ayudar —insistió Leigh—. O sea, soy parte de esta familia, ¿no?

Miró a Tristin y a Peg. El rubor le hacía arder las mejillas mientras bajaba los ojos. No podía evitar recordar que su madre le había enseñado a no ser tan grosera.

—Claro que sí —reafirmó Peg, mientras sus dedos jugueteaban nerviosos con el colgante de oro que llevaba al cuello.

—Bueno, entonces —continuó Leigh, tratando de sonar segura al tiempo que se sentía avergonzada por su franqueza—, quiero aprender cómo funciona el negocio de la familia. Es decir, no puedo formar parte de ella sin ser parte del negocio y, por lo que veo, las dos cosas son lo mismo.

—Así se habla —declaró Tristin—. Y si eso es lo que quieres, estoy seguro de que podremos solucionarlo. Pero tendrás que empezar desde abajo e ir subiendo. Es imposible comenzar desde arriba e ir hacia abajo. Son muchas las sutilezas, e incluso los pequeños errores pueden acarrear pérdidas millonarias.

—Entiendo —dijo Leigh, tratando de que no notaran sus verdaderas intenciones—. Aun así, estaré por aquí si se te ocurre algo en lo que pueda ayudarte.

Se excusó y dejó en el plato su dona, intacta. Cuando se marchó, oyó las risas del grupo. Si eran de burla o aprecio por su oferta de ayuda, Leigh no lo sabía y le daba igual. Lo único que le importaba había fracasado: su plan de quedarse a solas con Marcus para poder interrogarlo.

De nuevo en su habitación, sentada en la cama y mirando enojada por la ventana la pequeña fiesta que se celebraba abajo, en el jardín, se devanaba los sesos buscando un plan B, pero lo único que se le ocurrió fue un nuevo plan A, es decir, seguir intentando atrapar a Marcus cuando estuviera solo.

Mientras esperaba tener una oportunidad, vio que Peg se levantaba de la mesa. Leigh estaba paralizada por la indecisión. ¿Sería éste el momento? Su corazón latía y, mientras la sangre caliente recorría su cuerpo, sentía punzadas de ansiedad.

Tristin seguía allí y no daba señales de irse, así que no, esa no era su oportunidad. Respiró hondo y se dijo que debía esperar, observar y seguir maquinando.

Los dos hombres se levantaron y entraron a la casa. Leigh sabía que iban a la oficina. En su impetuosa emoción, quería bajar las escaleras para vigilarlos. Respiró hondo y trató de mantener la calma. Había que jugar limpio. Tenía todo el día. Si se apresuraba, si era demasiado obvia, con seguridad la descubrirían.

Leigh estuvo como diez minutos paseando por su habitación. Mientras iba y venía, se mordía los labios y los pensamientos le daban vueltas como en una vorágine. Marcus, el hombre con las respuestas que ella anhelaba con tanta desesperación, estaba allí en ese momento, pero bien podría haber estado en Júpiter.

Luego se quedó paralizada en medio de la habitación. Tenía las mandíbulas apretadas y miraba fijamente hacia la puerta. Luchaba contra la tentación de salir corriendo, irrumpir en la oficina de Tristin y exigir respuestas. Dejó escapar una queja y trató de calmarse, se dio la vuelta y comenzó a caminar de nuevo.

Demasiado pensativa como para saltar desde el borde del altillo hasta la sala de estar, bajó las escaleras y se desplomó en el sofá. Sentía que, de alguna manera, estaba traicionando a sus padres al no mostrarse más agresiva, pero no se le ocurría qué otra cosa hacer. Las lágrimas empezaron a resbalar por sus mejillas.

La vieja mansión cimbró. Una débil corriente de aire recorrió su habitación. En donde estaba la escalera del armario, algo sonó de una forma tan suave que no estaba segura de haberlo oído. Le vino a la mente el nombre de Bodie grabado debajo del último escalón.

Dobló el brazo y hundió la cara en el pliegue del codo para secarse los ojos con la manga. Levantándose con esfuerzo, recogió la libreta de la mesita. Tomó un lápiz y entró en el armario. Para pasar el rato, tenía la intención de hacer una copia del nombre del Pequeño Bodie.

Cuando Leigh se agachó bajo la escalera, la tabla suelta volvió a balancearse bajo su espalda, a la altura de sus omóplatos. Hizo una mueca. Peg le había pedido a uno de los empleados de mantenimiento que revisara el armario, después de que Myra le informara sobre la tabla suelta. Según Peg, el hombre no encontró nada mal en el suelo del interior del armario. Leigh tendría que enseñarle ella misma dónde estaba.

Maniobrar su cuerpo en el estrecho espacio bajo la escalera era incómodo. Apretó una hoja de papel contra la parte inferior de la escalera y extendió los dedos para sujetarla. Frotaba la punta del lápiz sobre los surcos del nombre tallado, su cuerpo se tambaleaba a la derecha y a la izquierda. El teléfono, que había apoyado sobre el pecho como la única luz que tenía para trabajar, se le resbalaba y se veía obligada a sujetarlo, presionándolo con la barbilla. Los codos se le pusieron rígidos y los músculos de los antebrazos empezaron a dolerle por el esfuerzo combinado de sujetar el papel y, al mismo tiempo, frotar con el lápiz.

—Al menos no es sofocante estar aquí —dijo, sorprendida de lo fresco que se sentía el aire. Era muy distinto al día en que llegó y Myra le dijo dónde encontrar el grafiti de Bodie.

Al hacer una pausa en los rayones que raspaba, le llegó al oído un zumbido parecido al de una abeja. Dejó de respirar, la aterrorizaba la posibilidad de que la picara.

Cuando trató de escuchar mejor, se dio cuenta de que el zumbido era una conversación, pero las palabras eran ininteligibles y no identificaba a los interlocutores.

Se deslizó más cerca de la pared donde se hallaba la escalera y pegó la oreja a su fría superficie. Como las palabras de Tristin sonaban apagadas y débiles, se esforzó por tratar de entenderlas.

—Tengo que atender una llamada de Taiwán. ¿Está bien si te quedas un rato solo?

—Por supuesto —dijo Marcus, que sonaba arrogante aun cuando su voz se oía apagada.

Leigh se retorció debajo de las escaleras. Se quitó la camiseta y la sacudió como si fuera una pequeña alfombra, para quitarle el polvo que se le pudiera haber acumulado. Volvió a ponérsela mientras caminaba. Abrió la puerta y bajó por la escalera de caracol. Se asomó y se deslizó por el pasillo como si fuera un tímido ratón.

Al mirar por encima del barandal del segundo piso vio a Tristin, que subía desde el primero. Se escondió detrás de un grueso pilar cuadrado hasta que oyó abrirse y cerrarse una de las muchas puertas.

Abandonó la cautela y bajó las escaleras. Estaba en la entrada de la oficina de Tristin, pero como no quería irrumpir jadeante y sin aliento, se detuvo y esperó a que su corazón y sus pulmones se calmaran.

—¿Qué tal va todo? —preguntó con desenfadada cortesía al entrar. Marcus no se molestó en mirarla.

Él estaba de pie junto a una caja de papeles y libros, los ojeaba y los ordenaba, colocándolos en montones separados sobre una larga mesa.

Leigh pensó que no la había oído hasta que carraspeó:

—Bien.

Entró y se sentó en el escritorio de Tristin, dando amplios giros a izquierda y derecha en la silla.

—¿Todavía no hay algo que pueda hacer?

—Podrías no estorbar.

—Yo no estorbo —dijo ella, alegremente.

Por primera vez levantó la cabeza y la miró.

—Supongo que no. Pero no te metas con esas pilas de papeles. Me he pasado toda la mañana ordenándolos.

Marcus dejó el libro que estaba leyendo encima de una pila que había a su lado. Tomó un volumen idéntico y volvió a examinar su contenido.

La calma exterior de Leigh ocultaba su nerviosismo. No sabía cómo ser sutil al sacar el tema del asesinato. Como no se le ocurría ninguna otra cosa, decidió que lo mejor era ir al grano.

—¿Señor Figueroa?

—Puedes llamarme Marcus, y la respuesta es sí.

—¿Respuesta a qué? —le preguntó Leigh, sorprendida.

—Sí, Tristin me ha dicho que tu amigo, el policía, ¿se llama Milbank? Quería transcripciones de las entrevistas que hicimos mientras investigábamos el asesinato de tus padres. He puesto a algunas personas a trabajar en eso y en cuanto él entregue la orden judicial le daré los documentos.

—¿Cómo sabías que iba a preguntarte por eso?

—Era eso o alguna otra pregunta sobre tus padres. Porque, si no, ¿habrías intentado convencerme de que te dejara trabajar conmigo? Además, ¿no me digas que es una coincidencia que tu aparezcas cuando Tristin acaba de irse?

Le ardían los oídos. La había hecho sentir como una tonta. Le molestaba que le llamara la atención con tanta facilidad y le enfurecía que fuera tan arrogante. La personalidad de Marcus actuaba en sus emociones como si fuera un papel de lija. Cualesquiera fueran los motivos de Myra para que Marcus le cayera mal, ahora ella tenía sus propias razones. Marcus era un imbécil.

—¿Qué has descubierto en tu investigación? —le preguntó.

—Nada —le respondió él, mientras levantaba dos libros de la pila para colocar en tercer lugar el que había estado leyendo—, hasta ahora.

—¿Hasta ahora? Entonces, ¿no te rindes?

Marcus se sentó con media cadera sobre la mesa y cruzó los brazos sobre el pecho, como si posara para una revista de moda.

—No.

—Creo que la policía está a punto de hacerlo —le dijo ella.

—Eso creo. No tienen ninguna pista.

Ella se molestó. Sus palabras eran frías y duras, como si un boxeador la golpeara. No estaba dispuesta a rendirse y continuó presionándolo.

—¿Y tú?

—Todavía no. Pero que un agente de policía y su mujer hayan sido asesinados y encontrados en nuestros muelles es demasiado sospechoso, demasiado peligroso para la empresa como para no seguir investigando.

—¿Peligroso para la empresa? ¿Por qué?

La miró larga y fijamente. Ella se sintió incómoda, pero no quiso apartar la mirada. Si eso era lo que necesitaba para saber la verdad, resistiría.

Por fin, Marcus dijo:

—Nada de lo que pueda decirte cambiaría las cosas. No sé quién mató a tus padres ni por qué, pero aunque lo supiera y te lo dijera, tus padres seguirían muertos. Nunca van a volver. Es cruel, lo sé, pero es así. Tienes que encontrar la manera de seguir adelante.

Leigh se enderezó en la silla y con la barbilla erguida dijo:

—Nunca dejaré de buscar la verdad. Voy a seguir insistiendo hasta que descubra quién nos ha hecho esto a mamá, a papá y a mí. ¿Y después? Haré que paguen por ello. ¡Aunque todos los demás renuncien, yo me encargaré de la investigación por mi cuenta!

Marcus se levantó de la mesa.

—Lo que vas a conseguir es que te maten, igual que a tus padres. ¿Quieres la verdad? Bien. Te la voy a decir. A tus padres no los atraparon por un accidente fortuito porque estaban en el lugar y en el momento equivocados. Eran el objetivo. Fueron ejecutados con un disparo en la nuca. El ángulo de las heridas indica que estaban de rodillas. Después de ser asesinados, todo el lugar fue desinfectado y no encontramos ni rastro de pruebas.

»Eso me dice que fue el trabajo de un profesional y que el crimen organizado está involucrado. Significa que alguna mafia ya se apoderó de Simmons-Pierce o está desesperada por hacerlo, de tal manera que están dispuestos a matar para lograrlo y eso incluye matarte a ti.

A Leigh se le llenaron los ojos de lágrimas pero Marcus aún no había terminado.

—Tengo un pequeño ejército trabajando en esto y, hasta ahora, no hemos conseguido nada. Tampoco la policía. ¿Qué podrías hacer tú? Si eres una niña tan herida por el dolor que intentó suicidarse, ¿qué podrías hacer contra la mafia? ¿O la Yakuza? ¿O contra quien sea? Nada. Lo digo por tu propio bien: concéntrate en reconstruir tu vida y deja que los que saben lo que hacen busquen las respuestas.

Leigh se tapó la boca para acallar un lamento. Sus lágrimas corrían a torrentes, goteando por sus mejillas y sobre su sudadera con capucha. Se puso de pie de un salto y salió corriendo de la oficina. A toda prisa se dirigió a su habitación y se acurrucó en el armario, mordiéndose con fuerza el antebrazo para no gritar.

CAPÍTULO SEIS

El sol de la mañana brillaba como un merengue de color amarillo limón. Todavía era demasiado temprano para que el calor se sintiera con toda su fuerza. El aire estaba impregnado de una agradable calidez, mientras avanzaba lentamente sobre las copas de los árboles. Los jardineros se hallaban en plena actividad, aprovechando la agradable mañana.

En el otro extremo del jardín, una mujer con uniforme caqui cortaba el césped de forma sistemática yendo de un lado a otro. Pequeños grupos de dos o tres personas, todos con uniformes de color verde oliva y caqui, desyerbaban los canteros. Un hombre, subido a una escalera, arrojó su limpiavidrios de goma en una cubeta que colgaba de un gancho a su lado. Con un trapo, limpiaba las ventanas del segundo piso.

Leigh deambulaba por el jardín sin ir a ningún sitio en particular. Había pasado otra noche en la que, más que dormir, apenas había dormitado a ratos. Entraba y salía de un estado inconsciente, torturada por las pesadillas. Habían transcurrido tres días desde que Marcus la reprendió y le pidió que no se metiera en sus asuntos.

«Como si el asesinato de mis padres no fuera asunto mío», pensó.

Hacía rato que Marcus se había ido. Aún se sentía herida por lo que le dijo. Ella no había hecho nada para merecer el trato que recibió. Lo único que hizo fue hacer preguntas. Luchaba por entender por qué Marcus fue tan cruel con ella.

—¡Señorita Howard! —gritó una voz.

Volteó de forma automática, sin ningún interés real, inspeccionando en los alrededores hasta concluir que era el hombre de la escalera quien la llamaba. Se trataba de un joven moreno y apuesto, de pelo y ojos negros, que lucía una atractiva e incipiente barba a las ocho de la mañana. Su tez oscura le hizo sospechar a Leigh que él o su familia procedían de algún lugar de Sudamérica.

Caminó hacia él mientras lo veía bajar de la escalera.

—Soy Nacho —le dijo cuando se encontraron.

Leigh levantó involuntariamente la ceja izquierda.

—¿Quieres decir como esos pedacitos de tortilla fritos?

Nacho se rio y se encogió de hombros.

—Sí. Mi verdadero nombre es Ignacio Domínguez. La gente me llama Nacho.

En tono monótono, Leigh dijo:

—Yo soy Leigh. La gente me llama Leigh.

La cara de Nacho mostró una ligera vacilación.

—Muy bien. Bueno, señorita Howard.

—Leigh.

—Disculpe… Leigh. La señora Simmons me dijo que todavía tienes problemas con una tabla suelta en tu armario. Ya eché un segundo vistazo y no pude encontrar ningún problema.

—Te lo enseñaré —le dijo Leigh con poco entusiasmo—. Cuando tengas tiempo.

Nacho le sonrió.

—Ahora tengo tiempo. Las ventanas pueden esperar.

Leigh respiró hondo y dejó salir el aire por la nariz. No se dirigía a ningún sitio en particular, pero le molestaba que no la dejaran llegar.

—De acuerdo —dijo—. Vamos.

Con paso lento guió a Nacho al interior. El trayecto en el ascensor hasta el tercer piso se hizo en silencio. Leigh pensó que debía decir algo.

Miró a Nacho con el rabillo del ojo. Tenía los labios fruncidos y balanceaba su cuerpo de los talones a la punta de sus pies. Ella supuso que el silencio también debía resultarle incómodo, pero no tuvo fuerzas para hablar.

Cuando llegaron a su habitación, Leigh le dijo:

—Está en el armario, debajo de la escalera.

Ella abrió la puerta y empezó a patear zapatos y a descolgar la ropa para arrojarla hacia el centro de su habitación.

—Tienes que llegar hasta el fondo, casi hasta donde está el segundo escalón.

—Voy a echar un vistazo —dijo Nacho, mientras la rozaba al entrar en el armario.

Se agachó y avanzó a gatas. Cuando estaba cerca del fondo empezó a golpear el suelo con el puño.

—Entonces, ¿era más a la izquierda o a la derecha?

Leigh se sintió frustrada. Era evidente que una tabla estaba suelta. Se movía al menor contacto.

—Es la que está un poco descentrada, a la derecha —le dijo.

Se oyeron más golpes.

—Hmmm —gruñó Nacho, y volvió a golpear. Hasta que nuevamente salió agachado y le dijo—: No la encontré.

Leigh apretó los dientes para no decir una grosería.

Nacho hurgó en un bolsillo del pantalón y sacó un bolígrafo.

—Toma, coge esto y haz una marca encima de la tabla que está suelta. Cuando salgas, volveré a entrar para echar otro vistazo.

Dando un gran suspiro, Leigh tomó el bolígrafo e hizo lo que le pedía. Sabía qué tabla estaba suelta y se sentía frustrada por lo obvio que era. Llegó donde estaba y la empujó para asegurarse, pero la tabla no se movió.

Volvió a presionar.

Nada.

Al igual que Nacho, cerró el puño y golpeó.

La tabla no se movió.

Leigh se rindió.

—No lo entiendo —dijo cuando ya estaba al lado de Nacho.

Él le sonrió compasivamente, como si ella fuera una niña soñadora.

—¿No me crees? —preguntó ella.

—Bueno —dijo él, encogiéndose de hombros—. Esta casa tiene más de trescientos años. Las cosas se mueven, se encogen y se hinchan todo el tiempo. Por eso me contrataron. Siempre hay algo para arreglar.

—Siento haberte hecho perder el tiempo.

—Sí, claro, como estaba divirtiéndome mucho limpiando las ventanas.

Leigh miró al suelo y dijo, más para sí misma que para Nacho:

—Hace poco eso me habría parecido gracioso.

Nacho sacó un trapo del bolsillo trasero y empezó a limpiarse las manos.

—Seguro que muchas cosas te parecían graciosas hace poco. Es comprensible que ya no lo sean.

Ella levantó la cabeza y lo fulminó con la mirada.

Claro que lo sabía. Todos los que trabajaban ahí lo sabían. La mayor parte de Maryland lo sabía. El asesinato del policía y su esposa era una noticia importante, y cualquiera que la siguiera con algún grado de interés también sabría lo que ella intentó hacer.

—Lo siento —dijo Nacho—. No es asunto mío.

—Está bien, no puedo hacer como si no hubiera sucedido.

Nacho asintió:

—Cierto.

No era mucho mayor que Myra… ¿veintiuno? ¿Quizá veintitrés? Sin embargo, sus ojos le hacían pensar a Leigh que ya había visto mucho. Que había sufrido mucho.

Se arriesgó y le preguntó:

—Y tú ¿a quién perdiste?

—¿Yo? A todos. Soy de Guatemala. Cuando los Zetas se apoderaron de mi pueblo mataron a todo el que no se unió a ellos.

Ella le dirigió una mirada acusatoria.

—Tú sigues vivo.

—Bueno, ya no estoy en Guatemala. —Se rio—. No soy miembro del Cártel de los Zeta, si es lo que estás pensando.

—Por supuesto que no lo eres —dijo Leigh—. Lo siento. Ahora no estoy en mi mejor momento.

Nacho no respondió a eso, pero preguntó:

—Entonces, ¿sabe algo la policía?

—No —respondió Leigh—. Están a punto de darse por vencidos. Creo que por eso he estado tan deprimida últimamente.

—Pero tendrán alguna pista, ¿verdad?

Leigh sacudió la cabeza.

—¿Y qué hay de la seguridad de Simmons-Pierce? ¿El señor Figueroa sabe algo?

Leigh le dirigió otra mirada suspicaz.

—Para ser un empleado de mantenimiento estás bastante al tanto de las cosas.

Él se encogió de hombros otra vez.

—Desde lo que pasó con los Zetas he aprendido a mantener los ojos y los oídos abiertos.

Eso tenía sentido para Leigh y asintió.

—Marcus sospecha del crimen organizado —dijo—. Eso es todo lo que me contó antes de decirme en forma tajante que mantuviera mi nariz fuera de esto.

—Y tal vez deberías.

—¿Qué dijiste?

Nacho se apoyó en el otro pie.

—Mira, no es asunto mío, pero lo que quiero decir es que nada va a cambiar lo que ya pasó. Digamos que atrapan al tipo que mató a tus padres. ¿Y luego qué? La gente que lo contrató seguiría libre. Y supongamos que a esa gente también la atrapan. ¿Sí? En menos de una semana algún otro jefe se hará cargo y todo volverá a la normalidad. Créeme, yo sé de estas cosas.

A Leigh se le llenaron los ojos de lágrimas.

—Todo parece tan terrible, ¿sabes? Tener que dejarlos ganar así.

—Oye —dijo Nacho—, si tú logras ser feliz, nadie gana más que tú y tus padres. ¿No es eso lo que ellos habrían querido para ti?

—Pues sí.

Nacho se encogió de hombros, sonriéndole.

—Entonces tus padres ganan.

Leigh miró a Nacho, lo veía muy parecido a Myra. Ambos eran honestos y directos con ella, notaban que estaba apaleada pero no rota. Las palabras de Ty: «Deja entrar a las personas adecuadas y te ayudarán», soplaron en su mente como una suave brisa. Tal vez Nacho, como Myra, era una de las personas precisas.

—Lo pensaré —dijo.

—Si alguna vez quieres hablar, siempre estoy por aquí. Y si esa tabla vuelve a soltarse, yo...

Leigh forzó una sonrisa.

—Sí… estarás por aquí.

Nacho sonrió.

—Claro. Tengo que volver a mis ventanas. ¿Tú estás bien?

—Estoy bien. Sin problemas. Gracias por... bueno, por todo.

—De nada, señorita.

Cuando se fue Nacho, cerró la puerta y se quedó recargada en ella. Entendía que él tenía razón, debería dejar la investigación a los profesionales y concentrarse en rehacer su vida. Pensar en eso le producía una punzada en la cabeza. Sentía que el cerebro se le estrujaba y al mismo tiempo se enfurecía de solo pensarlo. Era igual que si renunciara a sus padres. Como una traición.

Fue al armario y empezó a meter los zapatos dentro. La tabla del fondo sonó.

—Esto tiene que ser una broma —se lamentó.

Se agachó para meterse hasta el fondo del armario. El aire frío le puso la piel de gallina. El cambio repentino la mareó. Estaba segura de que el aire no se sentía tan frío cuando Nacho y ella buscaban la tabla suelta.

Al estirar la mano hacia delante y presionarla contra el suelo, la tabla que causaba el problema se balanceó al menor contacto.

La rabia se apoderó de ella. Primero Marcus le dijo que se apartara del asunto. Luego Nacho dijo lo mismo, pero de forma más amable. Ahora, una estúpida tabla se burlaba de ella: un minuto estaba floja y al siguiente, fija.

Dijo una grosería y presionó de tal manera que el borde de la tabla se elevó lo suficiente para poder clavarle lo que le quedaba de uñas, hasta que logró levantarla.

—¡Cuando termine de destrozar todo el suelo nadie se preguntará cuál era la que estaba suelta! —dijo, enojada.

Dio un fuerte jalón. Leigh pensaba que se iba a quedar pegada, que con obstinación se negaría a moverse, pero se cayó, y cuando se soltó, se golpeó la cabeza contra la pared lateral del armario.

Le brotaron más palabrotas.

Volvió a ponerse de rodillas y miró por el agujero que había hecho en el suelo. Era una rendija estrecha, lo bastante ancha para que pasara la mano abierta, pero no el puño. Gracias al fino hilo de luz proveniente de la puerta que le permitía ver, introdujo la mano con destreza y dejó que sus dedos tantearan hasta que se posaron en algo encajado en el interior.

A Leigh se le subió el corazón a la garganta cuando llamaron a su puerta con una serie de golpes entrecortados. Sacó la mano del agujero del suelo tan rápido que se raspó los nudillos.

—¿Leigh? Soy Myra. Voy a la ciudad a hacer unas compras. Mamá dice que quiere que vengas conmigo.

—Gracias, pero no tengo ganas —le gritó Leigh. Oyó que se abría la puerta.

—¿Leigh? ¿Dónde estás?

De prisa, Leigh colocó la tabla del suelo en su sitio.

—Aquí dentro —dijo.

—¿Dónde? ¿En el armario?

—Sí —dijo al entrar en la habitación. Cerró la puerta del armario y se aseguró de oír el pestillo—. Nacho estuvo aquí. No encontrábamos esa estúpida tabla suelta.

Myra enarcó las cejas con malicia.

—Nacho, ¿eh? Está de buen ver, ¿verdad?

—¡Myra! Él tiene por lo menos diez años más que yo.

—Ay, cariño. Que no toques un instrumento no significa que no puedas escuchar la música.

Myra sabía hacer sonreír a Leigh, aunque no tuviera ganas.

—Eres tremenda —le dijo.

Myra se rio.

—¿Verdad que sí?

—Mira, no quiero ir de compras —le dijo Leigh.

Myra se puso seria.

—Ya sé que no quieres, pero mamá insiste. Dice que has estado mucho tiempo deprimida y dando vueltas, y eso no es sano.

Leigh miró fríamente a su prima.

—Es tu madre. No la mía.

—Lo sé, y ella también, pero es tu tutora y está preocupada por ti. Yo también, para ser sincera.

—Estoy bien.

—No estás bien. Te pasas la mitad del tiempo tumbada en la cama y la otra mitad vagando por el bosque en sitios donde ni yo te encuentro.

Myra suspiró.

—Mira, yo tengo que irme mañana y estaré fuera los próximos tres días. Me gustaría que vinieras de compras conmigo para que me ayudes a prepararme.

—¿Te vas?

Myra le respondió con mordaz franqueza:

—¡Sí! Lo sabrías si pasaras más tiempo fuera de tu habitación. Voy a hacer un tour por el campus de la Universidad de Columbia en Nueva York.

Leigh sentía que eso que estaba oculto debajo de la tabla del piso la atraía como si fuera un imán. Por otra parte, Myra era su amiga y se marchaba. Cuando Myra se fuera, ¿con quién podría hablar en la mansión Simmons-Pierce?

Desde el asesinato de sus padres, Leigh intentaba fingir que su vida seguía siendo normal. Enviaba mensajes de texto a sus antiguos amigos del colegio, pero eso era muy distinto a conversar con alguien en persona. Si no iba con Myra, sabía que no solo heriría sus sentimientos, sino que se arrepentiría cuando ella ya no estuviera.

—Está bien —suspiró Leigh—. Iré.

—¡Perfecto! Nos vemos abajo en cinco minutos.

Media hora después, cuando Myra salió por la puerta principal, Leigh se sintió como si le hubieran dado una patada en el pecho. Con timidez, se acomodó el flequillo para que le tapara los ojos. Myra se había cambiado de ropa, se maquilló y se peinó. Leigh se puso la sudadera con capucha y agradeció que Myra no fuera el tipo de persona que se fijaba en esas cosas, o a lo mejor sí, pero tenía la amabilidad de no decir nada.

Subió a un sedán negro, que conducía un hombre del que Myra se burlaba llamándolo Bob el Guardaespaldas, y se preparó para una tarde de aburrimiento. Al cruzar las puertas de la finca, se dio cuenta de que era la primera vez que salía de allí desde que había llegado. ¿Hacía ya semanas? ¿Meses? Parpadeó y admitió que había perdido la cuenta.

Al llegar al centro comercial que Myra había elegido, Leigh iba arrastrando los pies a su lado, como si fuera su tormenta personal. Leigh sabía que Myra le estaba siguiendo la corriente y se probaba lo que ella le sugería. Eran prendas con el estilo de ermitaña urbana que Leigh prefería. Cuando Myra se miraba, adoptaba poses exageradas de chica banda y era muy divertida. Leigh empezó a animarse, e incluso dejó que Myra eligiera ropa elegante para que se la probara. Con un vestido de cóctel azul noche y sus maltrechos Keds, tratando de contorsionar su cuerpo en poses seductoras, Leigh se veía igual de ridícula que Myra fingiendo ser ella. Para la hora en que todo terminó, Leigh se la estaba pasado muy bien.

Cuando llegaron a la mansión, Leigh sintió que su corazón daba un gran sobresalto. El Camaro clásico de Ty estaba estacionado debajo de un árbol cercano a la casa.

Toda la alegría que estaba sintiendo se esfumó.

«No creo que esto vaya a ser nada bueno», se dijo Leigh en voz baja, cuando ya Myra había bajado del coche y no la podía oír.

Capítulo Siete

Tristin esperaba a Leigh en la puerta y la guió hasta su oficina. De pie y en medio de la sala, Ty cubrió con la mano izquierda la pistola que llevaba en la cadera, mientras enganchaba el pulgar derecho detrás de la placa que estaba sujeta a su cinturón. No perdió el tiempo con charlas triviales.

—El departamento ha catalogado oficialmente el caso de tus padres como «sin resolver» —dijo.

Leigh esperaba malas noticias, pero no esto.

—¿Cómo? ¿Tan pronto?

—Lo sé. A mí también me impactó la noticia, pero ya no tenemos pistas que seguir, ni testigos que interrogar, ni pruebas que recoger y analizar. Al mismo tiempo, nuestra carga de trabajo está aumentando. Hay casos que tienen probabilidad de ser solucionados. Así como están las cosas, la investigación sobre tus padres no la tiene. Entiendo que es difícil oírlo, pero querías la verdad y, bueno, ahí está.

Afuera, una potente ráfaga de viento hizo crujir la casa.

—Entonces, ¿eso es todo? ¿Se olvidarán de mis padres?

Ty se molestó.

—Oye, tus padres eran mis amigos. El hecho de que la investigación no se haya resuelto no significa que se ha cerrado. Tú sabes que voy a seguir trabajando en ello.

—Te olvidas —dijo Leigh, en un tono monótono y sin ánimo— de que soy la hija de un policía. Yo sé cómo se manejan las cosas. Harán lo mejor que puedan, pero la pila de casos crecerá. Habrá nuevas investigaciones, de las que se pueden solucionar y, como tú lo has dicho, las tendrás en tu escritorio y reclamarán tu atención. Al final, si hay nuevas pistas tendrán que llegar a ti, porque tú no tendrás tiempo para salir a encontrarlas.

—Leigh —dijo Tristin—, nadie se da por vencido. De hecho, el detective Milbank estuvo aquí para dejar una copia del expediente de la investigación. Se la entregaré a Marcus y veremos si puede encontrar algo que tal vez se haya pasado por alto.

Leigh desvió su mirada hacia la carpeta azul con el escudo de la policía de Baltimore en relieve sobre el escritorio de Tristin. El expediente del caso parecía estar anoréxico, constaba de un par de páginas y unas cuantas fotografías, cuyas esquinas asomaban por debajo de la tapa de la carpeta.

Leigh sintió que algo se le atoraba en la garganta, mientras parpadeaba para contener las lágrimas. No iba a llorar. No allí. Ni delante de ellos ni delante de nadie.

El viento rugió. Se oyó un crujido agudo, seguido por un pesado chirrido metálico y el estallido de cristales rotos. Tristin y Ty corrieron hacia la ventana.

—¡Mi coche! —gritó Ty.

—¡Vaya, Dios mío! —gritó Tristin—. Vamos, vamos a ver qué tan grave fue.

Los dos hombres salieron corriendo de la oficina y dejaron a Leigh sola. Ella se acercó a la ventana para ver qué había pasado. Se quedó boquiabierta al ver la escena a través de la ventana. Ty estaba de pie a varios metros de su coche con las manos en la cabeza, viendo la enorme rama que se había desprendido del árbol y caído sobre el techo de su coche, destrozando los parabrisas delantero y trasero.

Se dio vuelta para seguirlos, pero en ese momento una corriente de aire procedente de la entrada principal, que Ty y Tristin habían dejado abierta, cerró de golpe la puerta de la oficina. Con el viento, los papeles de la mesa de Tristin y la carpeta azul volaron.

Leigh volvió a mirar rápido por la ventana. Un montón de gente estaba reunida alrededor del coche. Muchos miraban y señalaban, mientras discutían la mejor manera de quitar la rama de encima.

Leigh sabía que solo contaba con un par de segundos. Sacó su teléfono de su bolsillo trasero y, como una espía en una película de guerra, empezó a fotografiar cada página y cada imagen de la carpeta azul.

Corrió a su habitación, subió las escaleras del desván y se instaló en su cama para leer los documentos fotografiados. Se le revolvieron las entrañas cuando la primera en abrirse fue una fotografía de los cadáveres de sus padres.

Leigh se quedó atónita. Quería tirar el teléfono lejos, pero no podía dejar de mirarlo. Las imágenes eran terribles y horrendas, y entendía por qué nunca compartían las fotos con ella, pero no podía dejar de mirarlas.

—¿Leigh? —Myra llamó a su puerta.

—Aquí estoy —dijo Leigh, apagando su teléfono a toda prisa.

—Pensé que estarías afuera con tu amigo. Sabes que su coche quedó destrozado, ¿verdad?

—Lo sé, pero no quería salir.

—Ya me lo imaginaba —dijo Myra con auténtica preocupación—. Malas noticias.

—De las peores. Decidieron considerar como «sin resolver» el caso de mamá y papá, por lo que no seguirán trabajando en él a tiempo completo. Eso significa que ya no es una investigación activa.

—Lo siento mucho —dijo Myra—. ¿Quieres hablar de eso?

Eso era lo que menos quería Leigh.

—No. Ahora no. ¿Quizá cuando vuelvas?

—Claro —le dijo Myra, tratando de animarla—. Cuando quieras.

—Entonces, ¿eso es todo lo que querías? ¿Ver cómo estoy?

Leigh se dio cuenta de que sus palabras sonaban como una acusación.

—Bueno, quiero decir que si era eso… gracias, que bueno que lo hayas hecho.

Myra se rio.

—No hay problema. En realidad, he venido a decirte que Bob está ayudando a quitar la rama del árbol del coche del detective Milbank, así que tendremos que subir nosotras mismas el botín a nuestras habitaciones. ¿Te apuntas?

—Claro —dijo Leigh sin entusiasmo.

El resto de la tarde se la pasó en la habitación de Myra con el pretexto de ayudar a su prima a empacar, pero en realidad Leigh sabía que querían retenerla allí para evitar que se quedara sola en su cuarto.

—Estas cosas son tuyas —le dijo Myra.

Leigh miró con disgusto las nuevas prendas. No quería ni el vestido ni los zapatos, pero Myra había insistido en comprárselos. Cuando sujetó el vestido con el brazo extendido, no podía decir si ahora lo veía peor por la mejor iluminación de la habitación de Myra o si la decepción que había sufrido con Ty influía en su percepción.

—¿Por qué no te lo pruebas? —le dijo Myra, tomando el vestido de la mano de Leigh para evaluarlo.

—No sé. ¿Quizás después?

—No me queda mucho «después». Por favor, me encantaría vértelo puesto.

Leigh tomó el vestido del brazo de Myra y entró en el vestidor. A pesar de estar en total intimidad, se sintió expuesta al dejar caer la sudadera al suelo y quitarse la blusa. Se puso el vestido por encima de la cabeza y regresó con Myra.

—¿Siempre llevas pantalones debajo del vestido? —se burló Myra.

—Es al revés. Nunca me pongo vestidos.

Myra dio un paso atrás y miró a Leigh.

—Bueno, no importa. Estás preciosa. Ese color te queda muy bien.

—Gracias —murmuró Leigh, mientras volvía al armario. Cuanto antes se quitara el vestido, mejor. Ese no era su lugar. Ella no pertenecía a la mansión Simmons-Pierce. Sin sus padres, no pertenecía a ninguna parte.

Leigh lloriqueó.

—¿Estás bien? —le preguntó Myra.

Leigh se secó los ojos con las mangas de su suéter y abrió la puerta.

—Yo estoy bien, pero hay mucho polvo ahí dentro.

—Mi armario no tiene polvo. Lo que tiene son algunas cosas que ya no me sirven. Te propongo algo: cuando vuelva las vamos a ordenar todas y si hay algo que te guste, te lo puedes quedar; si no, irán a la casa de beneficencia.

—Suena entretenido —mintió Leigh.

Por cariño a Myra, Leigh puso buena cara y, durante el resto de la velada, se mostró tan agradable y encantadora como pudo. Myra estaba muy intensa, tan atrevida como siempre, hacía bromas y se burlaba de todos por igual, incluso de sí misma. Hasta hizo reír a Tristin cuando bromeó con él diciéndole que los fantasmas lo acechaban.

—Yo esperaba —dijo Tristin con fingida indignación— que fueras una influencia positiva para Leigh. Incluso un modelo a seguir, pero veo que no va a ser así.

Myra y Peg estallaron en carcajadas. Tristin trató de mantener su compostura. Leigh esbozó una sonrisa porque era lo que esperaban de ella.

La noche debería haber sido agradable para la familia. Si todo fuera diferente, si ella fuera distinta, podría haber sido divertida. Pero, así como estaban las cosas, no había felicidad en su interior.

Tan pronto como le fue posible irse sin parecer grosera, Leigh se despidió y se marchó. En su habitación, se quedó de pie mordisqueándose los labios y discutiendo consigo misma. Guardados en su teléfono estaban los informes policiales que no tenían respuestas, solo desdichas, pero se sentía tan atraída por ellos como una polilla por la luz. Dentro de su armario permanecía el misterio, ¿qué se ocultaba debajo del piso? Si es que se escondía algo. Ya fuera por una atracción hacía lo desconocido o porque quería evitar la tristeza, Leigh decidió explorar debajo del piso de su armario. Si no había nada, tenía el resto de la noche para torturarse con el expediente policial.

Armada con su teléfono para alumbrarse, entró en su armario y se arrastró a gatas hacia delante. La tabla se movió al menor roce, y ella se enojó de nuevo porque nadie más era capaz de ver qué sucedía. Dado que no quería tropezar como la última vez, la retiró con cuidado. La tabla se aflojó en su mano sin esfuerzo.

Una corriente de aire frío recorrió el armario y ella se estremeció.

Se inclinó hacia delante y alumbró la grieta con la luz de su teléfono. Esperaba ver telarañas y ratones esqueléticos. Al asomarse, el pequeño compartimento la sorprendió por lo limpio que estaba. No había excrementos de ratón, ni arañas, ni capas de polvo que, según creía, deberían haberse acumulado con los años. Lo único que vio fue un viejo trapo de gamuza.

Temerosa de encontrar algún animal al acecho, introdujo la mano en el agujero. Dio unos ligeros golpes sobre la tela y sacó la mano para observar si el trapo se movía. Había algo sólido debajo, o tal vez envuelto en la tela. Con más confianza, volvió a bajar la mano. El frío del armario aumentó y podía ver su propio aliento salir en bocanadas de vapor.

Leigh posó sus dedos sobre aquello que estaba envuelto dentro de la tela. No era duro, como se esperaría si fuera un pedazo de madera, pero era sólido. Tomó el objeto con la punta de sus dedos por ambos lados y lo sacó de su escondite. Lo observó a la luz de su teléfono y quedó otra vez sorprendida al no encontrar signos de polvo o antigüedad. Cualquier cosa que eso fuera, podría haber sido colocado allí veinte minutos antes, pues se veía impecable.

El frío empezó a calarle las yemas de los dedos. Se le nublaba la vista. Aferrada a su nuevo tesoro, salió corriendo del armario y volvió a su habitación. Cerró la puerta tras de sí y aquel frío quedó atrapado dentro del armario. Su habitación tenía la misma temperatura agradable de siempre. El contraste le puso la piel de gallina.

Le costó enfocar la vista. Mientras cruzaba la habitación hasta la sala en desnivel, parpadeó varias veces y se frotó los ojos. Ya en el sofá, se acurrucó para jugar con su hallazgo.

Antes de desenvolver el paquete, supo que tenía en sus manos un libro. Era delgado y rectangular, con superficies duras en tres de sus lados y una hendidura que recorría los otros tres bordes. Al sacarlo de su suave envoltorio de cuero, descubrió que era un diario.

El vértigo se apoderó de ella en cuanto lo vio. Su vista, ya de por sí borrosa, se tiñó de un azul pálido. Se sintió enferma, como si hubiera comido algo que su cuerpo no soportaba retener. Cerró los ojos con fuerza e inhaló profundamente por la nariz, para luego expulsar el aire por la boca. Su mareo se desvaneció tan rápido como le había venido.

Se secó la fina capa de sudor que le caía por la frente, abrió la tapa y leyó: «Me llamo Ichabod Pierce y tengo diez años».

Leigh jadeó. Primero pensó en correr a decírselo a Myra, pero se hallaba sentada allá abajo con su familia. No habría forma de que su prima se fijara en ella sin llamar la atención de los demás.

Volvió a acomodarse en el sofá y siguió leyendo. Myra tampoco tenía conocimiento de la historia del Pequeño Bodie. Algo terrible le había ocurrido cuando su familia estaba visitando Japón. Sus padres fueron asesinados. El Pequeño Bodie volvió a casa solo, después de varios años de estar desaparecido. Eso era todo lo que Myra sabía. El chico creció en esta casa, se convirtió en adulto y se hizo cargo del negocio. Según todos los indicios, era un hombre de negocios despiadado. Este libro contaba cómo había sido de niño.

Aunque en varios lugares escribió lo agradecido que estaba de vivir allí y lo amables y agradables que eran todos, Leigh no podía evitar sentir que Bodie no había sido un chico feliz. Tal vez fuera su propia tristeza la que empañaba su lectura, pero tenía la sensación de que estaba afligido. Entre más leía, el muchacho se iba haciendo grande, y encontraba más anotaciones en las que Bodie describía sentimientos de intensa pérdida y soledad. Era querido por el resto de la familia, y a menudo lo reconocía en sus escritos, pero solía decir que sentía como si le faltara una parte esencial. Leigh empezó a formarse una imagen del joven y, en la medida que pudo, a partir de ese libro sintió un creciente vínculo con él. Se levantó, tomó su retrato de la pared y se lo llevó al sofá, alternando la lectura con la contemplación de su imagen e intentando unirlas.

Pasada la medianoche se quedó dormida en el sofá, apretando el diario contra su pecho. Soñó que estaba sentada en esta habitación con Bodie, quien compartía su dolor y su pena.

La despertó la voz de Myra al otro lado de la puerta.

—¡Vamos, dormilona! Te vas a perder el desayuno y mi partida.

A Leigh se le aceleró el corazón. Con rapidez guardó el libro bajo las almohadas del sofá y contestó:

—Ahora bajo.

Corrió alocadamente al baño y se echó agua en la cara. Su primer impulso fue quedarse con la ropa que se había puesto ayer, pero al darse cuenta de que ya había hecho eso el día anterior y de que la ropa que llevaba era de hacía dos días, se la quitó y la tiró al suelo antes de sacar ropa nueva del armario.

—Aquí estás —dijo Peg cuando Leigh entró en el comedor y ocupó su habitual lugar frente a Myra.

—No me lo iba a perder —dijo—. Es un gran día para Myra.

Myra se rio del comentario.

—Ya he visitado otros campus.

—¿En dónde? —preguntó Leigh.

Ella quería saber qué otras universidades podrían interesarle a Myra. Leigh se dio cuenta de que en verdad le importaba. Encontrar el diario de Bodie le había permitido compartir su tristeza con alguien más que no fuera Myra. Por eso podía sentirse contenta por su prima, porque Myra seguiría adelante con su vida, como debía ser.

—Swarthmore, en Pensilvania; Stanford, en California; Texas A&M, en Texas, obvio; y UCLA, otra vez obvio, en L. A.

—Ajá —dijo Leigh mientras sumergía sus hotcakes en miel de maple—, ¿y cuántas veces te fuiste de compras antes de hacer esas visitas?

Myra puso cara de indignada.

—Cállate.

Lanzó una mirada furtiva a su padre para asegurarse de que seguía ajeno a todo detrás del *Wall Street Journal* de esa mañana. En voz baja le dijo a Leigh, que estaba frente a ella:

—Parece que amaneciste de buen humor.

—Sí —dijo Leigh, apartándose un mechón de pelo de los ojos—, más o menos.

Myra y ella compartieron una sonrisa. Tristin hizo ruido con su periódico y tomó café. Bob el Guardaespaldas entró en el comedor.

—Ya está todo en el coche, señorita Simmons —anunció.

—Muy bien —dijo Tristin—. Procura recordar las instrucciones.

Hablaba con Bob, no con Myra.

—¿Qué instrucciones? —preguntó Myra.

Bob se sonrojó y se alisó la corbata.

—El señor Simmons dijo que debía mantenerla lejos de los conflictos.

—¡Papi! —gritó Myra.

Bastante incómodo, Bob añadió:

—La señora Simmons me dijo que un poco de travesuras nunca le hacen daño a nadie. Supongo que eso significa que tendré que usar mi mejor criterio.

—Yo soy quien paga tu sueldo —le recordó Tristin con severidad—, no la señora Simmons, que no se te olvide.

—Pero responde ante mí —le dijo Peg secamente—, de un modo u otro. ¿Verdad, cariño?

Peg pasó por detrás de Tristin y le hizo cosquillas en la nuca. Él se estremeció.

—¡Vamos, mamá! —dijo Myra, animada.

Tristin se volvió a refugiar detrás de su periódico, pero Leigh notó que sonreía.

Luego de un torbellino de abrazos de despedida y advertencias familiares de última hora, la mayor parte de las cuales procedían de Tristin, Bob condujo a Myra por el largo camino de salida. En cuanto el coche se perdió de vista, Leigh se sintió como sapo de otro pozo. A salvo, pero fuera de lugar. Aislada y sola.

—¿Leigh? —la llamó Nacho mientras caminaba hacia ella y se secaba la frente con un pañuelo.

Leigh se dio vuelta para encontrarlo a mitad de la rotonda que estaba en el camino de entrada.

—¿Qué pasa, Nacho? —le preguntó.

—Quería preguntarte si esa tabla suelta te seguía dando problemas.

Leigh se sintió culpable y se ruborizó. No podía explicar por qué, pero quería mantener en secreto el diario y el compartimento oculto. Quizá cuando Myra volviera a casa se lo diría a ella. Tal vez.

—No. Está bien, gracias —mintió.

—Qué bueno. También me preguntaba cuándo querrías ir a tu antigua casa.

—¿A mi antigua casa?

—Supongo que después de que el árbol destrozó el coche de ese hombre, la señora Simmons se habrá olvidado de hablar contigo. La policía ha terminado de revisar las cosas de tus padres. Dijo que ella y tú iban a ir para decidir qué cosas quieres conservar, qué quieres traer aquí, qué se irá a la bodega, cosas así.

A Leigh se le encogió el corazón. Por supuesto que había pensado en lo que pasaría con todas las cosas de su familia y con la casa, pero en algún futuro lejano que ocurriría después. El futuro había llegado antes de lo que ella esperaba y se negaba a pensar en qué hacer con los bienes de su familia, con su herencia. Se sentía abrumada.

—Estoy aquí para ayudarte, cuando quieras —le dijo Nacho, como si percibiera su pánico.

—Gracias. Ya te contaré lo que averigüe.

—Cuando tú lo decidas. Yo... nosotros... es decir, todos los que trabajamos aquí, entendemos el mal momento por el que estás pasando. Estamos aquí para ayudarte, si lo necesitas.

Leigh no sabía qué más decir, así que repitió:

—Gracias.

Cuando regresó a su habitación se quedó de pie en el centro, decidiendo si quería dedicar su tiempo a Bodie o volver a mirar los documentos fotografiados.

Leigh sabía que no podría postergar para siempre esta última tarea. Debía revisar los documentos. Se armó de valor para enfrentarse a esa horrible labor, subió al altillo y se sentó en la cama con las piernas cruzadas.

Abrió el teléfono y, deslizando el dedo por la pantalla, recorrió las fotos de la escena del crimen. Si los forenses de la policía encontraban algo, darían los detalles en un informe. Torturarse mirando las fotos no servía más que para alimentar una sádica autocompasión.

Durante dos horas leyó cada una de esas tediosas palabras. Al abrir la foto del último documento soltó un grito ahogado. El documento no tenía nada que ver con la investigación. Lo que Leigh estaba leyendo era la carta de intención de Ty para solicitar su jubilación anticipada.

Con el corazón roto murmuró: «Se da por vencido».

Leigh maldijo en voz alta. Temiendo que Peg la estuviera vigilando, hundió la cara en la almohada y gritó palabras que harían sonrojar a su padre, un exmarino.

Leigh pasó el resto del día escondida. La cena le resultó incómoda, aunque Peg hizo todo lo posible por animar las cosas. Al final comieron en silencio.

Después de cenar, Leigh volvió de nuevo a su cuarto. Intentó dormirse, pero no conciliaba el sueño. A las tres de la madrugada salió sigilosamente de su habitación. Desde que llegó había prestado mucha atención a todos los detalles posibles. Introdujo el código para desactivar el sistema de alarma de la casa y salió corriendo.

Esquivando a los guardias que patrullaban, se deslizó como una sombra hasta los arbustos y llegó al bosque. Desde allí siguió el camino que conducía al río y que ya conocía de memoria.

Con lentitud, Leigh se sentó sobre la húmeda mezcla de arena y tierra de la orilla del río, acercó las rodillas al pecho y apretó el torso contra ellas. Sentía los ojos resecos. Su reserva de lágrimas se había agotado y lo único que quedaba era la arenilla de las lágrimas evaporadas.

La última vez que se sintió tan destrozada por dentro se rindió a la desesperación e intentó suicidarse. Trataba de no pensar en eso, pero el recuerdo permanecía ahí, seguía perturbándola con mentiras, le decía que siempre podría escapar de una manera segura y definitiva.

—¡Oye! Este es mi lugar. Búscate el tuyo.

Leigh se levantó sobresaltada. Sacó el celular y miró la hora: eran las tres y media de la madrugada. Debería estar sola.

Mientras miraba atenta las zonas de luz que la luna proyectaba entre los árboles, preguntó:

—¿Quién eres? ¿Dónde estás?

—Estoy aquí.

La voz procedía del río. La luz de la luna se reflejaba en su humeante superficie como cuando los faros iluminan la niebla, pero esta niebla era azul. Un suave chapoteo llegó a sus oídos y en el agua del río se formaron unas ondas.

—No te veo. Solo hay algunos peces saliendo a la superficie y algo así como una niebla azulada.

—¡No soy un maldito pez! ¿Y qué aspecto crees que tengo?

—Eso lo ignoro, ya que no sé quién eres ni dónde estás.

—Soy Ichabod Pierce. A ti y a esa otra chica les gusta llamarme el Pequeño Bodie.

El corazón de Leigh retumbaba. Cada latido era como una

patada en el pecho. Abrió los ojos de par en par. Con pasos bruscos retrocedió, incapaz de apartar la mirada de la niebla azul que se iba acercando a la orilla.

—¿Eres el fantasma de Ichabod Pierce?

—El mismo —vociferó el Pequeño Bodie, con una voz infantil que resonaba como si saliera del fondo de una mina—, ¡y no te quiero aquí!

Leigh lanzó un suspiro agudo y, con torpeza, se alejó otro paso. Su talón chocó con la raíz de un árbol, perdió el equilibrio y cayó de espaldas.

La niebla azul brilló al arremolinarse y se transformó en un niño translúcido que irradiaba un aura azul pálida y que nadaba con facilidad hacia la orilla.

—¿Qué quieres de mí? —Leigh consiguió balbucear, castañeando los dientes.

—Ya te lo dije —le respondió el Pequeño Bodie, mientras salía del río con gotas azules de agua irreal brillando sobre su cuerpo casi desnudo, translúcido—. Quiero que te vayas.

Muerta de miedo, Leigh se apartó de su lado, pero pudo decir en un susurro:

—¿Por qué?

La forma del Pequeño Bodie volvió a convertirse en niebla. En un instante regresó vestido como un niño del siglo XIX.

—Porque estás rodeada de un resplandor feo, es como si estuvieras muerta pero viva. Si te mueres aquí, con ese aspecto, tu alma quedaría anclada a este lugar, atrapada aquí para siempre, y eso me lo arruinaría. Así que, ¡vete! ¡Es mío!

La voz del Pequeño Bodie retumbó como un terremoto. Sopló un fuerte viento alrededor de Leigh, se le metió arena en los ojos y se le pegó en la cara. Pesadas nubes se acumularon en el cielo para ocultar la luna.

Se arrastró para levantarse. Su corazón le latía con fuerza. Leigh retrocedió a trompicones por el sendero rumbo a la mansión. El vendaval hizo que las lianas y las ramas la azotaran. Tras recibir una bofetada en la cara, se detuvo y gritó. Miró por encima de su hombro, una bola de luz azul se precipitaba hacia ella.

Salió corriendo de nuevo y no paró hasta llegar al final del bosque. El viento se disipó en cuanto sus pies tocaron el césped y el aire nocturno quedó quieto y tranquilo. Miró de nuevo hacia atrás y vio que la luz azul había desaparecido. Cuando se dio vuelta para seguir, se encontró con dos mujeres y un hombre. Los tres vestían unos bonitos trajes y se notaba que estaban armados.

CAPÍTULO OCHO

Leigh miraba la alfombra de la oficina de Tristin mientras se la comían viva. Frente a ella, Tristin se paseaba como un león enjaulado y Peg permanecía cerca de su escritorio. Los tres guardias de seguridad que la habían traído estaban parados a un lado, como gárgolas de granito.

—¿En qué diablos pensabas? —le preguntó Tristin, gesticulando como loco—. Sabes muy bien que hemos reforzado la seguridad de la mansión. Entonces, ¿qué demonios te hizo pensar que era una buena idea merodear por los alrededores a estas horas?

Peg dijo suavemente:

—No puede contestar si no dejas de gritarle. Leigh, querida, ¿qué pasó esta noche?

—Yo... por más que lo intentaba no podía dormir. Pensé que un paseo me tranquilizaría.

—Un paseo al aire libre puedo entenderlo —dijo Tristin, sin dejar de ir y venir, agarrándose la cabeza con las manos—. En el patio, e incluso en el jardín. Pero los de seguridad te encontraron saliendo del bosque. Tienes suerte de que solo te caíste y te lastimaste una mejilla.

—No me caí —replicó Leigh, como si eso fuera lo que Tristin

estuviera tratando de señalar—. El viento surgió de la nada. Luego, de repente, ya tenía hojas, arena, lianas y ramas de árboles golpeándome por todos lados.

Los ojos de Tristin se quedaron viendo a los guardias de seguridad que la habían encontrado. Aunque ella les había rogado y suplicado, no había podido convencerlos de que no la delataran con Tristin y Peg. Tenían expresiones de remordimiento cuando la miraban, pero ante Tristin asentían en silencio.

Cuando Leigh vio que Tristin torcía la boca hacia un lado, supo que él pensaba que ella le estaba mintiendo.

—Ya les conté tu versión de la historia y me informaron que la noche estaba de lo más tranquila. Sin tormentas. Sin viento.

La voz de Leigh subió de volumen y tono.

—¡Pero sí la hubo! Estaba sentada junto al río y vi...

Leigh cerró la boca de golpe. Si decía que había visto al Pequeño Bodie salir del río, que era él quien la perseguía, la mandarían de vuelta al hospital. Peor aún, culparían a Myra de todo, ya que era ella quien le llenaba la cabeza a Leigh con historias de fantasmas.

—¿Qué viste, Leigh? —presionó Peg. Parecía realmente preocupada.

Leigh se esforzó por inventar algo en el momento.

—Me habré quedado dormida. A veces tengo pesadillas. Por eso no podía dormir en mi habitación. Tenía miedo de los sueños que tendría. Cuando me desperté junto al río, supongo que olvidé dónde estaba y entré en pánico. Volví corriendo a la casa. Pensándolo bien, debe haber sido eso lo que pasó. Siento haberles causado problemas.

Su mentira actuó en Tristin como un bálsamo calmante. En ese momento, Leigh se dio cuenta de que era gruñón solo cuando sentía que perdía el control. Si se le proporcionaba una historia que tuviera sentido para él, podía tomar cartas en el asunto y eso lo tranquilizaba.

—Bueno, al final no fue tan difícil decirlo, ¿verdad? Y me alegro de que hayamos podido llegar al fondo de las cosas. Hagamos esto: le diré a seguridad que te vigile por las noches. Si no puedes dormir y sientes la necesidad de salir, que lo anoten en sus informes, pero que no te molesten. Sin embargo, insisto en que no vayas más allá de los jardines. ¿De acuerdo?

—Eres muy amable —le dijo Leigh con sinceridad—. De verdad, lo siento mucho.

Se dio la vuelta para irse.

Tristin se aclaró la garganta.

—Un momento, Leigh. Aunque puedo darte cierta libertad a corto plazo, no puedo ignorar tu insomnio o tus pesadillas a largo plazo. Creo que deberíamos traer a alguien con quien puedas hablar.

Leigh se dio la vuelta. Quería explicarse, suplicar. La frustración la abrumó y en lugar de eso gritó enfadada:

—¡No! No voy a hablar con nadie. Estoy harta de hablar, hablar y hablar. Todo lo que tengo que decir es lo que he estado diciendo. Mis padres fueron asesinados. Se han ido. No volverán. La policía no sabe nada, así que quien lo hizo se saldrá con la suya. ¿Quién puede decir algo que cambie esta situación?

Tristin y Peg se quedaron boquiabiertos.

Asustada y avergonzada al ver que había perdido el control, Leigh se tapó la boca con la mano.

—¡Dios mío! Lo siento mucho —dijo—. No estoy enojada con ustedes, para nada. Han sido tan buenos conmigo. Solo quiero...

Peg tomó las manos de Leigh entre las suyas.

—¿Qué quieres, cariño? Dinos. ¿Qué podemos hacer?

Leigh se sentía como si estuviera a miles de kilómetros de distancia.

—Ty tenía razón. Dijo que me habían tirado al fondo de la piscina antes de aprender a nadar.

Enderezó los hombros.

—Eso es todo lo que quería decir, pero no de esa forma tan idiota. No hay nada que puedan hacer. Nada que nadie pueda hacer. Lo que necesito es tiempo. Tiempo para aprender a vivir en un mundo donde ya no están mamá y papá. Es como aprender a caminar de nuevo, ¿saben? Doy unos pasos y de repente pierdo el equilibrio. Necesito tiempo. ¿Por favor?

A Leigh le ardía la cara. Se sentía expuesta y vulnerable. Se mordió el labio para no llorar, se dio la vuelta y salió corriendo del estudio. Subió las escaleras y entró en su habitación, cerró la puerta tras de sí dando un fuerte portazo, provocando que el cuadro del Pequeño Bodie vibrara en la pared.

—¡Te odio! —clamó.

Se dio la vuelta y gritó por toda la habitación.

—¿Me oyes? ¡Te odio! Myra me dijo que te habías convertido en un viejo malvado y ahora me doy cuenta de que desde niño eras igual de horrible. Todo lo que yo quería era un lugar tranquilo y pacífico. Escapar de la tristeza y la soledad por un rato. Pensé que tú, entre todas las personas, lo entenderías. Pero no, ¿verdad? Eres egoísta, cruel y horrible. Ahora voy a tener que volver a ver a médicos, terapeutas y Dios sabe a quién más, y todo por tu culpa.

Miró el cuadro de Bodie con lágrimas escurriendo por sus mejillas. En la imagen, los ojos de Bodie también parecían llorar.

—¡No me importa! —gritó Leigh.

Subió las escaleras y se arrojó sobre la cama del altillo.

A la mañana siguiente, un susurro en su habitación la despertó. Abrió los ojos y vio a Peg colocando en un jarrón un surtido de orquídeas azules y lirios blancos.

El recuerdo de su rabieta de la noche anterior volvió a su mente e hizo que sus mejillas ardieran de vergüenza.

—Buenos días —dijo con un suave murmullo.

Peg se volvió con una sonrisa indulgente.

—Creo que quieres decir buenas tardes.

—¿De verdad es tan tarde?

—Me temo que sí. No me sorprende, dada la hora que era cuando por fin te acostaste.

—Sí —dijo Leigh, arrastrando las palabras—. Sobre lo que pasó anoche, siento haber estallado así. Esta familia ha sido tan amable conmigo y esa fue una manera horrible de agradecerles.

Peg dejó de arreglar las flores.

—Leigh, antes de pedirte que vivieras con nosotros, Tristin y yo sabíamos que habría altibajos. Dios sabe que hemos tenido unos cuantos con Myra y, si consideramos lo que estás enfrentando, bueno... Lo de anoche fueron nervios exacerbados y pena contenida. Pero démoslo por terminado, hoy empezamos de cero.

—Borrón y cuenta nueva —convino Leigh.

Miró a Peg, que continuó con el arreglo de las flores.

—Son preciosas.

—Sí, así es —dijo Peg, dando un paso atrás para admirar su trabajo—. Vas a tener que enseñarme dónde encontraste estas orquídeas.

—¿Dónde las encontré?

—¿No las trajiste del bosque? No tenemos ninguna como esta en el jardín.

Leigh se descolgó por las escaleras y se acercó a Peg, admirando la combinación de los pétalos azules con los lirios blancos.

—Yo no las recogí.

—Yo traje lirios de nuestro jardín y encontré las orquídeas en tu tocador. Quizá estabas demasiado angustiada para acordarte.

—Debe ser eso —dijo Leigh, sabiendo que no era verdad.

Peg se lo creyó.

—En cualquier caso, ya están aquí y llenan la habitación de una fragancia maravillosa.

Le sonrió a Leigh.

—Te diré una cosa: ¿por qué no te bañas y te vistes, mientras yo bajo a prepararte algo de comer? Luego, tal vez podamos volver sobre tus pasos de anoche y ver si encontramos de dónde salieron las flores. Me encantaría trasplantar algunas al jardín.

A Leigh no le entusiasmaba la idea, pero lo último que quería era volver a ofenderla. Cuando Peg se fue, cerró la puerta de su habitación y se le quedó viendo al cuadro del Pequeño Bodie. Tenía curiosidad por saber si se había corrido la pintura o era solo un borrón provocado por sus propias lágrimas, una invención de su imaginación, o si era verdad.

La primera vez que miró el cuadro reconoció el jardín exterior, pero al igual que el sonido de la batería en su canción favorita, sabía que estaba allí sin prestarle realmente atención. Se inclinó hacia el cuadro y observó que detrás de Bodie había un manojo de hermosas orquídeas azules.

—Borrón y cuenta nueva —susurró.

Sacó un lirio blanco del jarrón y lo colocó detrás de una esquina del marco.

—Yo también lo siento —le dijo antes de irse a bañar.

El chorro de agua de la regadera le provocaba un ardor en la cara, donde las ramas de la noche anterior la habían azotado. Cuanto más fría estaba el agua, más relajante le resultaba y, poco a poco, fue girando la llave hasta que el agua se enfrió del todo. Le dolía y la refrescaba. Se colocó boca arriba, debajo de la regadera, y dejó que le cayera encima esa agua que estaba tan fría que le quemaba.

Una corriente de aire entró como un susurro en el cuarto de baño. Casi provenía de su imaginación, pero no del todo. Oyó que el Pequeño Bodie le decía que lo que ella había hecho era estúpido.

Parpadeó rápido y dijo:

—Supongo que sí.

Leigh cerró la llave del agua.

—Y supongo que debería enojarme porque un chico me esté mirando mientras me baño. Pero bueno, estás muerto, así que estamos a mano. Un chorro de agua salió disparado de la regadera y le salpicó la cara.

—¡Ey! —Leigh gritó—. ¡Era una broma!

Oyó cómo se cerraba la puerta del baño.

En voz baja, dijo:

—Quizá no fue una broma muy agradable. ¿Me perdonas?

La puerta chirrió al abrirse. Leigh esbozó una sonrisa.

Después de bañarse y ya vestida se encontró en la cocina con Peg, quien le preparaba pastelitos mientras Jenny hacía lo propio con una bandeja de café. En ella había tres tazas con sus platillos, una cafetera francesa y otros tres platos pequeños.

—¿Tenemos compañía? —preguntó Leigh.

—Sí —dijo Peg—. Tristin, Marcus y Oliver están en la oficina.

—¿Oliver?

—Así es. No conoces a Oliver Massy. Es el secretario personal de Tristin, aunque, para ser sincera, Tristin confía más en Marcus.

—Estoy lista para llevar esto —anunció Jenny.

—Permíteme —le pidió Leigh.

—Están en una reunión —dijo Peg—. No creo que quieran que los interrumpan.

—No los interrumpiré. Me presentaré al señor Massy y... —se sonrojó, pero continuó— así podré disculparme con Tristin.

—Seguro que habrá tiempo para hacerlo en privado —le dijo Peg.

Leigh se enderezó y repitió algo que su padre le decía:

—Si hice el ridículo en público, me puedo disculpar en público.

—Así me gusta —dijo Peg—. ¡*Carpe diem*!

—¿La carpa no es un pez?

Peg se rio.

—*Carpe diem* es latín. Significa «aprovecha cada día», pero en este caso significa que estoy orgullosa de ti.

Leigh recogió la bandeja y se dirigió a la oficina. Mentalmente, iba ensayando lo que le diría a Tristin. En realidad, solo había una cosa que decir: «Me he portado como una niña malcriada y lo siento».

Justo antes de llegar a la puerta oyó la voz de Tristin.

—No veo por qué tenemos que retrasarlo. Ya hay muchas pruebas. No me gusta la idea de seguir cargando con esto durante los próximos tres días.

Marcus respondió con su voz suave.

—La policía tiene pruebas de lo que está pasando, pero no sabe exactamente quién está involucrado. El jueves, cuando llegue el cargamento, se encargarán de atrapar a todos los culpables.

—Pues a mí tampoco me gusta —dijo una voz que Leigh no reconoció—. Sobre todo no me gusta no tener todos los detalles.

El tono petulante de Marcus le cortó su sermón.

—Damos estrictamente la información necesaria y tú sabes todo lo que debes saber.

—Caballeros —dijo Tristin—. No toleraré confrontaciones internas. Marcus, Oliver es mi mano derecha y no permitiré que lo relegues con el pretexto de la seguridad. Oliver, esta operación lleva años gestándose. Las fuerzas del orden son las que mandan, no Marcus. Ahora, ¿dónde diablos está ese café para que podamos ir a los puntos claves?

Esa fue la señal para Leigh. Salió de detrás del marco de la puerta y se quedó esperando a que la invitaran a entrar.

—Le pregunté a Jenny si podía traerles esto.

—Bien —dijo Tristin—. Por favor, ponlo ahí.

Dejó la bandeja en una mesita y se volvió hacia el grupo de hombres.

—¿Tío Tristin? Quiero disculparme por la forma en que actué anoche. Fue injusto de mi parte tratarlos así a ti y a Peg.

Lo pescó desprevenido. Luego de balbucear unas palabras y mirar incómodo a sus socios, dijo:

—Bueno, supongo que esta vez puedo pasarlo por alto.

—Mi intención no es esa. O sea, que lo pases por alto. Si tú crees que lo mejor es que empiece a ver a alguien de nuevo, entonces eso haré. Lo siento. Eso es todo.

—Creo que podemos hablar de esto más tarde.

—Claro.

Leigh se dio la vuelta, pero no para irse. Le tendió la mano a Oliver.

—Usted debe ser el señor Massy. Yo soy Leigh.

—Señorita Howard —dijo Oliver, tomando su mano entre las suyas, que estaban frías y suaves.

Oliver Massy era un hombre calvo que le recordaba a algunos de los fanáticos de los videojuegos que había conocido en el colegio: era físicamente blando y necesitaba varios días al sol, de preferencia para gozar del aire del océano o de la montaña.

Leigh le soltó la mano y salió de la oficina. Al doblar una esquina, se pegó a la pared para escuchar, pero Marcus asomó la cabeza por la puerta y la miró. Con una mueca agria y suspicaz dijo:

—¿Se le olvido hacia donde iba, señorita Howard?

—No —balbuceó Leigh—. Yo solo... solo…

Arqueando las cejas, Marcus preguntó:

—¿Dígame?

Leigh entrecerró los ojos con ira.

—Solo estaba por irme.

Salió furiosa por la puerta principal y dejó escapar por su boca un creativo torrente de palabrotas.

—¿Todo bien, señorita Howard?

Leigh se dio la vuelta y encontró a Nacho a su lado.

—¡Ay, Dios mío! ¿Escuchaste todo lo que dije?

Una sonrisa cómplice se dibujó en el rostro de Nacho.

—No.

—Yo estoy bien —dijo Leigh, mientras se despeinaba el largo flequillo.

Nacho arqueó las cejas con incredulidad.

—Bueno, obviamente no estoy bien. Estoy furiosa. Algo raro está pasando y, una vez más, nadie me dice nada. O sea, incluso una mala noticia sería mejor que ninguna.

—Están tratando de protegerte, de darte el espacio que necesitas para curarte.

—¿Es eso lo que a ti te ayudó? ¿Después de que arrasaron tu pueblo, ¿te ayudó que te dieran espacio?

—No, y no tuve espacio, sino todo lo contrario. Era huérfano en un país muy pobre. Tuve que huir, esconderme y concentrarme en seguir vivo. No tuve más remedio que seguir adelante.

Hizo una pausa y se rascó la barbilla, pensativo.

—Quizá sea eso lo que necesitas, lo contrario de lo que estás recibiendo. Es posible que todo este espacio te esté dando la oportunidad para quedarte cómodamente estancada.

Leigh sintió que un arrebato de ira luchaba en su interior.

—¿Entonces me olvido de lo que pasó y sigo adelante?

—Nunca lo olvidarás. Lo sabes tan bien como yo, de una forma que solo las personas como nosotros llegaremos a comprender.

Leigh se sintió vacía. Nacho intentaba ayudar lo mejor que podía.

—Gracias, Nacho. Aprecio tu comprensión porque, bueno, a ti también te ha tocado, ¿no?

—Cuente conmigo, señorita, y si quiere hablar, siempre ando por aquí, pero… —se encogió de hombros mientras se alejaba— no estaré por aquí mucho tiempo si no termino de podar los arbustos.

—¿Leigh? —la llamó Peg al doblar por la esquina de la casa—. ¿Leigh? ¿Estás lista para ir por esas orquídeas azules?

Leigh protestó.

Más tarde, después de perder una hora y media, Leigh estaba en la biblioteca, acurrucada en un sofá de piel hojeando el diario de Bodie. Leía una entrada aquí o allá, pero por lo demás pasaba las páginas y admiraba la caligrafía. Durante todo el tiempo que pasó con Peg, sus pensamientos se centraron en Tristin, que encerrado en su oficina con Marcus y Oliver hablaban de alguna operación policial que podía o no estar relacionada con la muerte de sus padres. La incertidumbre era enloquecedora. Habría dado cualquier cosa por ser una mosca en la pared, pero tuvo que conformarse con quedarse en la habitación de al lado, junto a Bodie el viejo, que la miraba con el ceño fruncido desde lo alto de la chimenea.

La puerta de la oficina se abrió y salieron Tristin, Marcus y Oliver. Tristin y Oliver pasaron junto a la entrada de la biblioteca, pero Marcus se detuvo al verla sentada dentro. Le dirigió una mirada de advertencia, diciéndole sin palabras que se hiciera cargo de sus propios asuntos. Ella le dirigió la sonrisa más grosera y desafiante que pudo esbozar. Marcus se rio de su atrevimiento antes de ir a reunirse con los demás.

Cuando lo perdió de vista, Leigh se puso de pie. Quería husmear un poco para ver si encontraba algo interesante por ahí. Mirando hacia atrás, con el corazón palpitando por un entusiasmo clandestino, empujó la puerta de la oficina, que empezó a abrirse sobre unas bisagras bien aceitadas y luego se cerró de golpe, a escasos centímetros de su nariz.

Agarró la manija de la puerta y la giró, pero no se movió. La manija era de latón y estaba tan fría que se le heló la piel. Al intentar liberar su mano la puerta se cimbró.

—¿Qué diablos crees que estás haciendo? —gruñó Tristin, detrás de ella.

La manija volvió a su temperatura normal y pudo soltar su mano.

—¡Ah! Eh... nada. Yo iba... iba... a llevar la bandeja del café a la cocina, pero la puerta está atorada.

Tristin la rodeó. Agarró la manija y sin mucho esfuerzo la giró y le dio un ligero empujón. La puerta se abrió de par en par.

—A mí me parece que está bien.

—Sí —dijo Leigh—. Supongo que yo estaba distraída.

Tristin refunfuñó.

—Es probable. La bandeja está allí. Gracias por llevártela.

Leigh entendió el mensaje: «Lárgate».

Se apresuró a ir hasta la cocina. Antes de que la vieran, dejó la bandeja sobre la barra y se fue rápido a su habitación. Se tiró en el sofá y se sentó ante la pequeña ventana, rechinaba los dientes.

—¿Por qué hiciste eso? —le reclamó a la habitación vacía.

El cielo azul se oscureció y la temperatura de la habitación descendió abruptamente. Cuando el color del cielo se estabilizó en un consistente azul caribeño, Leigh apretó los ojos, convencida de que, por la razón que fuera, la estaban engañando. Cuando los abrió, el Pequeño Bodie estaba medio sentado, medio flotando en el borde de la ventana.

—¿Hacer qué? —preguntó el fantasma.

Leigh se quedó boquiabierta. Su aliento formaba bocanadas de vapor en el aire frío, como si extendiera la mano hacia un enorme perro callejero. Por una parte, estaba aterrada y temía que la mordiera, pero también estaba desesperada por hacer un nuevo amigo, aunque fuera peligroso. Tragándose el nudo que se le formaba en la garganta, se contuvo para no salir corriendo de la habitación lloriqueando de terror.

—¿Hacer qué? —volvió a preguntarle el Pequeño Bodie.

Puso todo su empeño en hablar calmadamente.

—No me dejaste entrar a la oficina.

—Yo no fui.

Algo en la forma en que lo dijo hizo que Leigh se detuviera. Se dio cuenta de que él tenía miedo, pero ¿de qué iba a tener miedo si no era de sí mismo?

—Pero sí lo hiciste. Quiero decir que tú y el Viejo Bodie son la misma persona. O al menos lo eran, ¿no? Así que debiste ser tú.

La temperatura de la habitación descendió aún más, a medida que la luz azul que emitía el chico aumentaba en intensidad y llegaba a borrar la luz que entraba por las ventanas. El fantasma de Bodie voló hacia delante, se detuvo a centímetros de ella. Su rostro se distorsionó en una horrible y desfigurada mueca esquelética de ira.

—¡Yo no soy él! Jamás lo seré.

Leigh se tiró al sofá y se hizo un ovillo, se cubrió la cabeza con los brazos todo lo que pudo.

—No me lastimes —suplicó—. ¡Por favor! No me lastimes.

Una ráfaga de aire le jaló el pelo y la ropa. Sentía como si una aspiradora quisiera absorberla.

—No voy a lastimarte— dijo Bodie con su voz burlona y cargada de desprecio—. Esta vez no, pero te lo advierto: no deberías hacerme enojar.

Una vez que el viento desapareció, Leigh miró a su alrededor para asegurarse de que no estaba cerca de ella. Parpadeó y volvió a ver al fantasma junto a la ventana.

Se movió hasta quedar sentada.

—Casi me matas del susto —gruñó.

—No deberías haberme tomado el pelo —dijo Bodie, mientras jugaba con un botón azul brillante de su camisa.

—No te estaba tomando el pelo, niño malcriado. Intentaba entenderte. Para ayudarte, si pudiera.

—No puedes, así que déjalo.

—Podría, si me lo explicaras.

—No. —En su cara apareció una traviesa sonrisa infantil—. Pero si estás decidida a entrar en la oficina de Tristin, puedo enseñarte cómo hacerlo.

—¿Puedes?

—Claro —dijo con el encanto de Huckleberry.

—¿Qué tengo que hacer?

—Esperar a que todos se duerman y entrar por la ventana.

—Las ventanas tienen sensores de seguridad.

—No todas. Te enseñaré cómo hacerlo. —Su voz adquirió un tono desafiante—. Esta noche, si quieres.

—De acuerdo —aceptó Leigh—. Esta noche.

Bodie dio un giro en el aire. Como si se levantara de una silla invisible, atravesó la ventana y subió cada vez más alto hacia el cielo azul al tiempo que se iba desvaneciendo hasta desaparecer. En estado de shock, Leigh se sentó mirándolo con ojos desorbitados. Mientras hablaba con Bodie, a Leigh le resultaba fácil fingir que interactuaba con una persona real y no con el fantasma de un chico que había muerto hacía mucho tiempo. Ahora que se había ido, todo el terror que había estado luchando por contener se apoderó de ella. Leigh notó el dolor que tenía en el pecho, que había estado sintiendo todo el tiempo, pero que, en presencia de Bodie, el susto le impedía reconocer. Era la punzada del terror.

Pasó el resto del día aturdida. A medida que iba cayendo la noche, aumentaba la expectativa ante lo que la esperaba, que traía consigo un amargo temor. Se tumbó vestida en la cama porque esperaba que Bodie regresara, como lo había prometido. Tenía un nudo en el estómago y pasaba más tiempo de pie que en la cama. Esa tensión era más de lo que su cuerpo podía soportar y, cuando en el piso de abajo el enorme reloj del abuelo dio la medianoche, la venció el cansancio que le produjo esa tensión.

Se despertó hecha un ovillo, y buscó desesperadamente las mantas. El aire de la habitación parecía venir del Ártico. Se tapó con ellas hasta el cuello, y apenas acababa de dormitar cuando de nuevo tuvo que jalar las mantas que se habían amontonado alrededor de sus pies, como si no las hubiera levantado antes. Las jaló con fastidio y se las echó encima, pero se le escaparon, haciendo una pirueta imposible en el aire y volando por encima de la barandilla hasta aterrizar en el suelo. Desde algún lugar de la habitación, pero extrañamente también desde afuera, oyó una risita.

—Muy gracioso —exclamó ella al sentarse y abrazarse para darse calor—. ¿No podrías hacer que haya más calor?

—No, como tampoco tú puedes ser más alta —le dijo la voz invisible de Bodie.

—Entonces… ¿tú sabes que eres un fantasma?

—No seas tonta. Por supuesto que lo sé.

—Lo siento —dijo ella—. No tengo mucha experiencia con… gente como tú. ¡Pero tengo muchas preguntas!

—Tendrán que esperar si aún quieres irrumpir en la oficina de abajo.

Ella empezó a ponerse sus Keds.

—Sí, pero ¿cómo lo vamos a hacer?

Igual que cuando fue desapareciendo, pero esta vez a la inversa, surgió una niebla color azul pálido que se fue haciendo cada vez más densa, hasta que Bodie se dejó ver mientras se alejaba de ella, atravesando la baranda al salir por el borde del altillo. Sus zapatos arcaicos flotaban a dos metros del suelo mientras caminaba por el aire hacia la pequeña ventana de la sala de estar.

—Lo hice montones de veces, cuando esta era mi habitación. Todo lo que tienes que hacer es salir por esta ventana y bajar por la hiedra que hay fuera. Se ha vuelto espesa, con pequeños zarcillos que se abren paso por las paredes y sirven de escalera.

Pensar en ello la asustó.

—Me voy a caer. Además, esa ventana está atascada por las capas de pintura. He intentado una y otra vez abrirla para que entre la brisa.

Bodie la miró con ojos tristes y compasivos, y negó con la cabeza. Inflando las mejillas, soltó su aliento fantasmal en dirección a la ventana. No se movió ni una pizca de polvo en ningún lugar de la habitación, pero la ventana sellada se abrió de golpe.

—De acuerdo —murmuró Leigh, impresionada por su magia—, pero ¿cómo salgo si la ventana está muy alta?

—¿Cómo llegaste hasta allí para tratar de abrirla? —le preguntó Bodie.

—Me subí a una de las sillas.

—Yo solo salté y me subí —se jactó Bodie.

Leigh sonrió con una mueca.

—Qué maravilla de muchacho.

Bajó las escaleras y se colocó bajo lo alto de la ventana. Confiaba en que podría saltar lo suficiente para alcanzar el borde de la ventana con los dedos. Sabía que podía hacer una flexión y asomarse para mirar afuera. Lo que más le preocupaba era la pregunta: ¿podría trepar y arrodillarse en el borde sin golpear los pies contra la pared y despertar a toda la casa?

Como no estaba dispuesta a arriesgarse, empujó una de las sillas cerca de la ventana y se subió a su respaldo. Dando torpes patadas con los pies y agitando los brazos, se arrodilló frente a la ventana.

Asomó la cabeza a la noche y vio el camino de la entrada a lo lejos, bañado por la luz de la luna.

—¿Cómo sé que es seguro? Podrías ser uno de esos *poltergeist* que engañan a la gente para que se quite la vida.

—De todos modos tú te quieres suicidar, entonces ¿qué importa?

Leigh sacudió la cabeza con tan violenta repulsión que se balanceó en el borde de la ventana y casi se cae. Mientras se agarraba del marco clavó sus uñas en la madera dura.

—Eso fue cruel —le reclamó, una vez que recuperó el equilibrio.

—Bueno, es verdad, ¿no?

—A veces sí —tuvo que admitir. Antes de que él pudiera sentirse demasiado bien consigo mismo, añadió—: a veces no. Ahora mismo, no. Pero de todas maneras fue horrible que dijeras eso.

Bodie atravesó la pared a su izquierda y se quedó flotando fuera de la ventana.

—Creo que tienes miedo de salir. Por eso estás tratando de discutir conmigo.

Se quedó boquiabierta. Ese mocoso la estaba retando a hacerlo.

Apretó los dientes con determinación.

Se asomó a la ventana, se aferró a un puñado de hiedra y la jaló muy fuerte. Para su sorpresa, los zarcillos más cercanos a la pared eran grandes como mangos de un desarmador. Volvió a colocar su mano para agarrar con firmeza los que eran más gruesos y dejar de lado las enredaderas más delgadas del borde exterior, y jaló con más fuerza. Las lianas aguantaron. Respiró hondo y se balanceó hacia arriba, salió por la ventana para colocarse en la cornisa, mientras tanto apretaba las lianas con tanta fuerza que se le clavaban en la carne.

—¡Ya está! —le dijo a Bodie—. Ahora, ¿adónde tengo que ir?

—Abajo, obviamente. Y mantente a la derecha para que no te atrape la siguiente ventana.

Leigh dio una fuerte patada para hundir su pie en la espesa maraña de ramas. Ya completamente apoyada en ellas, y no sobre la cornisa de la ventana, la enredadera se hundió y Leigh, asustada, lanzó una queja que la avergonzó.

—Aguantará —la tranquilizó Bodie—. Te lo dije, yo solía hacer esto todo el tiempo.

Empezó a bajar.

—Más vale que no hayas muerto así.

Muy pronto ya tenía todas las manos raspadas de tanto agarrar las ásperas lianas. A medida que aumentaba su confianza, al sentir la hiedra como una escalera, descendía más de prisa hasta que llegó junto a la alta ventana que daba a la oficina. La quiso empujar, pero igual que su propia ventana, también estaba atorada por varias capas de pintura.

—¡Bodie, ayúdame!

—Silencio —dijo, mientras su cuerpo se desvanecía en niebla y se filtraba en el denso follaje—. Ahí viene alguien.

Un hombre y una mujer, parte de la patrulla de seguridad nocturna, pasaron por debajo de ella. Sus voces sonaban fuertes en la noche tranquila. Las piedritas del camino crujían bajo sus botas. Leigh contuvo el aire, como si el sonido de su propia respiración fuera a delatarla. Los dos caminaban despreocupadamente, pero a ella le parecía que estaban tardando una eternidad en marcharse.

—Se han ido —dijo Bodie, saliendo de la enredadera en forma de niebla antes de volver a convertirse en un muchacho—. Prueba otra vez por la ventana.

Empujó uno de los vidrios y, para su sorpresa, la ventana se abrió produciendo un suave silbido. El corazón le latía con una mezcla de frenesí y miedo. Sentía que la sangre le palpitaba en las arterias del cuello. Al colarse por la ventana, consiguió poner los pies y luego las manos sobre el enorme librero que estaba justo ahí.

—¿Y ahora qué? —preguntó, bajando por los estantes.

Bodie se filtraba a través de la pared, tiñendo de azul la habitación, que por lo demás estaba oscura.

—¡Y yo qué sé! —se quejó—. Tú eres la que quería entrar aquí.

Leigh resopló con frustración y se acercó al escritorio de Tristin, allí estaba su computadora portátil abierta. En cuanto sus dedos rozaron el teclado, la pantalla se encendió, con lo que la habitación se llenó de luz. Aterrorizada, Leigh se tragó el aire y maldijo. Poniendo toda su atención en lo que escuchaba, captó el crujido de los pies de los guardias. Se dio la vuelta y probó algunas contraseñas obvias: «12345», «contraseña», «ÁbreteSésamo», pero, como era de esperar, no funcionaron.

—¿Supongo que los fantasmas no tienen habilidades para desbloquear computadoras y hacer que se abran como las ventanas?

—No digas tonterías —dijo Bodie.

Leigh renegó y abandonó la computadora. Empezó a buscar entre los objetos del escritorio de Tristin. La habitación estaba muy oscura para ver, pero ella tenía demasiado miedo como para encender una luz. Rebuscando encima del escritorio, su mano entró en contacto con el porta-bolígrafos.

—¿Bodie? —preguntó al agarrarlo—. ¿Sabes si hay una caja fuerte en esta habitación?

—Claro —dijo, flotando sobre su espalda, como si estuviera aburrido—. Empuja ese librero por donde bajaste.

Leigh dejó otra vez el porta-bolígrafos sobre el escritorio. Al volver a acercarse al librero lo empujó con todas sus fuerzas. No ocurrió nada.

—¡Estás empujando como una niña! ¡Vamos, empuja!

Leigh frunció el ceño y le hizo un gesto grosero al fantasma. Apoyó todo su peso sobre el librero y este se hundió como un centímetro y medio. Leigh oyó un crujido.

—Bueno, vamos —le animó Bodie—, jálalo para abrirlo.

El librero se deslizó sobre un mecanismo oculto en el suelo de madera y emitió un sonido de succión cuando se rompió el sello que lo sujetaba a la pared. Detrás del librero había una enorme puerta de metal que reflejaba el fantasmagórico tono azul de Bodie. Leigh se estiró para pasar sus dedos por la puerta lisa y fría, y encontró la manija con una peculiar cerradura. Tenía un disco para marcar, pero los números aparecían en una pequeña pantalla. Al igual que la computadora portátil, la pantalla se encendía cuando ella rozaba el disco. Cogió el porta-bolígrafos.

—¿Te podrías poner más brillante? —preguntó.

—No —respondió Bodie, era evidente que estaba indignado ante la sugerencia de que pudiera servir como lámpara.

Volvió a concentrarse en la caja fuerte.

—¿Entonces, para qué sirves?

—Si no fuera por mí, seguirías atrapada en mi habitación —protestó Bodie.

—Habría encontrado la forma de bajar —Leigh se burló.

Debido a su ira, su color azul oscuro suave se volvió como el del cielo en un caluroso día de verano.

Leigh volteó a ver el porta-bolígrafos, leyó los números y giró el disco para marcar cada uno, uno por uno.

—Gracias —dijo.

—¡Oye! Me has engañado —exclamó Bodie.

—Engañado no. Solo te he ayudado a descubrir una nueva habilidad. Y, por cierto, te referías a mi habitación. Estoy segura de que ya no la necesitas.

—¿Ahora quién es el malvado?

El sello magnético de la caja fuerte se activó con un chasquido, mientras tanto, Bodie volvía a adquirir tonos oscuros. Leigh empujó la puerta hacia dentro y descubrió una pequeña habitación repleta de comida, agua, un pequeño catre de metal y una computadora. Las paredes estaban cubiertas de estantes sobre los que había montones de papeles, monedas de todos los países y un surtido de baratijas y chucherías graciosas.

Al cruzar el umbral, se encendió una luz que estaba arriba. Trató de protegerse de su brillo, pero no supo cómo apagarla. Estaba asustada ante la idea de que la sorprendieran allí. Descubrió la pila de carpetas del estante más cercano a la puerta. Cuando abrió la que estaba encima, se dio cuenta de que había tenido suerte. La primera página resumía la operación policial. Con su teléfono sacó una foto.

—Me pregunto cómo se hacía esto en tu época soltó Leigh con desenfado.

—Con una cosa llamada memoria. Deberías probarla —dijo Bodie.

—No sigues enojado, ¿verdad?

—No —dijo—. Si lo estuviera, no me molestaría en decirte que viene seguridad. Y también Tristin.

—¡¿Qué?!

Leigh salió disparada de la caja fuerte y cerró la pesada puerta. Volvió a colocar el librero en su sitio y empezó a escalar los estantes. Al empujar la parte superior del librero para salir por la ventana, sintió que este se desprendía de la pared. Estiró el brazo hacia dentro y lo arañó, pero no consiguió agarrarlo bien.

La puerta de la oficina se abrió de golpe. Las luces se encendieron. Leigh vio a Tristin de pie en la puerta, observando la habitación. Detrás de él estaban dos hombres fornidos vestidos de traje.

—¿Estás seguro de haber visto una luz aquí? —preguntó Tristin.

—Sí, señor —respondió uno de los guardias.

—Había una luz azul oscura y, un segundo después, se encendió una normal.

Leigh se aferró a la hiedra que había junto a la ventana, estaba demasiado aterrorizada como para moverse.

—Bueno, ya no hay nadie aquí —oyó decir a Tristin—. Esperen —gritó—. ¿Por qué está abierta?

Leigh sintió un ligero golpe y oyó el chasquido del librero.

—¡Alguien ha entrado aquí! Registren la casa y los alrededores. Quiero que los encuentren.

—Sube, tonta —le murmuró Bodie al oído.

Tan rápido como pudo, Leigh escaló el muro. El ruido de sus manos al aferrarse a las lianas le pareció ensordecedor. Cuando rasguñaba los ladrillos ásperos se le destrozaban las pocas uñas que le quedaban. Sus pies chocaban con esa telaraña verde, pero se resbalaba una y otra vez. Tuvo que jalar con todas sus fuerzas. Se mordió el labio para no chillar y subió.

Abajo, por todo el parque se encendían luces. Los jardines brillaban como si fuera de día y cualquiera que mirara hacia arriba la vería mientras trataba de acercarse a la ventana. Tenía que entrar. Al balancearse hacia la abertura, hizo demasiada fuerza y las lianas a las que se aferraban sus manos se desprendieron de la pared.

—¿Qué haces? —rezongó Bodie.

—Me estoy cayendo, idiota. ¿No te das cuenta?

—¡Vuelve a subirte y métete!

Las ramas se separaron más de la pared y Leigh cayó otros cuantos centímetros.

—No puedo —gritó—. ¡No sé cómo! ¡Bodie! ¡Ayúdame!

La cara de Bodie se acercó a la suya. Su mirada era severa y sus labios una fina línea azul.

—Puedo enseñarte cómo, pero no lo puedo hacer por ti.

—Por favor —suplicó ella—. ¡Lo que sea!

Bodie se transformó en una niebla azul y se abalanzó sobre ella, golpeándola entre los ojos. Leigh quedó abrumada por una nauseabunda sensación de haber sido invadida. Las entrañas le ardían con un frío congelante. Le entraron ganas de vomitar. Se sintió abrumada por el impulso de alejarse de la ventana para luego volver a ella, lanzándose desde las lianas en el último momento para así poder agarrarse a la cornisa.

—No…. no puedo —gritó.

La voz de Bodie retumbó en las heladas paredes de su cerebro. Parecía tan desesperado como ella.

—¡No puedo hacerlo por ti!

Leigh escuchó los pasos de los guardias que empezaban a buscarla ahí abajo. No tenía elección. Pateando con toda la fuerza de sus piernas, mientras se sujetaba con una mano tan fuerte como podía, se alejó de la ventana. Cuando su espalda chocó con la pared, se impulsó con todas sus fuerzas. Justo antes de que su rostro se estrellara contra la piedra, cedió ante la sensación de soltarse y se deslizó sobre la superficie de la pared, con las hojas de hiedra acariciándole el rostro. Manoteó con desesperación hasta que pudo poner una mano dentro de la ventana abierta. Aferrada al borde, arañó una y otra vez hasta que logró entrar en la habitación, donde se derrumbó en el suelo.

Apoyada sobre manos y rodillas, jadeaba por la falta de aire. La habitación le daba vueltas. La niebla azul salía de ella y se condensaba en Bodie.

—Vienen a verte. Métete en la cama. ¡Rápido!

Se levantó del suelo. Tambaleándose, subió al entrepiso y se metió en la cama. Se puso de lado, dando la espalda a la puerta, cuando la puerta de su habitación chirrió. Tristin asomó la cabeza.

Ella se hizo la dormida, fingiendo un quejido y un ronquido.

Tristin entró a la habitación y la inspeccionó en sus trescientos sesenta grados. Cuanto más se demoraba, más se aceleraba el corazón de Leigh. Oyó el roce de sus zapatos contra el suelo, mientras buscaba algo de lo que pudiera acusarla. Al sentirse satisfecho de que no había nada que ver, se marchó tan silenciosamente como había llegado.

Leigh no se movió, estaba demasiado aterrorizada. No era el miedo a que la atraparan lo que hacía que su corazón latiera con fuerza, aunque en parte también era eso. Lo que le hizo Bodie la hacía sentirse mal por dentro. Estaba luchando con su propia identidad. Durante unos segundos adquirió habilidades, pensamientos y emociones que no eran suyos. Seguían ahí, en algún lugar dentro de su cabeza y su cuerpo, llenándola de conocimientos sobre cosas que nunca había hecho ni visto. Extrañamente, esa suma de nuevos recuerdos hacía que se sintiera menos de lo que era antes en lugar de más.

—¿Qué me hiciste? —le preguntó al vacío de la oscuridad.

CAPÍTULO NUEVE

Leigh daba vueltas de un lado a otro debajo de las mantas calientes y asfixiantes. No importaba en qué posición se acurrucara, estaba demasiado aterrorizada para acomodarse. Tenía los ojos muy abiertos y miraba atenta la oscuridad de su habitación en busca del más leve atisbo de resplandor azul.

Renunció a dormir y se sentó con las piernas colgando al borde de la cama. Sus manos temblorosas se aferraban a las sábanas. Su corazón palpitaba sin cesar y la revoltura de su estómago le gritaba que debía huir lo más lejos posible de la mansión Simmons-Pierce. Necesitó toda su fuerza de voluntad para mantener la voz baja y las piernas quietas.

Vio el amanecer acercarse sigilosamente. Se acunaba como una niña aterrorizada en la orilla de su cama. Parpadeaba al mirar cómo en el horizonte el gris se transformaba en naranja y luego, a su vez, en un suave color rosa. Antes de que el amarillo del amanecer iluminara el cielo con toda su fuerza, se puso los zapatos y salió por la puerta. Estaba impaciente por escapar de la habitación.

—Te has levantado temprano —le dijo Tristin, cuando ella dio un salto para pasar a su lado en las escaleras.

Leigh se encogió de hombros y le preguntó sin detenerse:

—¿Has visto a Nacho?

Sorprendido, sus ojos se agrandaron y le respondió:

—No. ¿Por qué?

—Me siento un poco inquieta esta mañana —mintió—. Quería saber si iba a la ciudad a hacer algún encargo. Pensé que podría ir con él.

—Bueno, por supuesto que no conozco sus horarios —dijo Tristin con una risa autosuficiente.

Leigh siguió bajando las escaleras a saltos.

—Lo encontraré.

—Tal vez deberías hablar con Peg —le dijo Tristin—. Puede que tenga una o dos tareas para ti, si quieres mantenerte ocupada.

Leigh se dijo en voz baja: «Lo que sea, con tal de alejarme de este lugar».

Saltó el último escalón, fue hasta la puerta, la abrió de golpe y se fue corriendo. El cielo estaba más brillante que cuando había salido de su habitación unos segundos antes. Los tonos pastel de los jardines, la hierba y los árboles, junto con el canto de los pájaros, hacían que la mañana pareciera un cuento de hadas. Lo que debió haber sido un momento de paz no servía para calmar la pesadilla que Leigh había tenido antes de despertar. Corrió por el jardín como si pudiera dejar atrás el recuerdo de lo que Bodie le había hecho la noche anterior.

Llegó al garaje donde el personal estacionaba sus coches y en el que se guardaban los vehículos de Simmons-Pierce. Vio la maltrecha camioneta amarilla de Nacho, por lo que debía estar en alguna parte cercana. Aunque nunca lo había visto trabajando en ningún coche de la familia, ya que estaba allí decidió buscarlo en el interior del garaje.

Adentro encontró lo que se podía esperar de una familia tan rica como los Simmons-Pierce: Ferrari, Aston Martin, Porsche, Rolls

Royce... todos los fabricantes de automóviles de alcurnia estaban bien representados. Se abrió paso entre las filas de coches y admiró la elegante belleza de los deportivos y la opulencia de los sedan. Avanzar hacia la parte de atrás del garaje era como retroceder en el tiempo: cuanto más se alejaba de la puerta, más antiguos eran los coches, hasta que llegó a una hilera de carruajes y carretas de caballos.

El inconfundible tintineo de una herramienta al caer la hizo darse vuelta. Luego siguió un torrente de palabrotas en español.

—¿Nacho? —gritó ella.

—Sí, soy yo. ¿Quién anda ahí?

Leigh salió a su encuentro, guiada por su voz.

En la otra punta del garaje había una pequeña puerta que daba a un taller más pequeño. Dentro había numerosas motocicletas. Nacho estaba de rodillas trabajando en una moto de cross.

—¡Soy yo! —le dijo.

Nacho suspiró aliviado.

—Creía que eras la señora Simmons. No sé cuánto español habla, pero si algo entiende, no le iba a hacer mucha gracia oírme hablar así.

Miró a Leigh intrigado.

—¿Qué tanto español sabes?

Leigh soltó una risita.

—Lo suficiente.

—Bueno —dijo—. Ayer te oí hablar como un marinero. Hoy tú me has oído a mí. ¿Estamos a mano?

—Estamos a mano —aceptó ella.

—¿Qué te trae por aquí?

—Me dijiste que se necesitaba hacer un inventario de la casa de mis padres, para decidir qué traigo aquí y qué se va.

—Sí. ¿Cuándo te gustaría hacerlo?

Mientras arrastraba los pies y se comía las uñas, Leigh le dijo con timidez:

—¿Ahora?

—¿Ahora? ¿Así, sin más?

—¡Por favor, Nacho! Tengo que salir de aquí un rato.

—¿Le pediste permiso a la señora Simmons?

—No. Primero quería asegurarme de que me llevarías.

La miró de nuevo.

—Más bien no querías que ella se enterara y entonces, si yo decía que hoy no podía, encontrarías otra forma de salir de aquí.

—¿Soy tan transparente?

—No, pero me recuerdas mucho a mí cuando tenía tu edad. ¿Estás lista para salir?

—Sí, pero ¿no tenemos que consultar con Peg?

Nacho se encogió de hombros y le dijo:

—Es más fácil pedir perdón que permiso. Además, la señora Simmons querría acompañarnos. Tengo la sensación de que prefieres estar sola.

Leigh sonrió.

—Iré a buscar mis cosas y nos vemos en la puerta.

Nacho se puso de pie. Se miró las manos, se frotó los pulgares sobre las yemas grasientas de los dedos.

—Mejor dame cuarenta y cinco minutos. Sería un viaje largo con un conductor apestoso.

—¡Genial! —sonrió Leigh sin hacer caso de la broma—. ¿Afuera en cuarenta y cinco minutos?

Nacho esbozó una sonrisa y asintió.

Leigh daba vueltas en su habitación mientras se mordía la uña del pulgar. No tenía ni idea de lo que pensaba hacer una vez que

Nacho y ella estuvieran fuera de la mansión. Lo iba maquinando sobre la marcha. Pero de algo estaba segura, y aunque le desagradara la idea, tendría que deshacerse de Nacho.

La crueldad de traicionarlo le hizo pensar que debía confiar en él, pero entre más lo pensaba más se daba cuenta de que eso era imposible. No podía imaginar que Nacho se arriesgara tanto, que pusiera en peligro su trabajo, que se metiera en problemas con la policía o que diera su vida por ella. En algún momento tendría que abandonarlo. Aunque se sentía culpable, su decisión era la misma.

Agarró el bolso de la cómoda y cuando se lo colgó en el hombro golpeó su cadera con un ruido apagado y recordó que el diario de Bodie estaba dentro. Había adquirido la costumbre de llevarlo a todas partes, y leía párrafos cada vez que sentía la necesidad de animarse. Eso sucedió hasta la noche anterior.

El miedo abrumó a Leigh al recordar que estuvo a punto de caerse de la hiedra. La confusión nubló su cerebro al pensar en cómo Bodie se apoderó de ella, cómo la había invadido. Aunque ella le había pedido ayuda, no tenía forma de saber que él haría algo así. Que iba a poseerla. El hecho de que le salvara la vida no parecía importar. Ella no quería tener nada más que ver con él.

Sacó el libro de su bolso y se metió en su armario. Sin darse tiempo para pensar, se arrodilló y se arrastró todo lo que pudo. Levantó las tablas sueltas del suelo y volvió a colocar el libro en su sitio.

Una descarga de tristeza se le clavó en el corazón. Al principio pensó que se sentía traicionada por lo que le había hecho Bodie, pero le pareció que eso estaba mal. Cuando cerró la puerta del armario, sintió que era ella quien lo traicionaba.

Un claxon sonó afuera.

Cruzó la habitación corriendo y tomó su bolso. Ya no quería pensar en Bodie. Deseaba salir de allí, y Nacho esperaba abajo para llevársela. Bajó las escaleras a toda velocidad, salió por la puerta principal y entró en la camioneta. Nacho arrancó antes de que ella se abrochara el cinturón. Como conocían esa camioneta, los guardias abrieron el portón y ellos pasaron sin que Nacho tuviera que frenar.

—¡Allá vamos con todo! —dijo Nacho con una sonrisa. Leigh asintió, pero guardó silencio.

Al cabo de unos kilómetros, Nacho preguntó:

—¿A qué se debe esta repentina urgencia por acabar con esto?

—Te lo dije —respondió Leigh mientras miraba absorta el paisaje que pasaba por la ventana—, me sentía encerrada, como si necesitara otro aire, ¿me entiendes?

—Claro que te entiendo. Todos estamos inquietos de vez en cuando. Pensé que querrías tener a tu familia contigo, es todo. Esto no va a ser fácil, enfrentarte a tantos recuerdos.

—Lo sé, pero mis recuerdos no pueden ser peores que enfrentarse a él.

Leigh calló de repente. No podía creer que hubiera dicho eso en voz alta.

—¿A quién? Leigh, ¿te ha pasado algo? ¿Alguien te está haciendo daño en la casa?

—No, nada de eso. Lo que quería decir es que estoy teniendo pesadillas —mintió— sobre quién mató a mis padres.

Nacho la miró con desconfianza por el rabillo del ojo.

Ella intentó reírse, pero no pudo evitar decirle la verdad. Lo mejor que podía hacer era disfrazarla de broma.

—Estoy actuando como una niña tonta que ve fantasmas.

Nacho sonrió.

—Ah, los fantasmas de la mansión Simmons-Pierce.

—¿Qué sabes de ellos?

—Conozco las historias. Myra se las cuenta a cualquiera que

esté dispuesto a escucharla —le guiñó un ojo—. O a quien no
tenga más remedio que escuchar.

—¿Así que nunca los has visto?

—No se puede ver lo que no está ahí para ser visto. Yo no creo
en fantasmas.

—Pensé que todos en Sudamérica creían en esas cosas.

—¡Vaya! ¿Es un estereotipo?

Leigh sintió que se le caía la cara de vergüenza.

—¡Uy! No quise decir eso de la forma en que sonó.

Nacho se rio de ella.

—No te preocupes. La mayoría de los viejos sí creen en esas
tonterías, así que no estás muy errada. ¿Y la generación más joven?
Bueno… tenemos Internet.

Leigh sonrió y volvió a mirar por la ventana. Nacho siempre
conseguía hacerla sentir mejor. Pero Bodie también, hasta que...

Se estremeció y trató de quitarse esa idea de la cabeza.

—¿Tienes frío?

—No. Estoy nerviosa.

Nacho asintió y la dejó con sus pensamientos.

Velozmente dejaban atrás arbustos, árboles y edificios. Leigh
giraba la cabeza cuando encontraba lugares que reconocía. Entre
más avanzaban aparecían con más frecuencia, hasta que al llegar a
su barrio todo se convirtió en recuerdos dolorosos: su colegio, su
iglesia y, finalmente, su casa.

Nacho condujo su camioneta hacia una pendiente que daba al
garaje. Apagó el motor y esperó amablemente a que ella se desa-
brochara el cinturón y saliera. Le estaba dando todo el tiempo que
necesitara.

Cuando Leigh estuvo lista, bajó de la camioneta y se dirigió al
sistema de seguridad instalado en la puerta del garaje. Sabía el código de memoria, pero hacía tanto tiempo que no lo marcaba que

pulsó el último número con una sensación de duda cosquilleándole por dentro.

La electricidad se activó con un zumbido. La puerta rechinó e hizo ruido al elevarse Como si nada hubiera cambiado, se oyó un traqueteo cuando las ruedas chocaron con la parte del riel que ella había golpeado con el retrovisor de la furgoneta aquella vez que su padre le permitió intentar sacarla del garaje. Su madre estaba muy enojada. Desde entonces, cuando Leigh oía ese sonido se sentía muy avergonzada. Ahora se sentía sola.

—¿Dónde está la furgoneta? —preguntó ella, mirando el garaje vacío.

—La policía —fue todo lo que dijo Nacho.

Leigh se encogió de hombros.

—No importa. Mamá quería venderla de todos modos.

Sin vacilar, se acercó a una motocicleta cubierta con una lona. Con cuidado le quitó la cubierta. Dando un fuerte suspiro se quedó mirando la Ducati Panigale de su padre.

Nacho soltó un largo silbido de admiración.

—Es una moto muy bonita.

Leigh la rodeó sin hacerle caso a Nacho. Acarició con sus dedos el lugar donde se sentaba su padre y la parrilla del asiento para pasajeros, de aspecto demasiado pequeño, donde ella se aferraba a su torso, emocionada por la pericia con que su padre manejaba la potente máquina.

—Esto. Quiero esto.

—¿Sabes manejarla? —le preguntó Nacho, abriendo un cuaderno.

—Papá me enseñó. Él creía que mamá no lo sabía, pero sí. Ella me dijo: «No puedo evitar que él sea el hombre que es, ni puedo evitar que tú seas su hija. Solo prométeme que tendrás cuidado».

Leigh esbozó una sonrisa distante.

—Mamá nunca le dijo que ella lo sabía. Creo que quería que fuera nuestro secreto de padre e hija, o al menos el de él.

—Parece que tuviste una muy buena familia.

—La tuve —dijo Leigh.

Se hizo un silencio incómodo entre ellos. Leigh empujó la puerta que daba al interior. Pasó por el cuarto de lavado, la cocina y la sala de televisión, donde se quedó helada. El sillón reclinable, que era el favorito de su padre, estaba donde siempre. El punto de cruz de su madre, su última manualidad, estaba tirado sobre el sofá. La vajilla, la lavadora y la secadora, las mesas, las sillas, los cachivaches y las chucherías, junto con muchas más cosas en las que no había pensado, la rodeaban por todas partes. Se le cortaba la respiración.

—¿Qué va a pasar con todo esto?

—La señora Simmons dice que puedes poner algunas cosas en un depósito hasta que seas mayor. Puedes llevar unas cuantas a la mansión, como la bicicleta. —Nacho le echó un vistazo a la pared con fotos—. También estas fotos de familia.

Se dio vuelta para mirarla y con gentileza eligió decirle la verdad.

—La mayor parte de estas cosas tendrá que ser vendida, creo yo.

—No —dijo Leigh con firmeza.

—Leigh, no puedes quedarte con todo.

—No es eso lo que estoy diciendo. Lo que quiero decir es que no quiero que vendan nada. Quiero donarlas a las familias de los policías que han caído, a los refugios para mujeres, ese tipo de lugares. Mi papá era muy generoso ayudando para que los chicos de las pandillas pudieran escapar de su destino. ¿Esta casa podría convertirse en un hogar de refugio, o algo así?

—Podría ser. Tienes un gran corazón —le dijo Nacho.

—Veremos si aún piensas lo mismo dentro de una hora —murmuró Leigh, mientras se alejaba hacia los dormitorios.

El siguiente paso de su plan surgió en el instante en que posó la mirada en la motocicleta de su papá. Cuando Nacho no la veía, Leigh corrió a la habitación de sus padres. Metió la mano dentro del plato en dónde su padre guardaba las llaves, sacó las de la motocicleta y las guardó en el bolsillo de su sudadera. Abrió el primer cajón y guardó allí su teléfono.

—Oye, Nacho —lo llamó, cerrando el cajón—. Hay una maleta debajo de la cama. Creo que contiene el vestido de bodas de mi madre. ¿Te molestaría ayudarme a sacarla para asegurarme de que está ahí?

Nacho entró al cuarto.

—Claro que sí.

Se agachó y miró debajo de la cama.

Leigh corrió desde la casa hasta el garaje.

—¿Leigh? —lo oyó llamarla desde la habitación.

Con un brusco jalón se puso el casco en la cabeza, se montó en la enorme Ducati como si fuera un caballo y arrancó el motor.

—Leigh —gritó Nacho al entrar corriendo en el garaje.

Lo dejó parado en la entrada, agitando los brazos y gritando, mientras ella se perdía calle abajo y doblaba por la esquina.

Durante treinta minutos condujo sin rumbo ni destino. Lo único que quería era alejarse de Nacho tantos kilómetros como pudiera. Al principio, estaba contenta sintiéndose unida a la moto de su padre. Él amaba esa moto y ella también. Su satisfacción no duró mucho. En cuanto más se alejaba, más se encorvaba y se entristecía. También tenía miedo.

Nacho ya habría dado la voz de alarma, si no a la policía por lo menos a Tristin. Era solo cuestión de tiempo antes de que la atraparan. Como una bofetada en la cara, se dio cuenta de que estaba huyendo y tenía el tiempo en su contra.

Devanándose los sesos para encontrar la siguiente fase de su inexistente plan, se detuvo en un callejón sin salida para concentrarse. Cerró los ojos e intentó recordar todos los detalles de los documentos que había encontrado en la caja fuerte de Tristin. Para la mayoría, en el mejor escenario, la información parecería escasa, pero ella era hija de un policía. Sabía lo frágiles que eran las pistas. Las corazonadas se convertían en hechos cuando había pruebas sólidas. Pero mientras se descubrían esas pruebas, todo era conjeturas. Ella, como su padre, era una investigadora astuta.

Concentrada, frunció el ceño. Mañana por la noche llegaría a los muelles un cargamento procedente del extranjero. Aún se desconocía de qué se trataba y quién iba a interceptarlo. Sin embargo, se sospechaba que el origen del envío era la mafia rusa, lo que llevó a Leigh a pensar en drogas. Junto con la idea de las drogas recordó el nombre de Tomika.

Aceleró la poderosa máquina que ronroneaba entre sus rodillas hasta que volvió a rugir. No tardó mucho en llegar a la puerta de Tomika y tocar su timbre sin saber lo que le iba a decir.

—¿En qué puedo ayudarla? —preguntó la anciana que abrió la puerta.

—Me llamo Leigh. Conozco a Tomika del colegio.

Nerviosa, Leigh movió los pies. Decir que conocía a Tomika era una exageración. Nunca había hablado con ella. Lo poco que sabía es que era problemática y que debía mantenerse lo más lejos posible de ella. La verdad era que su padre sabía mucho más de Tomika. La conocía profesionalmente. La arrestó por traficar. Testificó contra ella en el tribunal. También apeló al tribunal en su nombre, recomendando que fuera encarcelada en su domicilio, con la condición de que se sometiera a una terapia de rehabilitación y de que mantuviera un promedio de B en la escuela. Leigh esperaba que con buena voluntad le dieran la información que necesitaba.

—Lo siento, pero si conoce a mi nieta sabrá que no se le permiten visitas sin cita previa.

—Por favor —suplicó Leigh—. ¡Es importante! Le prometo que solo tardaré un minuto.

—Lo siento —dijo la mujer mientras empezaba a cerrar la puerta.

La voz de una chica se escuchó desde el interior de la casa.

—¿Leigh? ¿Leigh Howard?

Leigh golpeó la puerta con la palma de la mano, haciendo que a la anciana se le saltaran los ojos.

——Sí, soy yo. Mira, ¿puedo hablar contigo un segundo?

Tomika se acercó por detrás de su abuela. Estaba vestida con un pijama y por su pelo se notaba que recién se había levantado. Leigh no pudo evitar fijarse en el monitor de tobillo que llevaba en el pie izquierdo.

Claramente avergonzada, Tomika se pasó los dedos por el pelo alborotado.

—Perdón por la facha. Día tras día sin salir, como que ya no te importan ciertas cosas.

—Tomika, sabes que no puedes recibir visitas —le dijo su abuela.

—Todo está bien, abuela. Ella es la hija del detective Howard.

Fue el turno de Leigh de sonrojarse cuando los ojos de la anciana volvieron a agrandarse, esta vez para compadecerse de ella.

—Me enteré de lo que sucedió. Tu padre era un buen hombre. No se merecía lo que le pasó. Tú tampoco.

—Gracias —susurró Leigh, mirando el suelo de la entrada, tratando de no llorar.

—Te daré quince minutos, Tomika —le dijo su abuela, que decidió no hacerle caso a la incomodidad de Leigh—, pero ambas deben saber que tendré que contarle al oficial encargado de tu libertad condicional sobre esta reunión.

—Está bien. Lo último que quiero es que Tomika se meta en más problemas.

La abuela de Tomika negó con la cabeza.

—Soy vieja, pero no estúpida. Creo que eres tú la que se está buscando problemas.

A Tomika le dijo:

—Solo quince y ni un minuto más.

—De acuerdo, abuela. Está bien.

La anciana se metió arrastrando los pies, mientras Tomika llevaba a Leigh a un columpio cercano a la entrada.

—Me temo que esta es toda la privacidad que tendremos.

Leigh se sentó.

—Estará bien.

—Entonces, ¿supongo que no vienes a inspeccionar lo bien y saludable que estoy?

—No. Siento haber venido aquí, pero no se me ocurrió otro sitio a donde ir.

—El tiempo corre, amiga. Será mejor que me lo cuentes.

—Es sobre papá. Todo el mundo ha renunciado a tratar de averiguar lo que ocurrió. Supe que algo está pasando en los muelles, creo que es un asunto de drogas y que podría estar relacionado con lo que le sucedió a papá, pero nadie más lo ve así.

Tomika entrecerró los ojos e hizo una mueca de incredulidad y disgusto.

—¿Piensas en drogas y automáticamente se te ocurre venir a verme?

—¡No! Bueno… sí. Tal vez —dijo Leigh en voz alta y confusa—. ¡No lo sé! Todo lo que quiero es justicia para mamá y papá. No podré encontrar la paz hasta que sepa que su asesino está entre las rejas. Hasta que averigüe por qué tuvieron que morir mis padres.

—Está bien. Tranquilízate. Cálmate. ¿Intentas provocarle un infarto a la abuela o algo así?

—Lo siento —dijo Leigh, hurgando los hilos que había alrededor del agujero de sus jeans—. Estoy tan...

—¿Desesperada? Ya he pasado por eso. Tu padre se dio cuenta e hizo lo que pudo para ayudarme. Pero tienes que entender que he estado fuera del juego por un tiempo y planeo quedarme fuera cuando haya cumplido mi sentencia.

—¿Entonces no sabes nada que pueda ayudarme?

—Trabajé en distribución, no en compras. ¿Entiendes? Todo lo que tengo es un nombre que conseguí de un amigo de un amigo, hace mucho tiempo.

—Lo que sea —suplicó Leigh.

Tomika dudó, sus ojos se clavaron en los de Leigh, como si quisiera atravesarla con la mirada.

—Estoy aquí sentada pensando que no sería una buena forma de pagarle a tu padre todo lo que ha hecho por mí si envío a su hijita a que la maten.

A Leigh se le hizo un nudo en la garganta. Le aterrorizaba que Tomika no fuera a ayudarla. Hizo un ovillo con las mangas de su sudadera y apretó los dientes. Sabía que si quería respuestas tendría que ser sincera con Tomika, pero eso también significaba ser sincera consigo misma.

Soltó las mangas que apretaba en sus puños, se arremangó el brazo derecho y giró la muñeca.

—No saber quién fue y por qué lo hizo me está matando a mí también.

Tomika bajó la mirada hacia la cicatriz rosa que delataba el corte en su muñeca.

—Maldita sea, chica. Maldita sea. No lo sabía.

Una lágrima rodó por la mejilla de Leigh mientras se bajaba la manga.

—Pues debes ser la única.

Las dos se sentaron en silencio. Tomika empezó a mecer el columpio, como si estuviera con una niña enojada. A Leigh no le pareció condescendiente, sino más bien amable y tranquilizador. En algún momento, Tomika tomó la mano de Leigh entre las suyas, pero Leigh no habría podido decir exactamente cuándo.

—Muy bien, ustedes dos —gritó la abuela de Tomika a través de un biombo abierto—. Ya pasó todo el tiempo que les puedo dar.

Leigh se levantó y comenzó a irse. Si Tomika sentía que no podía o no debía ayudarla, lo entendía. Le estaba pidiendo mucho a una extraña cuya deuda era con su padre y no con ella. Tomika era de las amables. No se burlaba de ella. No se metía con su psique. La dejaba ser y, como Myra, hacía todo lo posible por comprenderla, sabiendo que nunca podría entenderla del todo. Mientras Leigh caminaba, la vereda se le volvía borrosa por las lágrimas, pero se negó a hacer que Tomika se sintiera peor al ver que se las enjugaba.

—Dante Jones. Es el hombre del muelle que recibe la mercadería, se llama Dante Jones. Trabaja de noche.

—Gracias —dijo Leigh, mirando una franja de hierba que había junto a la vereda.

Se montó en la Ducati, se puso el casco y, como lo hizo con Nacho, dejó que esta amiga se quedara viéndole la espalda mientras ella se alejaba a toda velocidad.

CAPÍTULO DIEZ

Mientras Leigh conducía, su mente era un torbellino. Según lo que había leído, la operación policial encubierta tendría lugar al día siguiente por la noche. Si iba a confrontar a Dante, tendría que ser esta noche mientras aún contara con información valiosa para negociar. Debía encontrar un lugar donde pasar desapercibida durante doce horas. La Ducati no tenía gasolina suficiente para andar por la ciudad tanto tiempo. Se le tensó la mandíbula al pensar en la cantidad de gente que estaría buscándola. Tenía que esconderse.

Siguiendo una ruta serpenteante, porque no sabía a dónde iba, Leigh se encaminó hacia una grúa alta que veía en el horizonte, y girando hacia ella cuando le era posible se acercó. Pasó por delante de la puerta principal sin aminorar la marcha. Grabó en su cerebro todo lo que pudo del recorrido sin llamar demasiado la atención, y siguió conduciendo en busca de un escondite. Al doblar por una esquina, a dos manzanas de distancia, encontró una gasolinera abandonada y medio derruida, donde se detuvo. A pesar de que era un día cálido, Leigh se bajó de la Ducati temblando y se sentó en el suelo. Con las rodillas pegadas al pecho se dispuso a esperar.

Por mucho que lo intentaba, le costaba creer que estuviera siendo tan tonta e imprudente.

El aburrimiento le adormecía la mente. La sombra de una pared desmoronada se deslizaba por el suelo. Intrépida e indiferente a su presencia, una rata se escabulló. El asqueroso roedor se irguió sobre sus patas traseras y la miró furioso antes de alejarse cuando un gato salvaje se le acercó de un salto.

Cuando la sombra de la pared oscurecía tres cuartas partes del lugar, oyó a un perro que rebuscaba en la basura amontonada afuera. El animal asomó su asustado hocico por un agujero de la pared y le gruñó. El corazón se le subió a la garganta. La bestia pareció perder interés y siguió su camino. Leigh se quedó secándose el sudor de la frente que le habían provocado los nervios. Aunque llevaba horas aguantándose, con el susto llegó al límite y con la cara ardiendo de vergüenza, se vio obligada a buscar la parte más escondida del edificio para orinar.

Las sombras grises del crepúsculo empezaban a acumularse. Para Leigh, eso significaba siete horas más de espera. Le dolía el trasero de tanto estar sentada, así que se puso a caminar. Congelada en medio de la habitación, maldijo en voz alta.

«No tienes ni idea de cómo vas a entrar en ese sitio, ¿verdad?», se reprendió a sí misma.

Leigh pensó en conducir de arriba a abajo por la zona de carga, siguiendo la orilla de la cerca de alambre, pero la Ducati era una moto tan característica que llamaría demasiado la atención. Al no tener otra opción, apagó la moto y volvió caminando a la cerca.

La acera estaba entre una larga fila de camiones que hacían cola ante la cerca de tela metálica plateada. Al otro lado de la barrera había hileras de contenedores metálicos que se amontonaban unos encima de otros, formando pilas de cuatro o cinco que se extendían a lo largo de más de un kilómetro y medio hasta detenerse junto al océano. Tres enormes barcos se hallaban amarrados a los muelles y unas grúas altísimas los descargaban. Mientras caminaba a lo largo de la valla, observó que medía tres metros de altura y estaba rematada con alambre de púas en espiral, en excelente estado.

Rezongó, sabiendo de quién era la culpa de que la zona de carga fuera tan impenetrable: «¡Marcus!».

No tardó mucho en darse cuenta de que no tenía sentido seguir por donde iba. Dio media vuelta y decidió ver más de cerca la entrada al patio. Cuando llegó, confirmó lo que había visto al pasar. Para entrar y salir de la zona de carga había un paso de cuatro carriles. Dos de ellos eran anchos para la entrada y salida de camiones y el otro, más estrecho, para los empleados. Separando los dos conjuntos de carriles se encontraba una sencilla caseta blanca con tres guardias. En todo momento, dos de los agentes de seguridad trabajaban en la fila de camiones, verificando los papeles y recogiendo firmas. El tercero se quedaba dentro, atendiendo el teléfono y vigilando las pantallas del circuito cerrado de televisión.

Leigh pasó los dedos por la valla y apoyó la cabeza contra el metal. Una espuela afilada le arañó la frente, pero no le importó. No tenía forma de entrar. Lo había arriesgado todo. Traicionó a su familia, manipuló a Nacho y sentía que había abandonado al Pequeño Bodie, a pesar de seguir enfadada con él. Tarde o temprano tendría que responder por esas cosas, y todo por nada. Un pesado suspiro de derrota escapó de sus pulmones.

—¡Ey! —le gritó una—. No puedes estar merodeando por aquí.

Uno de los guardias de seguridad se separó de la fila de camiones y se dirigió hacia ella.

—Estaba... estaba... estoy haciendo un trabajo para la escuela —mintió Leigh. No había clases en verano, pero la sorprendieron desprevenida—. Es sobre... sobre... sobre la importancia del transporte marítimo para la comunidad local.

SHAWN M. WARNER

—No me importa lo que estés haciendo. No puedes hacerlo aquí —le dijo la guardia, de pie al otro lado de la cerca.

—¡Por favor! —suplicó Leigh—, el año pasado falté a muchas clases y si no las recupero en el verano tendré que repetir el año.

La mujer buscó en el bolsillo de su camisa. Sacó una tarjeta y se la ofreció a través de la alambrada.

—Llama al número de la oficina y pide una cita. Estoy segura de que alguien hablará contigo, pero no te puedes quedar aquí.

Un grito se escuchó atrás de la mujer y ella volteó. Otro guardia se dirigía hacia la cabina con un hombre esposado.

—¿Qué está pasando? —preguntó Leigh.

—Alguien está tratando de entrar ilegalmente al país, yo creo. Tenemos dos o tres de esos al mes. Van de polizontes en los cargueros y se esconden hasta que sale el tren.

—¿El tren? —preguntó Leigh—. ¿Qué tren?

—Todas las noches llega un tren y lo cargan de contenedores. Por las mañanas se marcha antes de que empiece el tráfico urbano —le explicó—. Ahora tienes que irte. Buena suerte con tu trabajo.

La guardia se alejó trotando para unirse a su colega y ayudarlo a detener al hombre. Leigh se alejó también, decidida a descubrir por dónde entraba el tren a la zona de carga. Tuvo que volver sobre sus pasos y retroceder más allá del punto en donde había dado la vuelta para inspeccionar la entrada. La costa bordeaba en curva hasta la ciudad, mientras que la cerca continuaba en un acantilado rocoso que se adentraba en el océano y sus rompientes. Siguiendo la línea costera encontró la red de rieles de acero que conducían a la entrada y salida del patio de carga. En el lugar donde las vías cruzaban el perímetro de la cerca, había un enorme portón que bloqueaba el acceso a los no autorizados. Estaba cerrado y un candado sujetaba una gruesa cadena. Leigh supuso que el portón se abría, según un horario que coincidía con la llegada y salida del tren.

Leigh quería aproximarse para investigar la cerca en busca de puntos débiles, pero antes tomó la precaución de buscar cámaras de vigilancia en la zona. Montadas en postes altos, apuntando tanto hacia dentro como hacia afuera del patio cerrado, encontró varias y volvió a maldecir el nombre de Marcus Figueroa. Sin otra opción, siguió las vías para alejarse del patio, con los ojos bien abiertos en busca de un lugar apartado desde el que pudiera saltar al tren cuando llegara. Así era su plan, demasiado desesperado e imprudente. Apestaba.

De vuelta en la ruinosa gasolinera, una vez que decidió desde dónde saltaría al tren, se acurrucó para soportar otra larga espera. Como ya tenía armado su plan, el tiempo pasó volando. Con cada segundo, sus nervios se multiplicaban como una mala hierba apestosa, que le provocaba náuseas. El palpitar de su corazón le recordaba lo aterrorizada que se sintió cuando estaba segura de que iba a caerse del muro de la mansión. Bodie la salvó, a pesar de lo mal que la hizo sentir. Aunque aún le guardaba un poco de rencor, deseaba haber traído su diario, para que al menos una parte de él estuviera con ella y así no sentirse tan sola.

Ya bien entrada la noche, oyó el lejano silbido del tren. Tras comprobar que la moto se encontraba bien segura, a pesar de que no había visto a nadie en toda la noche, salió corriendo de su escondite y se adentró en la oscuridad. Tras una rápida carrera hasta las vías, apoyó la espalda contra la pared de un bloque de viviendas de interés social, sin hacer caso de los ancianos que se sentaban en las sombras a beber vino y cerveza, y que tampoco le prestaban atención.

El tren estaba a punto de abandonar el último cruce antes de llegar a la zona de carga. El tintineo de los guardavías le puso los nervios de punta. Vapor, viento y polvo salían por debajo de los vagones, y las ruedas repiqueteaban sobre las junturas de los durmientes. La lógica le decía que el tren debería avanzar a una modesta velocidad de treinta kilómetros por hora o menos, pero a Leigh le parecía que se precipitaba a ciento treinta.

A la luz del farol de cruce, Leigh vio un vagón cuya plataforma era baja y que estaba vacío. Apretó la mandíbula con determinación y lo convirtió en su objetivo. Fue andando de puntitas por la hierba, entre el edificio y las vías, hasta pisar la grava junto a los rieles. Los vagones pasaban zumbando a su lado. El suelo retumbaba por debajo de sus tenis. El vagón de plataforma baja que había elegido se acercaba rápidamente. Leigh empezó a correr. Para cuando la parte delantera del vagón estaba a la altura de sus hombros, ella iba ya a toda velocidad, pero aun así el vagón se alejaba. Movió las piernas con todas sus fuerzas, se acercó cada vez más a la parte lateral del coche. Las rugientes ruedas de acero estaban a menos de medio metro. Si se caía allí, la harían pedazos.

Justo delante, tanto ella como el tren se acercaban a una luz de advertencia que parpadeaba al lado de las vías. Primero, al explorar el lugar, había pensado que treparía al tren mucho antes de llegar a esa luz. Las piernas le dolían y empezó a flaquear. Al igual que cuando se agarró a la hiedra, sabía lo que tenía que hacer, pero le daba miedo hacerlo.

Dejó escapar un grito que el rugido del tren apagó y se impulsó con un pie. Su cadera chocó con la dura esquina de hierro del vagón y el dolor le recorrió el cuerpo. Agitándose casi histérica de miedo, se aferró a la vida. Saltó lo más que pudo para alejarse del hueco abierto bajo el vagón, con las piernas flexionadas hacia atrás y los tobillos a la altura de su trasero. El piso del vagón estaba hecho de tablones de madera. Cuando arañaba y se aferraba para subir, se le clavaron grandes astillas en las manos y se le incrustaron bajo las uñas.

Tenía los brazos adoloridos y los dedos sangrando. Con un tremendo esfuerzo se arqueó hasta que sus caderas sobrepasaron el borde y, presa del pánico, rodó hasta el centro de la plataforma del vagón. El corazón le palpitaba contra las costillas y le dolía cada latido. Aunque aspiraba el aire tan rápido como podía, sentía que se asfixiaba.

Se maldijo a sí misma. «¡Muévete! No puedes quedarte así al descubierto».

Luchó por ponerse de pie, pero el traqueteo del vagón la tiró de nuevo al suelo. En lugar de volver a intentarlo, se arrastró a gatas hasta el final del vagón, donde la plataforma se elevaba para dejar espacio a las ruedas. Allí había una pequeña escalera metálica que llevaba a una plataforma elevada que cubría las ruedas. No había otro lugar donde refugiarse. Se agachó en la esquina de la escalera, haciéndose lo más pequeña posible, y rezó para que quien estuviera vigilando la puerta no le prestara demasiada atención.

Levantó los ojos justo por encima de los escalones y vio que se aproximaba a la cerca, y poco después llegaba a ella para luego dejarla atrás. El tren pasó a toda velocidad junto a un guardia, pero este estaba muy apartado y se protegía los ojos de la suciedad y las piedritas que las grandes ruedas de acero levantaban mientras pasaban silbando. Leigh se arrastró a gatas y volvió al borde del vagón. No sabía dónde iba a detenerse el tren, pero estaba segura de que no quería estar arriba cuando eso sucediera.

Trepar al vagón había sido aterrador. Sabía que saltar para bajar de él le iba a doler cuando cayera al suelo, pero esa perspectiva no le parecía tan aterradora. Con las piernas flexionadas hacia adelante y las rodillas tocando su pecho, se hizo un ovillo. Saltó con un impulso que la llevó más hacia fuera que hacia arriba, golpeó el cemento con un ruido sordo y rodó sin control durante varios metros. Cuando se detuvo, le dolían todos los huesos y los músculos, pero no podía perder tiempo preguntándose si sus heridas eran graves.

Se puso en pie de un salto y corrió hacia el escondite que le ofrecían dos contenedores metálicos de transporte situados uno al lado del otro. Acurrucada en su estrecho espacio, se desplomó. Su cuerpo se agitó mientras jadeaba en busca de aire. Los pensamientos se negaban a clarificarse en su mente. El agotamiento físico y emocional la dominaba. Jadeando como un perro sin aliento, pensó en cuál sería la siguiente parte de su inexistente plan: encontrar a Dante Jones.

Manteniéndose en los estrechos huecos que había entre los contenedores, se adentró en el patio mientras murmuraba para sí misma: «¡Piensa! ¡Piensa! ¡Piensa!».

Se metió en otro de los angostos pasillos que quedaban entre los contenedores, respiró hondo y se acostó en el cemento. «Mira», se dijo en voz alta, «a ese tren lo cargan todas las noches y Dante trabaja de noche. Es probable que pase parte de su tiempo trabajando allí».

Asomó la cabeza por el borde de los contenedores. El tren estaba inmóvil en el otro extremo del patio y tres enormes grúas maniobraban para empezar a cargar y descargar contenedores. Un grupo de hombres corría con linternas que emitían haces de luz color naranja. Daban instrucciones y hacían señas. Eso le recordó cuando estaba en el aeropuerto viendo cómo el personal de tierra guiaba a los aviones hasta las puertas de embarque. Leigh se fue acercando a los empleados, escondiéndose en las sombras, los recovecos y las grietas.

A medida que se acercaba, la luz y el ruido aturdían sus sentidos. El escándalo de las grúas retumbaba. Las enormes luces giraban en todas direcciones. Los hombres que estaban en tierra gritaban para que se les oyera por encima del estruendo. Algunos hacían contacto por radio con los operadores de las grúas, que respondían con chillidos ininteligibles llenos de estática.

A Leigh se le subió el corazón a la garganta cuando oyó a una mujer rubia con un casco azul gritar en medio del alboroto:

—¡Eh, Dante! ¿Cuándo quieres tomarte tu descanso?

Arriesgándose a que la vieran, Leigh asomó la cabeza al claro e intentó ver quién respondía.

Un joven con una barba tipo candado, vestido con un mameluco azul marino, le gritó:

—¿Me está pidiendo una cita, jefa?

La mujer hizo un gesto obsceno y Dante se rio.

—A las tres —gritó, volviendo a su trabajo.

La mujer tomó nota en su carpeta y se marchó.

Mientras Leigh lo miraba, Dante recibió una llamada. Volvió a meterse el teléfono en el bolsillo, miró hacia atrás y se aseguró de que la supervisora se hubiera ido. Le dijo algo a otro hombre antes de marcharse a toda prisa. Leigh hizo todo lo posible por pasar desapercibida mientras seguía a Dante hasta un enorme edificio. Por lo que podía ver, ella y Dante eran los únicos que estaban dentro, pero no tenía forma de estar segura.

Dante tomó una barreta que estaba sobre un banco de trabajo y se acercó a un conjunto de cajas de madera. Consultó su teléfono y comparó los números de las cajas con los de su celular. Encontró la que buscaba y empezó a abrirla. Leigh hizo su aparición.

—¿Dante Jones? —preguntó.

Él se dio la vuelta y levantó la barreta como si fuera un arma.

—¿Quién es usted?

—Me llamo Leigh Howard. Solo quiero hacerle una pregunta. A cambio, le diré algo súper importante.

—No sé quién eres ni cómo has entrado, pero no puedes estar aquí. Voy a llamar a seguridad.

—Me parece que no querrás que los de seguridad husmeen en

lo que sea que haya dentro de esa caja —dijo Leigh, tratando de mostrarse más confiada de lo que estaba.

Él levantó más la barreta.

—No te conviene meterte conmigo.

—No, ni quiero —dijo Leigh—, solo quiero respuestas.

—¿Respuestas a qué?

—¿Sabes que un oficial de policía y su esposa fueron asesinados aquí hace unas semanas?

—Sí. ¿Y?

—Soy su hija. Tengo que saber qué pasó. ¿Fuiste tú?

—¿Quién te crees? ¿Me estás preguntando si… yo los maté?

—¡Por favor! —le suplicó Leigh, con la voz entrecortada. El estrés de las últimas horas le estaba pasando la factura—. Tengo que saber que sucedió, ¿por qué tenían que morir? Dímelo y yo te diré todo lo que sé sobre el plan que hay para arrestarte mañana.

—¿Arrestarme? ¿Qué juego es este? ¡Eh! ¿Eres policía? ¿Estás tratando de señalarme por el asesinato de esas personas?

—No —dijo Leigh—. Ya te lo he dicho, soy su hija. Por favor, ayúdame si puedes. ¿Fuiste tú, o sabes quién fue?

—Yo no sé nada, pero si no te largas de aquí vas a meterte en muchos problemas. ¿Cómo se te ocurre amenazarme así? —Dio un paso agresivo hacia delante—. Debería encargarme de ti ahora mismo.

Unos neumáticos rechinaron afuera. Luces rojas y azules se filtraron por las ventanas. Un enjambre de policías entró en la bodega. Todos llevaban armas en las manos. Pistolas que apuntaban a Dante y Leigh.

—Suelte el arma —le gritaron a Dante—. ¡Las manos detrás de la cabeza! ¡Pónganse de rodillas!

La barreta cayó al suelo. Las pupilas de Dante se hicieron pequeñas cuando se dio la vuelta y se encontró con agentes de policía por todas partes. Miró fijamente a Leigh.

—¿Por qué me hiciste esto?

Unas manos rudas agarraron a Leigh por detrás y se la llevaron a rastras lejos de Dante. Lívido, él se arrodilló como se le había ordenado.

—¡No! ¡Espera! —le gritó Leigh—. ¡Dante! ¡Se suponía que esto iba a suceder mañana! ¡No lo sabía! ¡Dime lo que sabes! ¡Dímelo!

Sus palabras fueron en vano. El caos de la situación las ahogó. Mientras luchaba contra las manos que la sujetaban, se la llevaron. Afuera del edificio, se la entregaron a una agente alta y fuerte, que sujetó su codo con la mano, clavándole los dedos hasta el hueso, y la condujo a un coche de policía. Abrió la puerta trasera y la miró fijamente.

—Yo sé quién eres —le dijo la agente—, y eso te da algo de ventaja, pero si te quieres pasar de lista te esposaré.

Leigh bajó la cabeza.

—Me comportaré.

Mirando por las ventanillas del coche, observó cómo la policía dirigía la operación. Al mando estaban hombres y mujeres con chamarras estampadas con las enormes letras DEA, lo que indicaba que trabajaban para la agencia antidrogas, asignando tareas a los agentes uniformados. Delante de ella había otro coche sin placas, que había llegado tarde, con luces azules y rojas que parpadeaban detrás de la parrilla y por la ventanilla trasera. Un hombre corpulento se bajó y mantuvo la mano sobre su cadera, echándole un vistazo al área.

Leigh se agachó detrás de la malla metálica que separaba los asientos delanteros de los traseros. Apoyó las rodillas en el de adelante y se tapó la cara con la capucha. La puerta trasera se abrió de golpe. Tyrone Milbank, furioso, la miraba con el ceño fruncido.

—Nunca pensé que vería a la hija de Cal Howard en la parte trasera de uno de estos autos —la regañó con su voz grave.

Leigh lo miró y esbozó una débil sonrisa. Levantando las manos y, apretando las muñecas, le dijo:

—No me han esposado, —como si eso mejorara la situación.

Ty apretó los labios y los músculos de su mandíbula se contrajeron.

—¿Se supone que eso es gracioso?

Leigh bajó los hombros y con los dedos fue haciendo un ovillo con la manga de su sudadera. Se quedó mirando los agujeros en las rodillas de sus jeans.

—No, señor.

Ty gruñó, aprobando esa actitud más dócil.

—Bájate.

En silencio, Leigh obedeció y salió del coche.

—Sígueme —le ordenó Ty.

La condujo hasta otro coche y abrió la puerta de un jalón. Dante estaba enfurruñado en el asiento trasero. Tenía las manos esposadas.

—Te hará preguntas —le dijo Ty.

Leigh se asomó al interior del coche patrulla.

—Lo siento —fue lo primero que expresó.

Dante asintió con la cabeza, pero mantuvo la mirada al frente.

—Sé que esto es egoísta de mi parte. Quiero decir, obviamente tienes otras cosas de las que preocuparte ahora mismo, pero...

—Ya me dijeron quién eres —dijo Dante—. Me preguntaron qué tenía que ver yo contigo. Realmente fue aquí donde les dispararon a tus padres, ¿eh?

A Leigh se le hizo un nudo en la garganta y apenas pudo decir:

—Sí, así fue.

Dante la miró, estaba pálido por el miedo.

—No diré nada sobre esta noche, así que eres libre de contar lo que quieras. Pero en cuanto a tus padres... Sí, estuve aquí esa noche. De hecho, estaba trabajando en el lugar donde los mataron.

La cuestión es que Jason Small, el jefe del turno de noche en la zona de carga, me llamó para revisar un cargamento sospechoso que venía de Chipre. Por supuesto que fui. Necesitaba asegurarme de que no estaban revisando alguno que tuviera que ver con mis intereses, ¿me entiendes? Resultó que se trataba de un papeleo mal hecho, pero me llevó el resto del turno resolverlo. Cuando terminé, me fui a casa. ¿Lo ves? Yo estaba con Small esa noche. La policía ya comprobó la coartada. No sé qué cosa provocó la muerte de tus padres, pero no tuvo nada que ver conmigo.

Leigh lo miraba y se preguntaba si podía confiar en su palabra.

Dante sonrió satisfecho.

—Sí, te entiendo, pero es la verdad.

—Tiempo —vociferó Ty.

—Lo siento —volvió a susurrar Leigh.

Dante se encogió de hombros.

—Esto tenía que pasar tarde o temprano. Pero oye, yo también lamento lo que le pasó a tu familia. Espero que encuentres las respuestas que buscas.

Ty alejó a Leigh del coche, con mano firme pero suave, antes de cerrar la puerta de golpe.

—¿Qué será de mí ahora? —murmuró, secándose los ojos con las mangas de su sudadera.

Ty señaló con un dedo en dirección a un gran coche negro estacionado lejos de los vehículos de emergencia.

—Te van a llevar a casa.

Leigh tragó saliva al ver los labios apretados y los ojos entrecerrados de un furioso Marcus Figueroa que la miraba fijamente. Nacho, a su lado, parecía triste y decepcionado. No sabía cuál de ellos la hacía sentir peor.

—Iré mañana a tomarle la declaración —le dijo Ty, todavía molesto—. ¿Y luego? Tendremos que esperar y ver.

SHAWN M. WARNER

—Podrías tomarme la declaración ahora —dijo Leigh, intentando aplazar el tener que enfrentarse a Marcus y a Nacho.

—He dicho mañana —espetó Ty—. Quizá para entonces se me hayan pasado las ganas de ponerte sobre mis rodillas y darte unas nalgadas.

Leigh golpeó el cemento con la punta de su tenis.

—Me lo merezco.

—Es cierto, pero eso no significa que sea lo correcto. Vete a casa.

Sin otra opción, Leigh agachó la cabeza y cruzó el patio, caminando hacia los dos hombres que la esperaban. Antes de que ninguno de ellos pudiera hablar, se disculpó con Nacho.

—Hice un montón de cosas estúpidas hoy, pero lo que te hice a ti, abandonarte y demás, es lo que más lamento.

Ella se sorprendió al ver que le temblaban los labios a Nacho.

—Hiciste lo que creías que tenías que hacer. Ojalá sintieras que puedes confiar en mí, pero sé que es difícil tener confianza cuando se está herido.

Avergonzada, Leigh le ofreció la llave de la Ducati.

—La moto está a dos cuadras, a la derecha de la zona de carga, en una gasolinera abandonada.

—La encontraré —le dijo Nacho.

Marcus se aclaró la garganta y sonó como un gruñido.

—¿Van a abrazarse o estamos listos para irnos?

Leigh lo miró con los ojos entrecerrados antes de subir al sedán. El camino a casa fue tenso e incómodo.

Capítulo Once

Las brasas encendidas del amanecer refulgían en el cielo cuando Leigh y Marcus llegaron a la mansión. Peg y Tristin salieron corriendo de la casa al oír que los neumáticos del coche rodaban por la grava. Leigh podía notar que tenían los rostros demacrados y pálidos por la preocupación, pero solo si miraba con atención, porque lo más evidente era el enojo que expresaban sus mandíbulas tensas y sus rostros enrojecidos.

En cuanto los tenis de Leigh tocaron la grava, Peg le gritó:

—Nos tenías locos de la preocupación.

—Lo siento —fue todo lo que Leigh pudo decirles, sabiendo que esas palabras eran tan endebles que ni siquiera alcanzaban a ser una disculpa.

Antes de darse cuenta de lo que pasaba, Peg la abrazó. Leigh se sintió sofocada mientras Peg sollozaba suavemente.

—Peg —dijo Tristin, con un tono frío y tenso que le hizo ver a Leigh que estaba al borde de una rabieta—, hemos acordado que mañana nos ocuparemos de esto. Leigh está a salvo y en casa. Eso es lo único que importa. Todos hemos tenido una noche de insomnio y nada bueno saldrá si tratamos de resolver esto mientras estamos agotados. Mañana.

—Estás siendo más amable de lo que merezco —murmuró Leigh, mientras se zafaba lo más educadamente posible del abrazo de Peg.

La cara de Tristin se puso de un rojo más oscuro mientras luchaba contra su ira.

—Tendrás lo que te mereces, jovencita. Pero no ahora.

Leigh se puso pálida. Para ella eran un misterio las formas de castigo de la familia Simmons. Nunca se le ocurrió preguntárselo a Myra. Agobiada por esa incertidumbre, entró arrastrando los pies.

Marcus fue detrás de ella y le dijo con desdén:

—Un momento, señorita Howard. Por razones de seguridad, tengo que preguntarte cómo entraste a la oficina sin que se activara la alarma. Supongo que allí encontraste los detalles de la operación encubierta.

Leigh se quedó rígida como una estalagmita. Marcus habría podido preguntarle eso durante el viaje. La única razón por la que aguardó hasta ese momento fue para avergonzarla delante de Tristin y Peg.

Ella se dio la vuelta y lo miró fijamente, sin importarle cómo iban a reaccionar Tristin y Peg ante su enojo.

—Por esa ventana —dijo, señalando detrás de ella—. Esa de allá arriba, la del techo. No tiene sensores.

—Imposible —se burló Marcus—. No hay sensores en esa ventana porque nadie podría subir sin que nos diéramos cuenta. Las patrullas de seguridad o las cámaras de vigilancia te habrían descubierto. Estás mintiendo.

Leigh se acercó muy despacio a Marcus y lo señaló con el dedo.

—No estoy mintiendo. Y no subí, sino que bajé.

Marcus abrió la boca para contestarle, pero no dijo nada. Sus labios se cerraron con un chasquido. La de Leigh era una respuesta que no había considerado y, a juzgar por la expresión de su cara, no le hacía ninguna gracia.

La grava crujió bajo los pies de Leigh cuando se dio la media vuelta para entrar en la mansión. Tan pronto cruzó por la puerta, encontró a Myra espiando entre las sombras. Todavía enojada con Marcus, su primer impulso fue arremeter también contra su prima, pero al ver la sonrisa orgullosa que se dibujaba en su rostro y la traviesa admiración que ardía en sus ojos, Leigh se sorprendió a sí misma abrazándola...

—Oye —la tranquilizó Myra mientras le palmeaba la espalda—, todo se va a arreglar.

—¿Qué he hecho? —sollozó Leigh.

Como siempre, Myra era Myra.

—Metiste la pata. Tienes dieciséis años, es lógico que así sea.

Leigh dejó escapar una risita y soltó a Myra. Se secó los ojos con la capucha y preguntó:

—¿Alguna vez has metido la pata así?

—Para ser honesta, no. Creo que has ganado el juego de «¿Quién vuelve más locos a los mayores?».

Ambas chicas se rieron mientras Leigh preguntaba:

—¿Me enfrentaré al pelotón de fusilamiento al atardecer?

—No seas ridícula —le dijo Myra—. Somos una familia aristocrática. Es la guillotina lo que te toca, querida.

Detrás de ellas retumbó la voz de Tristin:

—No tengo ni idea de por qué se ríen ustedes de todo esto. ¡Myra! Lleva a Leigh a su habitación y luego vete a la tuya.

Tristin cruzó frente a las chicas con paso rígido y entró en su oficina. Las dos lo miraron abrir las puertas. Por una fracción de segundo, Leigh vio dentro una figura corpulenta que la miraba con una malicia que le heló la sangre.

—¿Quién es? —preguntó después de que Tristin cerrara las puertas.

—¿Quién es quién?

—¿Ese viejo enfadado en la oficina de tu padre?

—No hay nadie ahí. Creo que la falta de sueño te está haciendo ver cosas. Vamos. Tienes que darte un baño con agua caliente. Después, puedes meterte en la cama y contarme toda tu aventura.

—Creía que tú también tenías que ir a tu habitación.

Myra se rio.

—Desde los doce años ya no le hago caso a ese tipo de cosas y no pienso obedecer ahora que tengo diecinueve.

Leigh se demoró bajo el chorro caliente de la regadera. Al principio, el agua le quemaba al contacto con sus heridas y rasguños recientes, pero pronto se calmó y sintió un suave cosquilleo. Se restregó con fuerza, tratando de quitarse del pelo y de la piel la suciedad del tren y del mugriento cuchitril donde había estado escondida. Sus jeans estaban tan rotos y manchados que los tiró directamente a la basura. Luego tuvo que luchar con sus sentimientos antes de echar su querida sudadera con capucha al cesto de la ropa sucia para que la lavaran. Desde la muerte de sus padres había sido su armadura. Se puso ropa suelta y fresca antes de subir al altillo.

—¿Te sientes mejor? —le preguntó Myra.

—¡Muchísimo!

—Bien. Ahora ven a hablar conmigo. Cuéntamelo todo.

—Lo haré, pero primero dime, ¿desde cuándo estás aquí?

—Regresé en cuanto mamá me dijo que te habías ido.

Leigh bajó la cabeza, avergonzada.

Myra le dio una palmadita en el brazo.

—De todos modos, el plan era que debía irme y volver esta mañana, así que no te tortures.

—Aun así —murmuró Leigh.

—Puedes compensarlo contándome todo sin olvidar nada.

Leigh empezó con el encuentro con Nacho en el garaje y no paró de hablar hasta que terminó su relato con la llegada a la mansión. Myra escuchó atentamente, haciendo solo una que otra pregunta. Cuando Leigh llegó a la parte en la que saltó al tren en marcha y luchó por no caer bajo las ruedas de acero, Myra tomó una almohada y empezó a aporrear a Leigh con ella, acentuando cada palabra con un golpe.

—¡Podrías haberte matado!

Myra se puso rígida. Con el rostro pálido, cubrió su boca con la mano.

—Lo siento mucho. No puedo creer que te dije eso.

Como si se sumergiera en aguas gélidas, Leigh se estremeció al comprender por qué Myra se avergonzaba de lo que había dicho. Se puso roja como un tomate, pero entre todas las personas Myra merecía una explicación.

—Myra, no necesitas tener cuidado con lo que dices cuando estés conmigo. Nunca. Además, no es como si no hubiera ocurrido lo que hice antes de venir aquí. Es igual de frustrante que la gente finja que no lo hice, como que anden con tiento porque temen que, de alguna manera, pueda sentirme presionada hasta el extremo de querer volver a intentarlo. Además, antes había intentado suicidarme, pero esta vez me estaba arrancando las uñas para seguir viva. ¿Ves?

Mostró sus uñas destrozadas como prueba.

Myra inspeccionó los dedos de Leigh mientras hacía un chasquido con la lengua.

—Eso es totalmente inaceptable.

Levantándose de la cama con un empujón, Myra bajó corriendo los escalones del altillo y salió de la habitación. Leigh escuchó los golpes secos de sus pasos mientras su prima bajaba corriendo. Tristin también los escuchó.

—Se supone que deben estar en sus respectivas habitaciones —gritó desde abajo.

Las pisadas de Myra volvieron a hacerse más fuertes. Cerró la puerta de un golpe, subió volando las escaleras y saltó sobre la cama.

—¿Qué fue todo eso? —le preguntó Leigh, sintiendo aún la vibración del colchón tras la llegada de su prima.

Myra abrió una pequeña bolsa llena de cortaúñas, tijeras para cutículas, esmalte, cepillos y limas. Cogió la mano de Leigh entre las suyas.

—Ahora, dime. ¿De verdad bajaste desde aquí a la oficina de papá o fue una mentirilla para desquiciar a Marcus?

Leigh le sonrió.

—¡Claro que sí!

Tuvo una sensación de hormigueo y le dieron ganas de contarle a Myra todo sobre el Pequeño Bodie. Cómo lo conoció en el lago, cómo se hicieron amigos, lo de su diario y la manera en que el Pequeño Bodie le enseñó a bajar descolgándose de la ventana. Myra merecía oír la historia de cómo Bodie le salvó la vida. Las palabras le ardían en la lengua, pero una espantosa oscuridad se apoderó de ella y la obligó a guardar silencio.

Rendirse ante Bodie, aceptar que entrara en su cuerpo y lo invadiera, la avergonzaba, como si por eso, por haberlo aceptado, valiera menos como persona.

—¿Qué pasa? —le preguntó Myra.

—Nada. ¿Por qué?

—Te quedaste, no sé. ¿Muda? Estabas muy entusiasmada hace un minuto y luego, ¡zas! Las luces se apagaron.

—Supongo que recordé todos los problemas que causé. ¡Tantos problemas en los que estoy metida! Y todo para nada.

—Todo para nada, no —dijo Myra—. No si crees la historia que contó ese tal Dante.

—Sí, le creo —dijo Leigh—, pero eso es todo. Si él no tuvo nada que ver con el asesinato de mis padres, entonces ¿quién fue? No estoy más cerca de saberlo, pero sí mucho peor después de mis intentos.

—Sí que lo estás.

Leigh miró a Myra con el ceño fruncido.

—Eso ha sido cruel, incluso viniendo de ti.

—Que estás más cerca de las respuestas, quiero decir. Si Dante y la gente con la que está involucrado no tuvieron nada que ver, puedes dejar de buscar en esa dirección, ¿no? Enfócate en otra parte. Proceso de eliminación.

—Hablas como si yo fuera a seguir presionando.

—Lo vas a hacer. Al menos ya conozco bastante tu manera de ser. No eres de las que se rinden y dejan que las cosas que no cuadran se queden como están. Pero debes tener más cuidado.

Leigh no contestó. Un agudo malestar dentro de su estómago le decía que Myra tenía razón... que iba a seguir insistiendo. Y que iba a ir por todo o nada. Miró la mano magullada y llena de costras que Myra se esforzaba por curar. No se lo podía decir, asustaría a Myra.

La asustaba a ella misma.

Como no quería que Myra se pusiera a darle sermones por lo imprudente que había sido, Leigh fingió un bostezo que luego se convirtió en real. Cerró los párpados y al volver a abrirlos sintió un pequeño estremecimiento.

—No me había dado cuenta del sueño que tenía.

—Seguro que estás agotada —dijo Myra—. Yo también estoy cansada. No puedo creer que esté diciendo esto, pero me parece que me voy a mi habitación. Estarás bien sola, ¿verdad? ¿No volverás a salirte por la ventana? ¿Ni irás en busca de más traficantes de drogas?

—Te prometo que no lo haré, por lo menos no sin avisarte antes.

—De acuerdo. ¿Nos vemos en un par de horas?

—Trato hecho.

Leigh se puso de costado para ver salir a Myra, que cerró la puerta tras de sí. El sol estaba saliendo y sus cálidos rayos entraban en cascada por el enorme ventanal. A Leigh le encantó, sentía como si hubiera jugado en la nieve todo el día y después de darse un largo baño se hubiera envuelto en una toalla caliente.

Parpadeó débilmente, bostezó por segunda vez y se quedó dormida. El calor aumentó y le hizo dar vueltas en la cama, mientras las sábanas se le pegaban. Era el peor tipo de sueño posible, aquel en el que estaba lo bastante despierta como para saber que estaba dormida, pero con un sueño demasiado profundo como para despertarse del todo. Por mucho que lo intentara, no podía despertarse. Se oyó a sí misma sollozar mientras luchaba por recobrar el conocimiento. Entreabrió los ojos y dejó pasar destellos de luz. Se esforzaba por abrirlos, pero no conseguía despertarse.

En medio de su delirio oyó un fuerte ruido y sus ojos se abrieron de golpe. Jadeaba de forma entrecortada, su corazón latía demasiado rápido como para poder respirar hondo. Se incorporó bruscamente en la cama. Más allá del borde del altillo, vio su puerta entreabierta. En el pasillo, una luz azul malévola, casi morada, titilaba en las paredes.

—¿Bodie? ¿Eres tú?

La luz empezó a debilitarse.

Leigh salió de la cama y bajó las escaleras del altillo hasta la puerta. Al asomarse, vio el reflejo azul-rojo de la luz que se alejaba por la escalera de caracol. Leigh la siguió.

—¿Bodie? Si eres tú, esto no es gracioso —murmuró—. Pero si no eres tú sino, alguien más, tampoco lo es.

El sol de la tarde entraba por las ventanas abiertas e iluminaba la casa. Las cortinas de encaje y muselina se expandían y se contraían como pulmones. La brisa se colaba como si viniera de una caldera y golpeaba la cara de Leigh. El calor era insoportable.

La horrible luz se desplazaba escaleras abajo. Resplandecía con un fulgor azul púrpura y tenía un contorno negro que succionaba todos los rayos del sol hacia la nada. La casa estaba quieta y vacía, y Leigh se preguntó adónde habría ido el resto de la familia.

La luz se detuvo en la puerta de la biblioteca y titiló, como si le hiciera señas para que la siguiera. Al bajar, Leigh sintió que la madera de la escalera se cimbraba. Sin comprenderlo, pero con la noción de que debía hacerlo, lentamente se acercó de puntitas hasta el resplandor, luego cruzó el umbral de la biblioteca con sigilo.

—¡Niña malvada! —gritó una voz que venía de todas partes, pero de ninguna en particular.

Las puertas de la biblioteca se cerraron de golpe. La invadió una fuerza invisible que la volteó y la hizo girar de tal manera que su cabeza quedó colgando hacia el suelo. Todo el aire salió a borbotones y sus pulmones colapsaron. Flotaba con los pies hacia arriba y de espaldas al piso. Lo que fuera que la estuviera sosteniendo la soltó y Leigh se estrelló al caer. Sin tiempo para recuperarse, empezó a girar en el suelo como si fuera el juguete de un niño. Aún hacía piruetas cuando se elevó con un rápido zumbido y sus labios chocaron con el techo. Empujando con todas sus fuerzas, logró darse vuelta para quedar mirando hacia los muebles.

—¿Cómo te atreves a pagar la amabilidad de esta familia con una traición? —bramó la voz amorfa.

Voló por los aires de nuevo y se estrelló contra la pared, junto al enorme cuadro del Viejo Bodie. Se quedó paralizada. Lo único que podía hacer era girar la cabeza. Sus ojos se posaron en el cuadro del viejo hosco. Unas náuseas aterradoras la invadieron cuando el horrible hombre empezó a asomarse desde su retrato, con los ojos llameantes de odio azul púrpura, enseñando los dientes como un lobo furioso.

—Bodie, por favor —suplicó—, ¡creía que éramos amigos!

El Viejo Bodie echó la cabeza hacia atrás y se rio.

—El pequeño bizco no está aquí, pero yo sí. Lo puedo oír, sollozando y lloriqueando, siempre llorando. Suplicándome que no te haga daño. Suplicándome que te suelte. ¿Debería hacerlo? ¿Por qué no?

La fuerza que sujetaba a Leigh contra la pared se desvaneció y ella cayó al suelo con un fuerte estrépito.

—El mocoso quiere que te deje ir, pero ¿por qué? Él nunca me hace caso. Le dije que no te abriera la ventana, pero ¿me hizo caso? ¡No! ¡Y mírate! No traes más que deshonra a la familia.

Un atizador de la chimenea voló por encima de su cara. Contempló horrorizada cómo se precipitaba hacia abajo. Leigh intentó apartar la cabeza, pero el Viejo Bodie la estaba sujetando. El fierro se detuvo a centímetros de su frente, dio un giro y chocó con un librero.

—¡Mira el desastre que has hecho! Los enemigos están dentro de los muros. Es culpa tuya, niña desgraciada.

Leigh se levantó con dificultad. Algo duro le golpeó la nuca y cayó como una piedra en un estanque.

Le saltaron chispas de los ojos. Incapaz de enfocar la vista, tanteó el espacio circundante en busca de muebles que la ayudaran a ponerse en pie. El mareo se apoderó de ella. Se balanceó rápidamente alrededor del brazo de una silla y se arrojó sobre ella.

—Oh, aquí estás —le dijo Peg al entrar en la biblioteca—. Qué cosa más rara. El aire acondicionado se estropeó mientras dormías. Estamos todos en el patio del jardín bebiendo limonada.

Con voz entrecortada y mirándola con ojos llenos de preocupación, Peg le preguntó:

—Leigh, ¿cómo te sientes? Estás muy pálida.

Por encima del hombro de Peg, Leigh pudo ver cómo la imagen de Bodie la miraba con el ceño fruncido. Se le hizo un nudo en la garganta cuando vio que no había ningún libro en el suelo y que el atizador estaba donde debía estar. Quiso gritar, pero la paciencia de Peg y Tristin se había agotado para ella. Otro acto de locura y volvería al manicomio antes del anochecer.

Luchando por mantener la calma, se dio cuenta de que era cierto. Bodie la había golpeado en la nuca con un libro, pero con la parte plana de la tapa, no con una esquina. La había dejado caer desde el techo, pero al recordarlo se dio cuenta de que fue más lento que en caída libre. En cuanto al atizador que se precipitaba hacia ella, la podría haber matado como se aplasta a una mosca. Es posible que fuera un bravucón malvado y abusivo, pero no estaba dispuesto a matarla. Se enderezó en la silla y sonrió. No tenía por qué tenerle miedo. No le causaría ni podría causarle ningún daño grave. Comprender eso la hizo sentirse poderosa.

—Estoy bien —le dijo a Peg—. Solo un poco mareada por el calor. La limonada suena genial.

—Vamos, pues, a buscar un vaso de limonada fría —dijo Peg, mientras le cedía el paso.

Leigh giró en el umbral de la puerta y le hizo un gesto grosero al retrato. Si lo que quería era guerra, eso tendría.

Afuera encontró a Tristin y a Myra tomando un refrigerio. Jugaban a provocarse mutuamente, con esa forma tan especial que solo entienden los padres y las hijas. Al ver a Marcus, con las piernas cruzadas y balanceando en el aire con arrogancia un exquisito zapato de cuero italiano, Leigh rechinó sus dientes. No quería quedarse sola adentro, menos después de lo que le había hecho Bodie, pero el odio que sentía por Marcus hacía que le pareciera igual de malo estar afuera.

—Aquí está —gritó Myra antes de que Leigh pudiera escabullirse.

Como no tuvo más remedio, Leigh esbozó una sonrisa fingida y la dirigió al grupo reunido.

—Así que por eso me zumbaban los oídos.

Todos se rieron, menos Marcus.

—¿Por qué no ibas a ser tú el tema de conversación? —preguntó.

Bebió un largo trago y luego de sorber la bebida fría entre sus dientes, se quedó meditabundo mirando el vaso antes de darle un trago.

—De todos nosotros, tú tienes la historia más interesante que contar.

—Lo dudo —dijo Leigh—. Seguro que Myra vivió un montón de aventuras en su visita al campus.

Myra le guiñó un ojo.

—Puede ser. Pero yo no ando contando mis travesuras.

Tristin tragó saliva.

Leigh recordó que Myra le había contado de su experimento sobre las distintas formas de besar de los chicos y soltó una carcajada.

—Qué bonito —dijo Marcus.

Myra le sonrió y le dio unas palmaditas en el antebrazo que a Leigh le parecieron extrañas, dado lo mucho que Myra se quejaba de él.

—Ustedes dos van a provocarle a su padre una... —comenzó Peg su regaño, al tiempo que llenaba un vaso y lo ponía en la mesa entre Tristin y Marcus, indicándole a Leigh que allí debía sentarse. Luego se volvió hacia ella y continuó—: Bueno, tú a tu tío. —Hasta que finalmente, dirigiéndose a las dos, dijo—: Una muerte prematura.

Myra se inclinó y le dio a Tristin un beso en la mejilla.

—Yo nunca le haría eso a papá.

Por un lado, el cariño de Myra por su padre hacía que Leigh se sintiera bien. Por el otro, le dolía. Se alegró por Myra, pero se compadeció de sí misma. Se daba cuenta de que se estaba encariñando con esta nueva familia, pero echaba demasiado de menos a la suya como para rendirse y formar parte de ella. Además de que había sobrevivido al intento de Bodie de darle un susto de muerte hacía menos de diez minutos, sus emociones eran un absoluto caos.

Myra le estaba diciendo algo a Marcus, pero Leigh no podía concentrarse en las palabras. La advertencia del Viejo Bodie, «los enemigos están dentro de los muros», seguía en el centro de su atención.

—¿Los visitó alguien desconocido esta mañana? —dejó escapar ella.

Al darse cuenta de que su pregunta no tenía nada que ver con el tema de conversación, se sonrojó y pidió disculpas.

Myra se apresuró a socorrerla.

—Leigh creyó ver a alguien en tu oficina cuando llegó a casa —le dijo a Tristin.

Tristin se sintió perturbado, incómodo.

—No, no había nadie en ese momento.

Luego dudó un instante.

—Tuve una invitada más tarde por la mañana. Una mujer llamada Miss Tree.

Peg intervino:

—¿Crees que es el mejor momento, querido?

—Tan buen momento como cualquier otro —dijo con más confianza Tristin. Lo que le había hecho dudar hacía un momento se había desvanecido y estaba decidido.

—¿Quién esa la tal Miss Tree? —preguntó Myra—. Me parece que no la conozco.

—Tú no la conoces —le dijo Peg, mientras planchaba arrugas inexistentes en sus pantalones con las palmas de las manos.

—No —dijo Tristin—. Es nueva en la casa. Leigh, no hay manera fácil de decir esto, así que seré franco. Se va a quedar aquí para ayudarte en la transición hacia tu nueva vida.

Myra soltó una risa burlona.

—¿Una institutriz? ¿Es verdad, papá?

—Yo no diría institutriz —dijo Tristin—. Miss Tree es una experimentada terapeuta del comportamiento. No lo habíamos hablado ampliamente, pero Leigh sabía de la posibilidad.

Leigh estaba enterada. Tristin lo había mencionado antes, pero de pasada. Le chocó que se lo plantearan así. Avergonzada e incómoda, enroscó las manos buscando los puños de su sudadera, pero esa prenda que le daba seguridad estaba en la lavandería. Se cubrió la parte inferior de cada muñeca con la mano opuesta y con los pulgares acarició el borde de las cicatrices. Al mirar hacia abajo, vio lo negras y azules que estaban sus manos. El estado maltrecho y magullado en que se hallaban era espantoso.

—Desde que llegué no me he ganado precisamente su confianza, ¿verdad? —dijo en voz baja.

—La mía —afirmó Myra, y miró a Marcus como si lo desafiara a hablar.

—Eres un encanto. Todos ustedes lo han sido.

No era cierto. Marcus era un trol, pero los demás hacían todo lo posible por ayudar a que se sintiera como en casa. A Leigh le pareció que las entrañas se le hundían. La estaban recibiendo con los brazos abiertos y era ella la que lo echaba todo a perder.

Sorprendida de estar diciéndolo en voz alta, Leigh admitió:

—Es solo que no veo cómo puedo ubicarme sin saber lo que pasó con mamá y papá. Yo quisiera, pero ese no saber es como un muro que me mantiene afuera.

Tristin le dirigió la misma mirada cansada y paciente que tan a menudo ofrecía a Myra.

—Por eso Miss Tree ha sido asignada para cuidarte. Nadie te culpa de nada. Dadas las circunstancias estás siendo fuerte como una roca.

—Por no decir valiente —añadió Peg—. Yo nunca treparía por esa ventana de arriba. Ni robaría una moto.

—O treparse a un tren en marcha —añadió Myra.

—¿Que hiciste qué? —Tristin exclamó.

—No he contado todos los detalles, Myra.

Myra cerró la boca y miró a Leigh con ojos de perrito.

—Tal vez sea mejor que no lo hagas —le dijo Peg mientras se sentaba rígida y con delicadeza—. Creo que todos entendemos lo esencial y lo que has hecho no es tan importante como el motivo que te empujó a hacerlo.

—Muy cierto —coincidió Tristin.

—No estoy de acuerdo —dijo Marcus.

—Por supuesto que no —suspiró Leigh.

Myra resopló y la limonada salió disparada por sus fosas nasales. Mientras se sonaba la nariz, Marcus preguntó:

—¿Qué se supone que significa eso?

—Significa —gruñó Leigh, ya sin saber qué hacer con él— que no estás de acuerdo porque te gusta ser desagradable.

—No estoy de acuerdo —respondió con frialdad— porque soy responsable de la seguridad. Tú violaste esa seguridad. Necesito saber cómo lo hiciste para asegurarme de que no vuelva a ocurrir. Me doy cuenta de que crees que todos somos incapaces de hacer nuestro trabajo y que tú eres la única que puede hacer las cosas bien, lo siento mucho si te ofende que me tome mi trabajo en serio.

—Yo no pienso así —objetó Leigh.

Le ardía la cara. No quería creer eso de sí misma, pero la forma en que se había comportado al abandonar a Nacho, al renunciar a Ty, dando evasivas a Marcus, todo demostraba que eso era lo que pensaba. Con el ceño fruncido, permaneció sentada durante el resto de la reunión mientras sorbía en silencio su limonada, deseando estar en cualquier lugar menos allí.

CAPÍTULO DOCE

Buenos días —murmuró una voz alegre y cantarina.

Leigh rezongó. Se volteó, dándole la espalda a la puerta y hundió más su cabeza en la almohada.

—Es muy temprano, Myra. Regresa dentro de una hora. O mejor dos.

Una risita poco familiar le hizo abrir los ojos de golpe.

—Myra está en el jardín. Yo soy Miss Tree.

Leigh se dio la vuelta.

—Oh. Lo siento. ¿Puede regresar dentro de una hora? ¿O tal vez dos?

—No, querida. Ya es hora de que te levantes.

—Creí que tú ibas a ser mi terapeuta, o algo parecido, no mi reloj despertador.

—Yo soy una terapeuta profesional, pero seré también tu tutora, tu institutriz, tu…

—¿Guardiana?

—Vamos, vamos. No comencemos con el pie equivocado. ¿Quieres que te prepare un baño?

Sin esperar a que Leigh respondiera, Miss Tree caminó de prisa rumbo al baño. Leigh escuchó el agua correr.

—De acuerdo —le dijo Leigh con firmeza. Mientras comenzaba a levantarse, sus piernas colgaban en la orilla de la cama—. No hay que empezar con el pie equivocado. Entonces, hagamos un trato. Acepto que puedo necesitar un poco de ayuda y me da gusto que estés aquí para eso. Pero… Yo sé cuidarme a mí misma. Me baño sola. Me visto sola. Estoy al pendiente de mi horario y no necesito que nadie me despierte en la mañana.

—Por supuesto, querida —le dijo Miss Tree, como si Leigh no le hubiera dicho nada—. El desayuno estará listo en veinte minutos.

Cuando Miss Tree salió del baño, Leigh se le quedó viendo con atención para darse una primera idea de quién era ella. Se trataba de una mujer de mediana edad que podría haber sido muy atractiva, pero lucía muy descuidada. Su vestido de manga corta tenía un estampado de percal floreado, con encaje en los bordes y en el cuello. El dobladillo le llegaba hasta las rodillas. Unos bonitos mechones rubios cruzaban su cabello castaño, pero colgaban sin gracia, y en su peinado se marcaba una raya poco imaginativa, que acentuaba su desaliño. Sus zapatos de suela de goma completaban una imagen de tía solterona, e hicieron un ruido molesto cuando Miss Tree salió del cuarto de Leigh.

—Me temo que esto no va a funcionar —murmuró Leigh, levantándose para cerrar la puerta.

Casi dos semanas habían pasado desde que Tristin le anunció que había contratado a una terapeuta. Desde ese momento, Leigh se esforzó en portarse de la mejor manera. No dio ningún paso en falso y tuvo la esperanza de que se le hubiera olvidado o que reconsiderara su decisión. Obviamente, no fue así. Leigh caminó arrastrando sus pies hacia el baño, sintiéndose derrotada.

Cerró la llave de la regadera y luego se lavó los dientes. Fue hacia su guardarropa debajo de la escalera y con especial cuidado escogió un atuendo que la hiciera verse desagradable, esperando así mantener a distancia a Miss Tree. Escogió unos jeans que no estaban demasiado ajustados ni demasiado holgados, una playera oscura que le quedaba muy grande, sus Keds cubre-tobillos todos garabateados y, por supuesto, su sudadera con capucha recién lavada. Afuera del guardarropa se miró en el espejo y se sintió decepcionada. Tenía el mismo aspecto de todos los días.

Dentro del armario, la tabla que cubría el escondite del Pequeño Bodie se movió.

Con una sonrisa traviesa en la cara, Leigh murmuró:

—Más vale que no hayas estado espiando mientras me vestía, cochinito.

Su buen humor se desvaneció al recordar lo enojada que estaba con él, o al menos con la versión más vieja de él. No había dejado de pensar en Bodie desde el ataque en la biblioteca. Esa noche y las noches siguientes, le había costado dormir. Se sobresaltaba cada vez que la casa rechinaba, temiendo que el Viejo Bodie apareciera de nuevo y la volviera a atacar, pero los días transcurrieron y no vio al Viejo ni al Pequeño Bodie.

Con el paso de los días, su enojo hacia el Pequeño Bodie fue desapareciendo y comenzó a darse cuenta de lo mucho que lo extrañaba. Aunque seguía disgustada con él por haberla poseído como lo hizo, pensaba que lo podía perdonar. Después de todo, él solo quería ayudarla. Por otra parte, el Viejo Bodie podría desaparecer hasta el fin de los tiempos y ella seguiría tan contenta.

Dudando de lo que iba a hacer, se arrodilló en el piso. Tocó la tabla con la punta de sus dedos y sintió que se levantaba. Ella sabía que, si Bodie no quería que sacara su libro, la tabla no se movería. Eran tantas las preguntas que afloraban en su mente que se balanceó sobre sus talones y se quedó mirando hacia el escondite, entre la tenue luz que se filtraba por la puerta, dudando en levantar la tabla.

SHAWN M. WARNER

Bodie podía materializarse en el momento que quisiera. ¿La estaba esperando? Quizá sentía vergüenza por lo que le hizo en la biblioteca.

—Deberías sentirla —farfulló Leigh desde la oscuridad del guardarropa.

Por sí solo, el tablón cimbró.

Leigh extendió una de sus manos, temblorosa, aterrada porque el Pequeño Bodie podría apoderarse de ella nuevamente si tocaba su diario. Pero eso no era lógico, porque ella no lo tenía la primera vez y él no parecía necesitarlo para manifestarse. En su mente, Leigh los relacionaba, pero, pensándolo bien, la aparición del Pequeño Bodie y el libro no tenían nada que ver.

Esto la hizo decidirse. Ya que de una manera u otra el libro no tenía nada que ver con su presencia, empujó la tabla y sacó el diario de su escondite. Se lo llevó a la cama y volvió a leer las partes de la historia con las cuales se sentía más cercana; esas partes donde él describía sentirse como un extraño, a pesar de todas las amabilidades que la familia le demostraba. A medida que iba leyendo, las hojas comenzaron a reflejar un resplandor azul de una manera sutil y paulatina que en un principio ella no captó. Leigh giró su cabeza con tal fuerza que sintió dolor en el cuello.

Sentado con las piernas cruzadas, flotando detrás de su hombro, estaba el Pequeño Bodie. Ella gritó, se cayó de la cama y se arrastró por el piso hasta recargar su espalda en la pared.

Con voz temblorosa le suplicó, más que ordenarle:

—¡Aléjate de mí!

—Así lo haré. Te lo prometo.

Tenía la mirada baja. Los hombros caídos, la columna encorvada para que sus codos descansaran sobre las rodillas, las manos jugueteaban con los relucientes dedos de sus pies descalzos, y a veces los jalaba o recorría entre ellos los dedos de su mano, como si los pasara sobre una flama. A pesar de su aura azul, Leigh podía ver cómo le colgaban largos mechones de cabello rubio. Comprendió lo que le estaba pasando. Ella también se comportaba así cuando se sentía avergonzada o asustada, y quería ocultar su rostro a los demás.

—¿Estás enojada conmigo? —le preguntó, con una voz de niño que casi le hizo olvidar a Leigh que era un fantasma.

—Claro que estoy enojada contigo —estalló ella—. ¡Trataste de matarme!

Levantó la cabeza y en su rostro se dibujó un gesto de sorpresa.

—¡No fui yo! ¡Fue él!

—¡Él, tú! ¡Por el amor de Dios! Ustedes son la misma persona.

Bodie desapareció y volvió a aparecer parado frente a ella, tan rápido que se clavó en los ojos de Leigh como si fuera una luz estroboscópica. Era de un azul muy oscuro y siniestro, y Leigh ya sabía que él mostraba ese color cuando estaba enojado.

—Te lo dije —gritó—. Yo no soy él. Jamás seré él. ¡Lo odio!

—Está bien. Está bien. Cálmate. No voy a decir que lo entiendo, pero me parece que tú crees que eres dos personas distintas.

—Somos distintos. Además, él me odia, tanto como yo lo odio a él.

—Pero él era tú. O tú te convertiste en él. O ya no sé. No tiene sentido.

La tonalidad azul de Bodie se suavizó tan pronto volvió a materializarse a lo lejos, sentado con las piernas cruzadas.

—Hay cosas que nunca tienen sentido. En todo caso, no quiero hablar de él. ¿De acuerdo?

—De acuerdo —respondió Leigh, disgustada. Ya tenía suficiente de qué quejarse—. Hablemos de cómo me poseíste. ¡Me usaste como a una marioneta!

El azul de Bodie se desvaneció hasta alcanzar una palidez que ella nunca le había visto. Su imagen se fue desdibujando hasta hacerse tan tenue que casi era invisible. Comenzó a temblar.

—¡No digas eso!

Unas lágrimas blanquiazules aparecieron en sus ojos, brillantes como piedras lunares.

—Por favor, Leigh. ¡Por favor! No digas que yo hice eso.

La delgada línea de sus labios comenzó a temblar. Mirando a su alrededor, le suplicaba a alguien o a algo que ella no podía ver.

—¡Yo no fui, lo juro! ¡Yo no fui!

Como una ráfaga de viento frío, el Pequeño Bodie se acercó entre sollozos a unos cuántos centímetros del rostro de Leigh, sollozando.

—¡Vamos, por favor, di que yo no fui!

—Pero si tú lo hiciste —le dijo, suave y amablemente, tratando de entenderse con él, como su madre lo hacía con ella cuando estaba fuera de sí—. O sea, eso me salvó la vida, pero, aun así, ¡que me controlen de esa manera!

Bodie sollozaba angustiado mientras daba vueltas por la habitación. A Leigh se le partía el corazón al verlo desplomarse en el suelo junto a ella. Él tenía la cara oculta entre los brazos y su cuerpo se sacudía cuando gemía. Ella alargó la mano para tocarlo, queriendo consolarlo, pero su mano le atravesó el cuerpo, dejando que sufriera en soledad.

Bodie levantó la cara. En verdad estaba llorando.

—Yo no fui. Yo solo te enseñé cómo, eso es todo. Nunca te forcé, nunca te quité la libertad para elegir. Fue tu audacia. Tu determinación. ¡Por favor, Leigh, tú lo decidiste!

Su dolor era agobiante. Lo recordaba y sus palabras daban vueltas en su mente, no estaba tan segura de que la hubiera forzado. Incluso le había dicho que no lo podía hacer en su lugar. Tuvo que ser ella quien decidiera soltarse de la hiedra y arriesgarse a caer en el vacío para que no la atraparan. De nuevo trató de darle unas palmaditas en la espalda, sus lágrimas también fluían al no poder darle el alivio que él necesitaba con desesperación.

—¿Con quién estás hablado? —preguntó la Miss Tree, parada en lo alto de la escalera del altillo.

Bodie se había ido. La mano de Leigh se quedó flotando en el vacío.

—Estaba… estaba hablando conmigo misma.

Desesperada, Leigh señaló el libro de Bodie, que seguía sobre la cama.

—Es una historia muy triste acerca de un niño que tuvo una infancia difícil. Él se fue a vivir con gente que lo quería y trataba de llevarse bien con ellos, pero al parecer nunca lo consiguió. Creo que me ha tocado muy de cerca.

Miss Tree ladeó su rostro como si fuera un sabueso confundido. Sus ojos estaban llenos de escepticismo.

—Creo que sería mejor que abandonaras ese tipo de lecturas emotivas hasta que pongas en orden tus propios sentimientos —le dijo.

—Es un buen consejo. —Leigh se levantó y agarró el libro antes de que Miss Tree pudiera inspeccionarlo más de cerca—. Voy a echarme un poco de agua en la cara y ahora bajo.

Miss Tree volvió a mirarla con suspicacia, esta vez de una manera más fría y severa.

—Lo prometo —dijo Leigh.

Sin decir una palabra, Miss Tree se fue, pero no sin antes detenerse en la puerta para lanzarle otra mirada, que Leigh sintió que oscilaba entre la malicia y la preocupación.

Fiel a su palabra, Leigh fue al baño y se echó agua fría en la cara. Estaba más confundida que nunca con lo que Bodie le había dicho. Él creía estar diciendo la verdad y solo eso estaba claro.

Regresó el libro al armario y levantó la tabla del piso para guardarlo. Sin pensarlo, acercó su cara sobre la portada, como si quisiera besar la frente del angustiado niño.

—Te creo. Tu no me poseíste, fui yo quien lo decidió. Dile a quien tanto le temes que me equivoqué.

Leigh arrastró los pies en dirección a la cocina. Al llegar, se dejó caer al lado de una pequeña mesa. Enfrente de ella había un plato con un surtido de frutas, yogurts, granolas y panecillos de salvado. Al lado, un vaso alto con algo verde y viscoso, que ella no tenía intenciones de beber. En el otro extremo de la mesa, Miss Tree leía una revista con el título *Psychology Matters* en la portada. Leigh se levantó y fue hacia el refrigerador, portando su cuchara como si fuera una daga.

—¿Leigh? ¿Qué estás haciendo? —le preguntó Miss Tree, dándole vuelta a la página ruidosamente.

Leigh abrió el refrigerador.

—Estoy buscando qué comer.

Sacó un tarro de helado de chocolate y, sentándose en la orilla de la barra de la cocina, abrió la tapa de un jalón y metió la cuchara. Se llenó la boca de helado y se le quedó viendo a Miss Tree como desafiándola a que le quitara el recipiente.

—Allí en la mesa hay comida —le dijo Miss Tree, sin hacer nada para evitar que ella siguiera devorando su helado.

—Cómetela tú —refunfuñó Leigh—. Ya te dije que yo me hago cargo de mí misma.

—Por lo que veo, no lo haces muy bien. —Miss Tree cerró su revista y se levantó de la mesa. Leigh, pensando que le confiscarían su helado, se aferró a él. Miss Tree prosiguió:

—La transición a la edad adulta sucede en distintos momentos de la vida. Me parece que tú aún no estás lista. Ahora, si me permites, tengo que hablar con el señor Simmons antes de que esté demasiado ocupado.

Miss Tree comenzó a caminar hacia la zona principal de la casa. En ese momento Nacho entró por la puerta externa. Al ver a Miss Tree, se quedó pasmado y con la boca abierta.

Antes de que pudiera hablar, Miss Tree cruzó el cuarto, con la mano extendida y una sonrisa en el rostro.

—Soy Miss Tree. Estoy aquí para aconsejar a Leigh y hacer que las cosas vayan bien.

—Oye —gritó Leigh—, estoy sentada por aquí.

Los ojos de Nacho giraron.

—Yo soy Nacho —dijo, tartamudeando y tomándola de la mano, como si estuviera agarrando una serpiente en un arbusto.

La sonrisa de Miss Tree se hizo más amplia.

—Sí, lo sé. Pero ahora, si me permites, tengo que hablar con el señor Simmons.

Nacho la vio irse, todavía con la boca abierta.

—¿Qué fue todo eso? —preguntó Leigh.

—Bueno… yo vine por una taza de café. No esperaba encontrarme a nadie. ¿Quién era?

—Ya te lo dijo ella. —Leigh movió la cabeza con impaciencia—. Miss Tree.

—Sí, pero, quiero decir, ¿quién es ella?

—Mi nueva terapeuta. Tristin la contrató hace algunos días. Ella cree que me va a estar ordenando qué hacer. Pero está muy equivocada.

Nacho sonrió.

—¿Qué? —le preguntó Leigh.

—Simplemente no puedes alejarte de los problemas, ¿verdad? Pareces un colibrí sobre una flor. Así eres.

—¡Hum! —refunfuñó Leigh, mientras fruncía el ceño maliciosamente.

Entonces Nacho continuó:

—No hemos tenido tiempo de hablar. ¿Te has enterado de algo importante?

—Como dijo Myra, depende de tu punto de vista. No he encontrado nada, pero puedo descartar que Dante esté involucrado. No lo está. O, si lo está, es un gran mentiroso.

Nacho frunció el ceño y asintió.

—Bueno, ¿y ahora qué?

—¿Por qué todo el mundo piensa que voy a seguir con esto?

—Porque todos estamos comenzando a conocerte. Sé honesta. ¿Acaso el señor Simmons trajo a Miss Tree para ayudarte o más bien para vigilarte? Tal vez él te conoce más de lo que tú crees.

Leigh dejó caer sus hombros.

—Tal vez.

—De todas maneras —continuó Nacho—, si no es Dante, entonces ¿quién es?

Ella sonrió.

—Anoche antes de dormirme estuve pensando en eso. Hay mucha gente que sigue involucrada. Esperaba poder denunciar a Marcus, pero el hecho de que sea un idiota no lo convierte automáticamente en un asesino.

—Te entiendo —dijo Nacho—. A mí tampoco me importa mucho el señor Figueroa. Pero, como tú dices, esas no son evidencias, solo significa que tienes buen gusto al elegir amigos.

Leigh hizo una mueca exagerada.

—Sí, lo sé, y honestamente pienso ¿quién más podría ser si no es Marcus? Entonces solo queda Jason Small. Es decir, fue él quien alejó a Dante del lugar donde mis padres fueron asesinados. Gracias a eso, el lugar quedó desierto. Tal vez sea una coincidencia. Tal vez Small se aseguró de que una parte del muelle estuviera desierta.

Leigh se encogió de hombros.

—En fin, eso es todo lo que se me ocurre, o sea…

—No —dijo Nacho—. Eso está bien pensado y concuerda.

—¿Qué quieres decir con «concuerda»?

—Estaba en el jardín, desyerbando una cama de flores, cuando escuché al señor Simmons y al señor Figueroa hablar acerca de Small. No les cae bien y me parece que están tratando de deshacerse de él.

El corazón de Leigh latió agitadamente.

—¿Sabes por qué?

—No. Se metieron para seguir hablando, pero me parece que el señor Figueroa tiene un expediente sobre Small en su oficina.

—¿Y yo que gano con eso? —protestó Leigh.

—A lo mejor durante la fiesta puedes entrar en la oficina a escondidas.

Leigh abrió los ojos sorprendida.

—¿Qué fiesta?

—Simmons-Pierce Shipping está celebrando el aniversario de la fusión de sus dos compañías de envíos, Simmons y Pierce, en 1800 y tantos o algo así. Todos los años lo celebran. ¿No sabías?

Leigh se deslizó sobre la barra de la cocina.

—No, no lo sabía.

Caminó hacia la puerta y dejó el helado afuera.

—¿A dónde vas? —le preguntó Nacho.

—Voy a conseguir que me inviten a la fiesta. Luego veré cómo entrar a la oficina de Marcus.

—Buena suerte, pequeño colibrí.

Cuando Leigh llegó, la puerta de la oficina de Tristin estaba abierta, y entró sigilosamente. Miss Tree estaba reunida con él y, sin duda, le hablaba de lo malcriada que era Leigh. Aunque ella quería seguir escuchando, sabía que si la descubrían antes de presentarse, podría parecer que estaba haciendo justamente lo que estaba haciendo: espiar.

—Leigh, entra —le respondió Tristin, en respuesta a su llamado—. Miss Tree me estaba diciendo que han tenido un comienzo un tanto accidentado.

—No lo sé —dijo Leigh, con una mirada fulminante dirigida a Miss Tree—, me parece que nos estamos entendiendo bien.

Miss Tree volteó a ver a Tristin con las cejas levantadas y los labios tensos, expresando su asombro en silencio, como si dijera: «¿Ve lo que le dije?».

—Hay que darle tiempo —le dijo Tristin—. Estoy seguro de que al final todo va a funcionar. ¿Hay algo en lo que te pueda ayudar, Leigh?

—Sí. Escuché el rumor de que pronto habría una fiesta o algo así. Quisiera saber si puedo asistir.

—Bueno —balbuceó Tristin—, hemos estado pensando que, debido a los acontecimientos recientes, sería mejor que te quedaras en casa. Miss Tree te puede supervisar.

Leigh sintió que la cara se le enrojecía.

—Estoy demasiado grande para tener una niñera —se quejó.

—Señorita Howard —increpó Miss Tree—, ya fue suficiente.

Leigh respiró profundamente para calmar su enojo.

—Lo siento. Lo que quise decir es que, sin importar lo que está pasando, yo no soy una niña de ocho años.

—Claro que no lo eres —dijo Tristin—, pero…

Leigh lo interrumpió.

—Yo quiero ir. ¿Recuerdas cuando dije que quería ser parte de la familia? Eso significa ser parte del negocio. Prometo que me comportaré de la mejor manera y no haré nada que los avergüence.

Rápidamente agregó:

—Myra puede ser mi chaperona. La acompañaré toda la tarde. Así Miss Tree puede tener la noche libre. Estoy segura de que ella lo apreciará.

Tristin la estuvo observando con frialdad y con una mirada calculadora. Estaba evaluando su propuesta, como si se tratara de un asunto de negocios. Luego de lo que para Leigh fue como si hubiera pasado una hora, movió la cabeza negando.

—Hablaré de esto con Peg. En cuanto a Myra, no la voy a poner en una posición en la que tenga que elegir entre ser fiel a mí o a ti. Si es que vas…

Leigh le sonrió.

—Dije «si es que» —reafirmó—. Si es que vas, Miss Tree será tu chaperona. Eso no es negociable.

Leigh torció su cuerpo con impaciencia mezclada con enojo.

—Sí, señor.

En su rostro se dibujó a medias una triste sonrisa.

—¿Qué te resulta tan divertido? —le preguntó Tristin.

—Me estaba acordando de que así era cuando papá y yo llegábamos a un acuerdo sobre algo que a mí no me importaba mucho, pero que tenía que aguantar. A lo mejor estamos progresando más de lo que pensaba.

El rostro de Tristin se iluminó.

—Creo que sí, porque mientras seamos sinceros el uno con el otro, siento que puedo ser contigo más flexible de lo que debería, igual que con Myra.

La otra mitad de la boca de Leigh completó la sonrisa.

—Por favor, háblalo con Peg y luego me dices qué decidiste. Te prometo que ante cualquier decisión que tomes, no me comportaré como una niña malcriada.

—Lo dudo —dijo Miss Tree—, pero supongo que en cierto momento tenemos que comenzar a creerte.

—Ahora, si me lo permiten —dijo Leigh, dando la vuelta para irse—, me retiro porque si voy a ir a una fiesta tengo mucho que preparar.

Cuando cruzaba el umbral de la puerta, una ráfaga de viento hizo ondear a las cortinas. La puerta de la oficina se cerró con fuerza y golpeó el hombro de Miss Tree. Ella se tambaleó. Tristin corrió a su lado.

—¿Está bien? —le preguntó—. Qué cosa más extraña. Fue una corriente de aire o algo así.

—No, no pasó nada, estoy bien —dijo Miss Tree, sobándose el hombro—. No me lastimé.

Leigh se rio calladamente.

—A lo mejor tampoco le caes bien al fantasma de la mansión Simmons-Pierce.

Tristin giró para encararla.

—Eso fue muy grosero e innecesario. Pídele disculpas a Miss Tree de inmediato.

A Leigh le sorprendió su reacción.

—Fue una broma. No quería que sonara cruel ni nada parecido, pero lo siento si así fue.

Mientras tanto pensaba para sí: «Es mejor que seas tú la que le caiga mal al fantasma y no yo».

Leigh salió de la oficina de Tristin y de la mansión para alejarse del peligro lo más pronto posible. Myra salió detrás de ella y corrió para alcanzarla. Juntas caminaron hacia el arroyo, donde el sol se filtraba entre las hojas. Algunas ramas colgaban encima del agua; otras parecían como pinceles mojándose en ella. El sol y la sombra creaban vetas sobre el espejo de la superficie. Sin perder el paso, Myra se quitó su playera y la aventó sobre la arena.

Los ojos de Leigh se quedaron viendo hacia el lugar donde el Pequeño Bodie había salido del agua el día en que se conocieron.

—Mmm, ¿qué estás haciendo?

—Voy a nadar —le dijo Myra, mientras desabotonaba su pantalón. Se detuvo y se le quedó viendo a Leigh retadoramente. Con los puños en las caderas, le preguntó:

—¿No me digas que no te has bañado desnuda aquí?

Leigh se mordió el labio y sintió vergüenza. Ella no lo había hecho, pero no era eso lo que la mortificaba.

—Alguien nos puede ver.

La risita de Myra se convirtió en carcajada.

—No seas tonta, ¿quién nos va a ver? ¿Has visto a alguien por aquí? Yo no he visto a nadie.

Leigh se mordió con más fuerza la comisura de su labio y encogió un poco sus hombros.

—¿Una vez…?

No le gustó que le saliera como una pregunta. Con los nervios de punta, sabía que tendría que dar explicaciones o mentir. Myra le caía bien y confiaba en ella, pero no sabía cómo iba a reaccionar su prima si le contaba que en las últimas semanas había tenido encuentros con fantasmas.

Sin inmutarse por su respuesta, Myra siguió quitándose los pantalones.

—¿Quién?

Las hojas crujieron sobre la cabeza de Leigh. La piel de la nuca se le erizó. Sintió la intensa frialdad de Bodie. Se dio la vuelta y lo encontró de pie, de espaldas a ella y a Myra.

—No me voy a quedar —le dijo él—. Solo vine a decirte que por mi está bien, no me molesta que le hables de mí.

—¿Cómo lo voy a saber? Yo no sé si te vas a volver invisible o algo así para quedarte a mirar —murmuró Leigh, para que Myra no pudiera escucharla.

El cuerpo de Bodie se puso rígido. El aire se hizo más frío.

—En mis tiempos, los muchachos sabían comportarse como caballeros. Dije que no miraría y no lo haré.

—Discúlpame —suspiró Leigh, dejando caer sus hombros. Debí confiar en ti, creer en tu palabra.

—Vamos —le dijo Myra, desnuda y a punto de meterse al agua—. ¿A quién más has visto por aquí?

El niño fantasma desapareció.

—Al Pequeño Bodie —le dijo Leigh.

Apretando la mandíbula, Leigh se quitó la sudadera y luego todo lo demás.

Caminó con pasos largos y luego se metió de puntitas detrás de Myra. ¿Debía confiar en Bodie? ¿Podría confiar en Myra? Estaba cansada de actuar a medias.

Una lluvia de gotas frías la regresó al presente.

—Eres una mentirosilla —se burló Myra—. Si ni siquiera crees en fantasmas.

—¿Y tú sí? —le preguntó Leigh con tal seriedad que Myra dejó de salpicarla.

—Tú sabes que yo sí —le dijo Myra.

—No, ¡te hablo en serio! ¿Crees en ellos? O sea, ¿en verdad crees en ellos?

La cara de Myra se torció de sorpresa ante esa vehemencia.

—De niña creía. Pero a medida que he crecido, esa certeza se ha ido desvaneciendo. No sé si sigo creyendo en ellos o si son tantas mis ganas de que existan que me engaño haciéndome la idea de que creo en ellos. ¿Me entiendes?

Leigh sintió un vuelco en su corazón. Era lo más sincero y directo que le habían dicho en meses.

—Entiendo —dijo Leigh—. Gracias, Myra, necesitaba saber lo que piensas porque…

Hizo una pausa. Tenía miedo… estaba decidida. Respiró hondo y concluyó:

—Porque los he visto. A los dos. He hablado con ellos. Ellos han hablado conmigo. El Pequeño Bodie y yo nos estamos haciendo amigos. El Viejo Bodie es un cretino, pero creo que puedo con él.

Myra la miró con los ojos bien abiertos. Leigh le devolvió la mirada, sintiéndose tranquila por habérselo contado a alguien. No le molestó que Myra se sorprendiera. Le dijo la verdad, y aunque Myra no le creyera, decirlo le bastaba. Por primera vez en mucho tiempo, ser directa y honesta sin tener miedo de cómo lo iban a tomar la hacía sentir bien.

CAPÍTULO TRECE

De pie, frente al espejo de cuerpo entero de la habitación de Myra, las dos muchachas echaron un vistazo a su apariencia. Sus vestidos eran hermosos. Myra le prestó a Leigh algunas de sus joyas y las imágenes reflejadas de ambas brillaban como olas de mar iluminadas por la luna. Myra se dio vuelta para verse la espalda lo mejor que pudo. Leigh exhaló un suspiro entrecortado.

—¿Algún problema? —preguntó Myra, fingiendo deshacer un pliegue en su cadera.

—Sí, tú —expresó Leigh.

Asustada, Myra dio un giro para ver el otro lado de su espalda.

—¿Qué tengo? ¿Dónde?

—¡Es que estás toda…! —dijo Leigh, ahuecando las manos sobre su pecho.

—Y además… —Agarró su trasero con ambas manos y lo sacudió—. ¡Te sientes tan cómoda así! Mientras que yo… bueno, ¡Yo!

—¿Qué problema tienes tú? —preguntó Myra, riéndose de ella.

Leigh la miró con una sonrisa cansada y se encogió de hombros.

—Date la vuelta —le ordenó Myra.

Leigh no se movió.

—Vamos, date la vuelta.

Leigh suspiró y se dio la vuelta para que su cadera quedara frente al espejo, junto a la de Myra.

—Observa mis pantorrillas y luego las tuyas. Me da envidia la firmeza de tus músculos.

Leigh hizo un gesto de escepticismo.

—Date la vuelta —le ordenó Myra.

Las dos miraron hacia adelante.

—¿Qué ves? —preguntó Myra.

—Un montón de curvas estilo «algo es algo», al lado de «menos que nada».

—¿Eso es todo lo que ves? Fíjate en nuestras cinturas.

—Tu vientre está tan plano como el mío —dijo Leigh.

—Sí, así es, pero el tuyo se ve más definido. Me di cuenta cuando fuimos a nadar. Tienes buenos músculos, brujita, se te notan a través del vestido.

—Así que tengo músculos. Qué gran cosa.

—¡Leigh, eres hermosa! Y cada vez lo eres más… —Myra puso las manos ahuecadas sobre su pecho e imitó el gesto de rebote que Leigh le había hecho a ella.

—Ya lo sé. No tiene nada que ver con mi aspecto. Aunque… no lo sé.

Se dio la vuelta, frustrada por no saber cómo expresar lo que sentía. Volviéndose, dijo:

—¿Te has dado cuenta de que casi siempre traigo puesta esta estúpida sudadera con capucha? Es porque me siento cómoda y segura con ella, como si fuera parte de mí, ¿me entiendes? Tal cual. O sea, tú eres sexy y lo sabes. Yo lo sé y todos los que te ven lo saben. Así es como tú te sientes, así me siento yo con mi sudadera.

»Pero yo no estoy cómoda con mi cuerpo, como tú con el tuyo. Seguramente te vas a reír de mí, pero me siento como una niñita dentro del cuerpo de una mujer, y no sé cómo ser yo misma ahí dentro. Me siento cohibida todo el tiempo. Me gusta cómo me visto, pero a veces uso ropa holgada para que la gente no vea mis curvas. Sí, ya se. Es una locura, ¿verdad?

—No, no es una locura —le dijo Myra—. Es normal. Me llevó mucho tiempo sentirme cómoda con mi cuerpo. La mayor parte del tiempo todavía no sé quién soy. Te va a sonar ridículo que te lo diga yo, pero aún eres joven, las dos lo somos.

—Muchachas —les gritó Tristin desde abajo—, o bajan o se quedan en casa.

—¿Lista? —preguntó Myra.

Leigh puso las manos en sus caderas y se miró por última vez en el espejo. Asombrada por lo que veía, lanzó un grito ahogado.

Myra comenzó a dar vueltas mirando con ansiedad hacia todos los rincones de la habitación.

—¿Anda alguno de los fantasmas por aquí?

—En cierta manera —dijo Leigh suavemente, haciendo que Myra dejara de buscar—. Por un breve segundo me vi como mi mamá. Ya pasó, ya estuvo, pero cuando me miré así de repente… —Leigh tragó saliva, incapaz de terminar la frase.

Myra alisó un cabello rebelde en la cabeza de Leigh.

—Vamos a romper algunos corazones —y le guiñó el ojo—. O a meternos en una oficina.

Tristin iba y venía al pie de la escalera, miraba el reloj a cada vuelta. Se detuvo y se les quedó viendo mientras bajaban. El rostro se le iluminó y olvidó todos los inconvenientes. Tomó la mano de Myra y la besó en la mejilla.

—Por tu culpa me están saliendo canas —afirmó.

—Y tú, jovencita —dijo, volviéndose hacia Leigh y agachándose para besarle también la mejilla.

Dudó y le preguntó:

—¿Puedo?

Leigh sonrió torpemente.

—¿Estás seguro?

Luego de besar su mejilla, le dijo:

—Vas a provocar que me quede calvo. —Giró la muñeca para volver a ver su reloj—. Ahora, si logramos que baje mi esposa podremos irnos.

En ese preciso momento, Peg apareció en la parte superior de la escalera. Ella era muy atractiva y transmitía una gran seguridad en sí misma que ninguna de las muchachas tenía aún.

Myra se inclinó hacia Leigh y le susurró:

—Eso que tú sientes al estar parada junto a mí es lo que yo siento al lado de mamá.

—Magnífica —suspiró Tristin.

El viaje a la fiesta estuvo lleno de advertencias sobre el protocolo a seguir y cómo decirle a la prensa, de una manera educada pero firme: «Sin comentarios». A los paparazis no había que darles nada digno de publicarse.

—¿Existen? Creía que solo acosaban a las estrellas de Hollywood y a los deportistas —dijo Leigh.

—Claro que existen —masculló Myra—. Si encuentran la oportunidad de hacerse de dinero, estas cucarachas llegan arrastrándose.

Peg frunció el ceño.

—Bueno, no vamos a hablar de eso esta noche. Basta con decir que deben estar alertas y portarse bien.

Leigh frunció el ceño. Lo último que necesitaba era que unos fotógrafos carroñeros vigilaran todos sus movimientos para buscar trapos sucios. Tenía toda la intención de portarse mal, pero no si eso significaba que la familia quedara en evidencia y fuera criticada.

Como si estuviera leyendo su mente, Myra se le acercó.

—No te preocupes. La gente de Marcus los mantendrá a raya. Una vez que estés adentro podrás relajarte.

—Espero que no tanto —le advirtió Tristin.

—Eso sucedió hace ya dos años —protestó Myra—. ¿Alguna vez podrás superarlo?

Tristin no contestó, pero frunció los labios con una mueca entre burlona y reprobatoria.

La limusina se detuvo al lado de la banqueta. Bob se bajó y le echó un rápido vistazo a la zona. Como Myra lo anticipó, las fuerzas de seguridad uniformadas mantenían a raya a la multitud detrás de una valla de contención. Bob fue de prisa hacia la banqueta cercana al vehículo, abrió la puerta y le tendió la mano a Peg. Los demás la siguieron y formaron un pequeño grupo antes de entrar. Miss Tree se mantuvo distante, esperando a que Leigh, la última en bajar, se reuniera con todos.

En cuanto los tacones de Leigh tocaron el cemento, las luces comenzaron a destellar. A gritos, la gente le hacía tantas preguntas que no podía concentrarse en ninguna en particular. Myra corrió hacia ella y la rescató, trenzando su brazo con el de ella.

Una mujer de rostro avejentado, vestida con pantalones de mezclilla y con un abrigo deportivo de hombre, tomó varias fotos mientras gritaba:

—¿Señorita Howard? ¿Qué piensa de la falta de avances en la búsqueda del asesino de sus padres por parte de la policía?

Leigh apretó su mandíbula y se alejó con Myra.

La mujer insistió:

—¿Cómo sobrelleva el resto de la familia tener a una adolescente suicida en casa?

Leigh se detuvo intempestivamente. La crueldad de esa pregunta la paralizó. Volteó a ver a Myra y le sonrió para tranquilizarla y hacerle ver que no iba a decir estupideces. Le apretó la mano y se separó de ella.

Leigh le respondió a la periodista:

—No es ningún secreto que me ha costado aceptar lo sucedido. Por si le interesa, sigo luchando. O sea, ¿quién no lo haría? ¿verdad?

Un murmullo de nerviosismo se sintió entre el público.

Leigh continuó:

—Pero la familia Simmons ha sido tan amable, tan abierta de corazón y tan paciente dejándome lidiar con mi dolor a mi manera, acompañándome cada segundo de cada día sin presionarme. Me ha mostrado respeto. Me ha dado esperanza. Me ha dado amor cuando más lo necesitaba.

La suave mano de Tristin se posó sobre su hombro.

—Ha sido un privilegio. Es como si Peg y yo hubiéramos sido bendecidos con una segunda hija. No podríamos estar más orgullosos.

Myra estaba a su lado, entrelazando su brazo nuevamente.

—Y tengo la hermana menor más dulce.

Se encendieron varios destellos en rápida sucesión. Algunas personas salieron corriendo, maniobrando las pantallas de sus teléfonos celulares. Tristin guió a Myra y a Leigh hasta donde Peg y Miss Tree las esperaban.

—Muy bien hecho —le dijo Peg. Su rostro se iluminó con una sonrisa de puro orgullo, mientras acariciaba el brazo de Leigh—. Lo has manejado perfectamente. Dudo que esos buitres se atrevan a tergiversar lo que les dijiste.

—Probablemente no —dijo Tristin, menos confiado—. De todas maneras, le pediré a Marcus que esté atento, por si acaso.

—Espero no haber hecho nada malo —dijo Leigh—. Pero es que… ufffff… ¡qué descaro el de esa reportera!

—Te lo dije —afirmó Myra—. Algunos no tienen alma, otros no son tan malos. Te va a tomar un tiempo saber quién es quién.

Pasaron al lado de los centinelas uniformados que vigilaban la puerta exterior y de otros dos que vigilaban la interior.

—Hablando de aprender quién es quién —le susurró Myra a Leigh, y luego en voz más alta dijo—: ¿Mamá? Voy a llevarme a Leigh para presentarle a algunos de los otros CHIA.

—¿Que no has superado ya esas cosas? —refunfuñó Tristin.

—¿Qué es un CHIA? —preguntó Leigh.

Sin preocuparse si la escuchaban, Myra dijo:

—Es una palabra que inventé y que le pone los nervios de punta a papá, por eso la uso siempre que puedo.

—Pero ¿qué significa?

—Chicos acarreados. Se refiere a todos los que venimos a estas cosas porque nuestros padres son quienes son. Mientras ellos se relacionan platicando, nosotros pasamos desapercibidos, chismorreamos, jugamos videojuegos y nos quejamos de lo aburridas que son estas reuniones.

Mientras Leigh seguía a Myra hacia una sala de conferencias que se hallaba en la esquina de la parte trasera, preguntó:

—¿Algunos de estos CHIA se atreverán a hacer alguna travesura?

Myra le sonrió con malicia:

—¡Claro que sí!

—No es de buena educación excluir a los demás de sus conversaciones —dijo Miss Tree, merodeando detrás de ellas.

—¡Oh, no! —dijo Myra—. No, no, no, no. Todos los que tengan la edad legal para tomar alcohol se quedan aquí afuera.

Myra abrió la puerta de la sala de conferencias e hizo pasar a Leigh.

—Solo menores.

Había como una docena de rostros jóvenes. Algunos no tenían más de ocho años, otros estaban bien entrados en la adolescencia, todos miraron fijamente a las intrusas. Leigh se sonrojó y se tambaleó sobre sus tacones antes de darse cuenta de que no la miraban a ella. Miss Tree era el objetivo de su indignación.

—Oh —suspiró Miss Tree, con la mano en el pecho—. Ya entiendo. Bueno, estaré detrás de la puerta si me necesitas.

—No creo —dijo Myra, con una voz alegre mientras cerraba la puerta de la sala de conferencias.

—¿De quién es ese sabueso? —preguntó un muchacho rubio con el pelo rizado.

Myra se burló.

—Mío no es. Leigh, él es Ralph. ¿Ralph? Leigh.

Ralph miró a Leigh de arriba abajo.

—Leigh Howard. Hija de Calvin y Beth Howard… trágicamente asesinados el año pasado. Te fuiste a vivir con unos parientes que no sabías que tenías, los Simmons-Pierce, luego de que, por supuesto, tuvieras una breve estancia en nuestra versión local del Asilo Arkham.

Leigh hizo un movimiento inconsciente para ocultar su rostro detrás del pelo, pero las horquillas y el fijador mantenían su cabello pegado en su sitio. Apretó los puños y hubiera querido tener mangas largas para ocultar las cicatrices de sus muñecas.

Ralph sonrió con franqueza.

—No te preocupes. Yo mismo he estado allí un par de veces. En una ocasión por robar un auto y, hace poco, para desintoxicarme.

Del bolsillo de su traje sacó una petaca y bebió un trago.

—No estoy bebiendo.

Una muchacha se acercó e hizo a un lado de su camino a Ralph.

—No tienes sentido de la compasión, ¿verdad? —le reclamó—. Yo soy Tessa. —Inclinó su rostro hacia Ralph—. Esa «cosa» es mi hermanastro.

—Yo estuve allí por un trastorno alimentario —continuó Tessa—. Lo inventé porque quería torturar a mi madre por casarse por cuarta vez. Jamás volveré a hacerlo. El chocolate es demasiado valioso.

Tessa se hizo a un lado y señaló la mesa de conferencias de la sala.

—Hablando de comer, sírvete.

Leigh se quedó mirando la mesa, que estaba llena de todo tipo de bocadillos y refrescos, pequeños platos y cubiertos de plástico.

Tessa soltó una risita.

—Me temo que los ratones se llevaron lo mejor.

—¿Ratones? —preguntó Leigh.

Tessa señaló hacia el grupo de los CHIA más jóvenes, agachados en el suelo, rodeados de envolturas de caramelos y restos de pasteles fuera de los platos y aplastados sobre la alfombra. Se entretenían con videojuegos, sin interesarse por lo que hacían los CHIA más grandes. Un muchacho guapo, de pelo negro azabache y rasgos de porcelana, salió del montón de ratones y se acercó a la mesa de conferencias. Para sorpresa de Leigh, se sirvió camarones y salsa de coctel. Usaba plato, tenedor y servilleta. Sus modales eran impecables, aunque no había un chaperón que lo obligara a hacerlo.

Myra, luego de hacerle saber a Ralph que era un imbécil por la forma en que se presentó ante Leigh, se unió a ella y a Tessa.

—Entonces, ¿cómo te vamos a sacar de aquí?

Leigh volteó a ver a Tessa con preocupación.

—No te preocupes —dijo Myra—. Son tantos los trapos sucios que conocemos los unos de los otros que nuestros secretos están a

LEIGH HOWARD Y EL MISTERIO DE LA MANSIÓN SIMMONS-PIERCE

salvo. Hasta los ratones saben que les conviene no chillar. Así que, ¿cómo le vamos a hacer si tenemos a Miss Tree bien plantada allá afuera?

—No lo sé —dijo Leigh—. Confiaba en ti. Tienes experiencia en estas cosas, yo no.

—Es verdad —dijo Myra—, pero nunca con mi carcelero personal.

El muchacho que estaba en la mesa terminó sus camarones, limpió sus delicados dedos con una servilleta, palpó la comisura de sus labios y se reunió con el grupo.

—¿Las puedo ayudar en algo? —preguntó.

Sin hacerle caso, Tessa dijo:

—Leigh, este es mi hermanastro, Theo, del tercer matrimonio de mi madre.

Theo le tendió la mano a Leigh, quien lo miró muy sorprendida como para corresponderle. Cuando lo hizo, se dio cuenta de que la mano de Theo parecía de hierro.

Ralph se acercó a su media hermana:

—Theo cree que tiene cuarenta años o algo así, nunca se comporta como niño. —Se agachó para mirar a su medio hermano a los ojos—. El destino de este es la cárcel, como su padre.

Theo sonrió.

—Es mejor que escaparse con un secretario solo para ser abandonado un año después, como lo hizo tu padre.

Tessa le sonrió a Leigh:

—Ralph es del primer matrimonio de mamá. Yo soy del segundo. Theo del tercero. Al bebé del cuarto matrimonio aún no le ponemos nombre, nacerá dentro de seis meses.

—Tu madre se casó hace solo cuatro meses —exclamó Myra.

—Tres —la corrigió Tessa.

Myra sacudió la cabeza, sorprendida.

—Lo siento, Tess.

—Es lo que hay. En realidad, la hermandad es el lado bueno. A pesar de nuestras diferencias nos caemos bien.

—Habla por ti —dijo Ralph, sonriente.

—Entonces, ¿cuál es el problema? —preguntó Theo sin rodeos.

—Leigh quiere husmear en la oficina de Marcus —dijo Myra—. El problema es que hay una institutriz instalada allá afuera. Tenemos que pasar enfrente de ella.

Theo sonrió maliciosamente:

—Odio a las institutrices.

Por encima de su hombro gritó:

—¡Eh, Charlie! ¿Tienes un minuto?

Un apuesto muchacho negro, alto y delgado, salió del montón de ratones y se acercó con amabilidad:

—¿Qué pasó, Theo?

— La amiga de mi hermana necesita escaparse durante un rato —explicó Theo—. ¿Te acuerdas cuando, en la Escuela, Decker metió en el escritorio de la señora Donaldson una serpiente?

—Sí —susurró Charlie mientras asentía con la cabeza y una sonrisa de autosatisfacción se dibujaba en su rostro—. Dejé que me sacaras sangre de la nariz y luego, mientras fingíamos pelearnos, él la metió. Fue una pequeña travesura.

—¿Te apuntas para la segunda ronda? —preguntó Theo.

—Claro, pero ahora seré yo quien te pegue en la nariz.

Theo se encogió de hombros.

—Me toca a mí. Diles a los demás que se acerquen a nuestro alrededor mientras peleamos. Cuando entre esa señora, haz que se interpongan entre ella y la puerta para que no vea salir a Leigh.

Charlie dio vueltas por la habitación, difundiendo el plan.

Theo se volvió hacia Leigh y buscó en sus bolsillos. Sacó una llave y se la entregó:

—Vas a necesitar esto.

—¿Le has robado a mamá la llave maestra? —preguntó Ralph.

—Más o menos —dijo Theo, encogiéndose de hombros—. Bueno, sí, pero le hice una copia y devolví la original antes de que se diera cuenta, así que es prestada, no robada.

Tessa chasqueó la lengua en señal de desaprobación.

—Vas a terminar en esa escuela militar con la que te amenazó mamá.

—Eventualmente —dijo Theo, sin emoción en la voz—. Los dos sabemos que es inevitable. ¿Leigh? ¿Sabes a dónde vas?

—No necesita saberlo, yo voy con ella —dijo Myra.

—Te vas a meter en problemas —protestó Leigh.

—Siempre me meto en problemas en estas fiestas. Mientras no sea algo escandaloso, mamá y papá creen que lo hago por aburrimiento.

Theo asintió.

—Las van a descubrir a las dos. No puedo hacer nada para evitar las cámaras, claro que las descubrirán. Es solo cuestión de tiempo. Cuando salgan de aquí tendrán que darse prisa.

Charlie regresó corriendo.

—Todo está listo.

Leigh miró alrededor de la habitación. Cada rostro brillaba de alegría conspirativa.

—No sé si debería aterrorizarme o enamorarme de ustedes —le dijo Leigh a Tessa.

—Te aconsejo que hagas las dos cosas —dijo Tessa—. Y una cosa más: la llave te la di yo, no Theo.

—No tienes por qué hacer eso, Tess —dijo Theo.

—La escuela militar puede ser inevitable, pero haré todo lo posible por mantenerla lejos lo más que se pueda, y ahora cállate.

—¿Listo? —preguntó Charlie, ahorrándole a Theo tener que responder.

Antes de que Leigh pudiera darse cuenta de lo que pasaba, escuchó un fuerte estallido. La cabeza de Theo se sacudió hacia atrás. De sus fosas nasales salía sangre, como si fuera kétchup.

—Muy buena, Charlie —dijo Theo, antes de soltarle un golpe a su amigo. La habitación se convirtió en un caos.

Miss Tree irrumpió corriendo para separar a los dos muchachos.

El resto de los CHIA se agrupó entre ella y la puerta. A sus espaldas, Leigh y Myra se escabulleron de la habitación.

El viaje en el elevador hasta el piso catorce se hizo eterno. Leigh se movía con inquietud, primero sobre uno de sus tacones de aguja y luego sobre el otro. Murmurando alguna obscenidad, se recargó en la pared del elevador y destrabando las pequeñas hebillas se quitó los zapatos. Cuando se escuchó el timbre y se abrieron las puertas, Leigh salió dejando sus zapatos.

—O los recojo cuando bajemos o ya nos habrán atrapado y no importará —dijo—. ¿Cuál es la oficina de Marcus?

—Vete a la izquierda —susurró Myra—. Es la última a la derecha.

Corrieron por el pasillo y, para su asombro, encontraron abierta la puerta. Myra dudó.

—Esto está mal. Marcus nunca dejaría la puerta abierta. Jamás.

—Bueno, ahora está abierta —dijo Leigh—. Tal vez un trabajador la dejó abierta. No importa en este momento. Tenemos que entrar y salir antes de que llegue el regimiento.

Entraron y, mandando a volar la cautela, prendieron las luces.

—Si ya nos descubrieron, hagámonos la vida más fácil —dijo Myra.

Leigh asintió y empezó a escudriñar en el escritorio de Marcus.

—Haz lo posible por memorizar todo lo que encuentres interesante. Cualquier copia o nota que hagamos nos las quitarán.

—Es verdad —dijo Myra.

Al no hallar nada en el escritorio de Marcus, Leigh fue hasta el archivero lateral que estaba detrás y abrió el cajón largo. Pegado en el fondo, casi invisible detrás de las carpetas delanteras, había una etiqueta blanca que decía: «Expedientes disciplinarios».

—¡Lotería! —gritó Leigh, abriéndose paso entre las carpetas que estaban ordenadas alfabéticamente.

—Leigh, deberíamos irnos de aquí. Esto no me está gustando nada —dijo Myra, mientras se deslizaba al lado de ella—. No es común que Marcus deje las cosas así.

Leigh sacó el expediente de Jason Small y lo dejó encima del escritorio.

—No puedo preocuparme por eso ahora.

No era muy rápida para leer, pero hacía lo mejor que podía, pasando páginas y hojeando el contenido. Las luces de la oficina se prendieron y apagaron velozmente. Leigh levantó la vista y vio a Marcus parado junto a la puerta, acompañado por tres guardias de seguridad. Los zapatos de Leigh colgaban de sus dedos.

—La llave maestra, por favor —dijo.

Myra la sacó de un bolsillo oculto en la fajilla de su vestido. La sujetó entre sus dedos y luego la frotó con ellos. Marcus hizo una mueca.

—Así borras las huellas —la regañó—. ¿De quién es la llave?

—Nos la encontramos —mintió Myra, mientras se la daba—. Por eso se nos ocurrió venir a husmear.

Marcus revisó la llave.

—Mentirosa.

—Perdóname —dijo Myra, con el cuerpo erguido e indignada.

Marcus siguió revisando la llave. Con frialdad, dijo:

—Esto es lo que se llama gente mentirosa. La llave no tiene número de serie. Todas nuestras llaves están numeradas. No es verdad que te la encontraste. O tú la mandaste a hacer o sabes quién la mandó a hacer.

—Está bien, la mandé a hacer con la copia de mi papá.

Una de las cejas de Marcus se arqueó:

—¿Más mentiras? El señor Simmons, junto con los otros miembros de la junta directiva usan un elevador privado. Esta llave es diferente.

Se acercó a un librero que tenía unas rejillas ornamentadas para proteger el contenido de cada estante. Dándole un pequeño jalón, la rejilla se levantó.

—¿Cómo le hicieron para desbloquear esto?

—No fuimos nosotras. Todo estaba abierto cuando llegamos —dijo Myra.

Marcus suspiró.

—Mentira tras mentira tras mentira.

—No, es verdad —dijo Leigh—. Todo estaba abierto, incluso la puerta.

—Lo voy a comprobar, pero por ahora…

Sacó un grueso libro del estante. Lo llevó a su escritorio y se les quedó viendo a Leigh y Myra, hasta que las muchachas se apartaron de su camino.

—Gracias —dijo, con una voz llena de desprecio.

Abrió el libro de un tirón y comenzó a comparar la llave con las imágenes que venían dentro.

—Como estaba a punto de decir, cada llave tiene una muesca que no es necesaria en ninguna de nuestras cerraduras, pero que identifica de manera única al propietario de la llave. Así es. Esta llave, o más bien la original, pertenece a Sarah McCain. Hablaré con ella por la mañana.

—Tessa —externó Myra—. Ella me dio la llave.

—¿Tessa?

—Sí.

—No.

—¿Qué?

—A lo mejor Ralph —dijo Marcus— ¿Theodore? Es más probable. ¿Tessa? No.

—Estoy diciendo la verdad —dijo Myra, suplicante—. ¡Fue Tessa, Marcus! ¡Por favor!

Se quedó observándola.

—Ya veo. Es loable, pero erróneo. Si así es como quieres que sea. Saber quién fue el delincuente que copió la llave es mucho menos importante que saber lo que estaban buscando.

Cerrando el libro de las llaves, Marcus dirigió su atención a la carpeta que estaba debajo.

—Notablemente lógico, señorita Howard. Sí, muy bien pensado. Supongo que usted cree, como yo, que Dante Jones es tan inocente como él afirma. Entonces, la siguiente pregunta sería, naturalmente...

Se le quedó viendo con las cejas levantadas, esperando que ella dijera algo.

Leigh clavó sus ojos en los de él.

—¿Por qué Jason Small alejó a Dante del lugar donde mamá y papá fueron asesinados?

Una especie de sonrisa se asomó en el rostro de Marcus, quien asintió con divertida admiración.

—¿Y por qué lo hizo?

—No lo sé —dijo Leigh, resistiéndose a admitirlo—. No alcancé a leer el expediente lo suficientemente rápido.

CAPÍTULO CATORCE

Leigh estaba sentada en un sillón de cuero de la biblioteca, abrazándose. Los puños de las mangas de su sudadera le envolvían las manos. La tela se estiraba a la altura de los codos y parecía que tenía una camisa de fuerza, con nudos amarillo mostaza y azul pálido. Sus caderas se hallaban sobre el borde del cojín, de modo que sus omóplatos se clavaban en la mitad del asiento y su mentón presionaba contra su pecho. Con las rodillas juntas, las espinillas hacia afuera y los dedos de sus pies apuntando hacia dentro, hizo un gesto de enojo porque se sentía atrapada en una batalla de voluntades contra Miss Tree, quien estaba sentada frente a ella en un sillón Chester, garabateando en un cuaderno, contenta y esperándola.

Leigh tomó la iniciativa.

—Entonces, ¿ya terminamos o qué?

—¿Terminamos? —Miss Tree sonrió con satisfacción—. Pero si ni siquiera hemos empezado.

Miró su cuaderno amarillo.

—Todo lo que tengo de esta sesión es…

Le dio la vuelta a la hoja, para que Leigh viera un dibujo bien delineado de su hosquedad, en la parte superior del cuaderno.

—Quémalo —le ordenó Leigh.

—Es todo lo que tengo para demostrar que por lo menos intenté llevar a cabo una sesión contigo.

—¡Pero no lo has hecho! Tú quieres hablar de lo que pasó en la fiesta. Yo no. Lo que necesito son herramientas que me ayuden a no derrumbarme cada vez que pienso en mis padres, cada minuto de cada día.

Miss Tree dejó escapar un gran suspiro.

—Mira, yo intenté explicarte que todo está conectado. Tus sentimientos, tu pérdida, tu comportamiento en el pasado, tus motivaciones para comportarte a futuro… todo está relacionado. Tu obsesión por resolver el asesinato de tus padres es un síntoma de lo mismo que dices querer resolver, pero no lo haces.

—Vaya sarta de pend…

—A ver, jovencita, termina de decir eso y haré que te arrepientas —la retó Miss Tree.

Leigh la fulminó con la mirada.

—Me gustaría ver que lo intentes.

Miss Tree se levantó.

—Me parece que esto no va a ningún lado. Creo que hablar contigo nunca será algo productivo.

La cara de Leigh se iluminó:

—¿Quieres decir que te das por vencida?

—Claro que no —dijo Miss Tree—, pero convendría actuar de otra manera. Lo voy a pensar un poco.

—Hazlo —murmuró Leigh a su espalda, mientras la veía salir de la biblioteca.

Se le quedó viendo el retrato del Viejo Bodie.

—¿Qué miras?

—Miro a una niña que necesita unos azotes —resonó una voz hueca a su lado.

Cuando giró su cabeza, Leigh se encontró con el fantasma del anciano, sentado en el brazo de su silla.

Saltó de su asiento.

—¡No te atreverías!

—Los dos sabemos que sí —dijo el fantasma—, incluso si ese pequeño mocoso hace todo lo posible por impedírmelo.

Leigh le hizo una mueca:

—Ese «mocoso» eres tú. Lo sabes, ¿verdad?

—¡Bah! Alguna vez él fue yo. ¡Es patético! Lo superé. Si pudiera me desharía de él, pero no puedo. Así que lo tengo que aguantar.

Leigh dio un paso hacia adelante.

—Si haces algo para lastimarlo, te juro que… lo pagarás.

—Vamos… suponiendo que pudieras hacer algo al respecto, ¿por qué lo harías?

—Él es… —Leigh se quedó en suspenso. ¿Por qué lo haría? La respuesta brillaba con claridad y elocuencia en su mente—. Es mi amigo —le dijo.

Un gesto de sorpresa invadió la cara del anciano, su aura púrpura de enojo se desvaneció ligeramente.

—¿Lo es ahora? Mira, ¡qué ironía! Una muchacha que quiere morirse se ha hecho amiga de un muchacho que ya está muerto. Encantador.

—Piensa lo que quieras, yo lo estoy diciendo en serio. Si le haces daño buscaré la forma de vengarme.

La risa de Bodie sonó estruendosamente.

—Ya herí al enano de la peor forma imaginable.

La preocupación y el miedo perturbaron a Leigh.

—¿Qué hiciste?

—Cálmate, perrita pulgosa. Eso fue mucho antes de que nacieras. Me convertí en mí.

El fantasma soltó una carcajada por su broma.

—¿Por qué eres tan cretino? —le preguntó Leigh.

Bodie dio un gran salto desde el brazo de la silla y recorrió la habitación, haciendo vibrar los cuadros de las paredes.

—Porque tengo que serlo. Nadie más estaba dispuesto a serlo.

Dejó de reír y gritó rabiosamente. Hizo temblar toda la casa. A lo lejos, en una habitación algo cayó al suelo y Leigh escuchó cómo se hacía añicos.

Salió corriendo de la biblioteca, porque sabía que no debía permanecer allí cuando el Viejo Bodie hacía una rabieta. Ya afuera, trató de caminar más despacio. No se le ocurría ningún lugar al que quisiera ir, sino lugares a los que no quería ir, como su habitación o el río. Se encaminó hacia el garaje. Desde su escapada a la zona de carga, pasaba mucho tiempo allí, sentada al lado de la moto de su padre, echándolo de menos, tanto como a su madre. Era donde se sentía más cerca de ellos. Por lo general, Nacho también solía estar allí, trabajando en algo, y ella disfrutaba de su compañía, no como con el viejo Bodie.

—¿Ya regresaste? —le preguntó al entrar al garaje.

—No —respondió Leigh.

Nacho alzó las cejas y sonrió con satisfacción.

—Será mejor que desaparezcas —añadió ella.

—¡Oye, oye! ¿Qué estás tramando en tu cabeza?

Leigh le quitó la cubierta a la Ducati.

—Voy a dar una vuelta.

—Leigh, tú sabes que no puedo dejar que hagas eso.

—Por eso te pedí que te largaras.

Nacho dejó caer su cabeza y la sacudió.

—Tampoco puedo hacer eso.

—Te prometo que solo iré hasta la entrada y me regresaré.

—No se ofenda, señorita, pero la honestidad no es lo suyo últimamente.

Leigh frunció el ceño enojada.

—No quise decir eso. No eres deshonesta. Creo que todo va bien hasta que encuentras algo que brilla y lo tomas como una oportunidad para investigar a fondo lo que les pasó a tus padres. Entonces, pues te distraes un poco, ¿verdad?

—Tienes razón, pero aquí estoy y te lo prometo como amigos.

—Un amigo al que abandonaste en cuanto te fue posible —Nacho se encogió de hombros—. No te guardo rencor ni nada por el estilo, pero tengo que cuidar mi trabajo. ¿Entiendes?

—Sí —dijo Leigh, con la cara roja de vergüenza por el recuerdo de cómo huyó y lo abandonó—. Lo entiendo.

—Pero, sabiendo que no voy a lograr convencerte —le dijo Nacho, sonriendo—, lo único que me queda es acompañarte.

—No, no te preocupes —dijo Leigh desanimada—. Pesas demasiado para llevarte en la moto.

—Yo no me refería a eso —le dijo—. Mira, yo sabía que era cuestión de tiempo y que no estarías conforme solo con venir a sentarte en la moto. Sígueme.

Dejó a un lado la podadora que estaba arreglando y, limpiándose con un trapo los dedos engrasados, llevó a Leigh hasta la puerta trasera del garaje. La Harley-Davidson de Nacho se hallaba estacionada bajo una estrecha franja de sombra al fondo del camino de cemento. Era una Fat Boy, pintada de plateado y azul eléctrico.

Los ojos de Leigh se abrieron de par en par.

—¿Por qué no me contaste que habías traído una moto?

—Como ya te dije, sabía que llegarías a este momento, pero no quería ser yo el que te lo hiciera saber.

Leigh apretó los puños contra sus caderas y frunció el ceño.

—Gallina.

Nacho puso cara de cachorro triste y dijo:

—¿Gallina? Sí, claro, ese soy yo.

Le guiñó un ojo a Leigh.

—Bueno, más vale que lo superes —dijo Leigh—, si es que piensas seguirme el ritmo.

Ella regresó corriendo al garaje dejando que él arrancara la moto y la alcanzara en la puerta de salida. Tomó el casco de uno de los estantes y se lo puso sin importarle el jalón que le dio a su pelo. El motor de la Ducati rugió con vida y ella se impulsó con tanta fuerza que la rueda delantera se levantó del suelo. Por fortuna, Nacho no había llegado a la salida y no la vio tambalearse sobre la rueda trasera, con sus piernas moviéndose tan cerca de la puerta del garaje que sus pantalones se rasparon a la altura de la rodilla. Cuando la rueda delantera tocó el suelo, ella se dirigió hacia la puerta principal. La ruidosa moto de Nacho rugió detrás.

Debajo de sus neumáticos, el serpenteante camino que llevaba a la caseta de vigilancia parecía de cristal liso. El camino se retorcía como lo advertía la señal: «Carretera con curvas». Leigh entró en ellas inclinándose lo más que pudo, como su padre le había enseñado. La pesada máquina de Nacho no era rival para la ágil Ducati y lo dejó atrás con facilidad. Al llegar a la caseta de vigilancia, frenó tan bruscamente que la rueda trasera se levantó del piso.

Súbitamente, la caseta se quedó vacía. Una guardia sostenía un rifle sobre el pecho y sus dos colegas estaban de perfil, ocultando sus pistolas con los brazos rígidos, detrás de sus piernas. Cuando la moto se detuvo y Leigh se quitó el casco, la reconocieron y la tensión se diluyó. La mujer que sostenía el rifle volvió a entrar a la caseta y cambió el arma por un teléfono. Leigh sabía muy bien que la estaban delatando con la familia.

Volvió a ponerse el casco y pisó el acelerador, haciendo que la moto se convirtiera en un bólido. En la subida volvió a encontrarse con Nacho, que apenas estaba terminando de bajar. Él meneó su cabeza en señal de desaprobación, por los riesgos que corría Leigh al manejar a tanta velocidad.

Leigh se rio debajo del casco. Se sentía libre. Con la rodilla casi rozando el asfalto, se lanzó sobre las curvas. Voló más allá de la mansión. Tristin, Peg y Myra, junto con algunos trabajadores, se convirtieron en su público. Cuando llegó al garaje decidió dar otra vuelta. Las caras de Peg y Tristin mostraron que pasaría mucho tiempo antes de que se le permitiera a Leigh subirse de nuevo a la moto.

Se detuvo un momento para asegurarse de que Nacho no se iba a interponer en su segunda vuelta y luego lo vio llegar hasta el grupo de curiosos. No alcanzó a quitarse el casco cuando ya Tristin gesticulaba señalándola. Mientras le gritaba a Nacho, su cara se ponía roja como un tomate.

Leigh rechinó los dientes, frustrada. Lo último que quería era que por su culpa Tristin le hiciera pasar un mal momento a Nacho. Si eso pasaba, le haría saber con claridad y energía que a ella nadie la controlaba. Ni él, ni Nacho, ni mucho menos Miss Tree.

Mientras fulminaba con su mirada al grupo, una neblina azul empañó su visera, sumándose al color del parabrisas y tiñendo el mundo de un profundo tono vespertino. Entre esa bruma apareció el rostro del Pequeño Bodie, lo bastante opaco como para verse igual que una película proyectada en una pantalla de vidrio. Leigh se hizo fuerte para no gritar ni mostrar ningún otro signo de temor. No quería tenerle miedo al niño fantasma, pero no lo podía evitar.

—¿Quieres echar una carrera? —preguntó el espectro de ese niño, con la voz temblorosa por la emoción.

—Te puedes aparecer y desaparecer donde quieras. Eso no es justo.

—Prometo que me iré corriendo todo el camino.

—¡Sigues sin ser justo! Pero adelante.

El tinte azul se desvaneció y ella lo encontró a su lado, agachado, preparándose para correr.

Leigh anunció:

—En sus marcas, listos… ¡fuera!

Pisó con fuerza el acelerador y la moto salió disparada hacia adelante. Los engranajes rechinaron muy pronto, pidiendo cambio de velocidad. Antes de hacerlo, Leigh esperó hasta pasar enfrente de su público, logrando que la moto avanzara a gran velocidad. Arriesgándose, apartó los ojos del camino y miró por el espejo retrovisor. Myra la animaba. Peg parecía horrorizada. Tristin fruncía el ceño. Nacho trataba de ocultar su sonrisa, girando la cabeza y tapándose la boca con la mano. Miss Tree se hallaba detrás de la familia, de pie, con los brazos cruzados sobre el pecho y una sonrisa que a Leigh le pareció de admiración.

Esa mirada de Miss Tree inquietó a Leigh e hizo que perdiera la concentración. La primera curva apareció tan rápido que la tomó desprevenida. Maldiciendo, inclinó drásticamente la moto para que los neumáticos no se salieran de la carretera. Recuperó el control y se deslizó hacia la otra orilla del asiento para tomar la siguiente curva. Iba con la rodilla tan cerca del pavimento que lo sintió pasar por debajo. A su lado, el Pequeño Bodie se mantenía a su ritmo y corría a una velocidad superior a la de cualquier ser humano. Su rostro se veía pleno de una alegría desenfrenada, mientras los árboles y el pavimento pasaban a su lado.

Se acercaba otra serie de curvas abiertas y cerradas. Podía ver cómo Bodie reía a su lado. Pero el sonido de su risa estaba también dentro de su casco y la acompañó durante todo el camino hasta la caseta de vigilancia. A medida que ella se acercaba, él comenzó a bajar su velocidad. La iba a dejar ganar.

—Supongo que eres un caballero —le dijo ella.

—Por supuesto que lo soy —dijo con regocijo, dentro de su

casco. Los vigilantes volvieron a salir de la caseta, pero sin tanto alboroto.

Sonreían al ver que ella lo disfrutaba. Esta vez no desenfundaron sus pistolas. Leigh los saludó divertida, agitando su mano.

Agarró el manubrio con las dos manos, se inclinó con fuerza y aceleró, levantando unos aros circulares de polvo. Un humo acre se elevó en el aire. Hizo un «caballito» con la moto y regresó al garaje.

—Llegó la hora de pagar el pato —dijo Leigh.

—¿Qué quiere decir eso? —preguntó Bodie.

—Tengo que vérmelas con Tristin y Peg. ¿Ya les viste las caras? Están furiosos. No sé cómo piensan castigarme, pero lo harán. ¡Y luego Miss Tree! ¿La viste sonreír? Seguro que se estaba imaginando que me caía y me rompía el cuello.

Una brisa sopló a lo largo del camino, y con ella se sintió un escalofrío punzante.

—No me cae bien ella —dijo Bodie

—Ni a ti ni a mí, pero yo tengo que lidiar con ella.

La brisa arreció y la temperatura descendió aún más. La voz de Bodie destilaba picardía y preguntó:

—¿Quieres que la ahuyente?

—Sí —dijo Leigh—. Pero no, tengo que ocuparme de ella, porque si no Tristin encontrará quien la sustituya y tal vez sea peor. Además, no quiero que hagas algo malo. Si alguna vez necesito hacerlo se lo pediré a alguien más y no a ti.

Escuchar cómo lo decía en voz alta sonaba tan extraño que le hizo soltar una risita. Bodie también comenzó a reírse. Cuando Leigh metió la moto en el garaje y apagó el motor, Nacho ya había llegado en su gran Harley. Chocaron los cinco y se rieron al mismo tiempo.

—Disfrute mientras pueda, señorita— le dijo.

—¿Están muy enojados?

Él echó su cabeza hacia atrás, sorprendido de que ella se lo preguntara.

—¿Qué le parece?

—¿Me llevas a casa?

—Claro que no. ¿No te acuerdas? Soy una gallina. ¿*A big chicken*? Además, este podría ser tu último paseo al aire libre en mucho tiempo. Te voy a decir algo: tienes que ir a verlos antes de que ellos vengan a buscarte.

Leigh respiró hondo y luego exhaló lentamente.

—Lo entiendo. Ya me voy.

Bajó por el camino entre el garaje y la mansión.

—Oye, Leigh —le gritó Nacho—. Eres buena con la moto.

Una oscura nube de tristeza se apoderó de ella.

—Tuve un gran maestro.

Asintiendo con la cabeza y con una amplia sonrisa, Nacho le dijo:

—El mejor. Hiciste que tu padre se sintiera orgulloso. De eso estoy seguro.

Esas palabras evitaron que la sensación de vacío la afligiera. Ella todavía se sentía muy cerca de ese pozo frío, pero no dejaba que se la tragara. Estaba en la orilla y tenía la certeza de que podía elegir entre caer y alejarse de él.

—Tienes miedo —le dijo Bodie en voz baja. Su silueta azul flotaba a un lado.

Leigh miró a la familia, parada enfrente de la casa.

—Sí, pero no de ellos —se lo dijo a sí misma, más que a él.

Volteando a ver a Bodie, le preguntó:

—¿Te pueden a ver?

—No, si yo no quiero. Y no quiero.

—¿Me acompañas?

—Claro, pero no tienes de qué preocuparte.

Todos la miraban, esperándola.

—Creo que te equivocas.

—Dile a esa bruja de Miss Tree que te hartaste de hundirte en las profundidades de tu tristeza. Dile que quieres vivir, no morir, y que montar una moto como te enseñó tu padre hace que te sientas viva. Entonces se les olvidará esa maniobra que hiciste con la moto.

Leigh comenzó a caminar, mirando la manera en que sus zapatos avanzaban uno delante del otro.

—¿Cómo sabes que me siento así?

—Porque estoy muerto. ¿Te acuerdas cuando nos conocimos y dije que se notaba que querías estar muerta? Bueno, ahora siento que no quieres eso. Por lo menos no con todo tu ser. Hay una pequeña chispa —dijo en un tono distante y casi triste—, pero una pequeña chispa es lo que la vida necesita.

Leigh resopló.

—Debe ser muy difícil para ti tener un amigo vivo.

—Son mejores que los muertos.

Los labios de Leigh se torcieron sonrientes.

—Eso tendrás que explicármelo después.

—No está permitido —dijo Bodie.

—Eso está raro.

—¿Por qué está raro? Si los vivos tienen sus reglas, ¿es difícil entender que los muertos también tengan las suyas?

Aunque se quedó intrigada, Leigh no tuvo tiempo de seguir insistiendo.

—¿Has perdido la cabeza? —le gritó Tristin tan pronto llegó ante ellos.

Bodie se acercó a él y le sacó la lengua. Leigh tuvo que morderse la suya para no reírse.

—Has estado increíble —expresó Myra—. No dejes que nadie te diga lo contrario.

Bodie se atrevió a darle un besito en la mejilla. Myra manoteó el aire, como si la molestara un mosquito.

Peg la regañó:

—Myra, este no es momento para que nos desafíes. —Y volteó hacia Leigh—. Temía que te estrellaras o te cayeras. ¿Qué te pasa? ¿Por qué hiciste eso?

Leigh pensó en ese momento cuando estuvo a punto de perder el control de la moto al ver a Miss Tree en el espejo, pero mintió.

—Papá me enseñó a andar en moto. Todo el tiempo estuve en completo control.

Tristin estiró la mano:

—Las llaves.

Leigh dudó.

—O me das las llaves o haré que se lleven esa máquina de la propiedad.

Leigh le entregó las llaves y corrió hacia la casa.

Detrás de ella escuchó el reclamo de Myra:

—¡Papi, no seas cruel!

Los pasos de Myra rechinaban mientras corría detrás de ella. La alcanzó escaleras arriba. Guardó silencio hasta que llegaron a la entrada de la habitación de Leigh.

—Si quieres, me voy —le dijo.

Leigh se sintió avergonzada. Todas sus emociones luchaban en su interior, como si fuera un combate de lucha libre profesional donde se decidiría cuál ganaría. Se sentía enojada y triste, pero al mismo tiempo extrañamente esperanzada, incluso orgullosa de sí misma. Quería estar sola y quería compañía, quería huir y quería quedarse. Sobre todo, quería ser cualquier otra persona en el mundo y no ella misma.

—No sé lo que quiero —dijo al cruzar la puerta y detenerse en medio de la habitación. Ni siquiera sabía en qué parte de su cuarto quería refugiarse.

Detrás de ella sintió la presencia de Myra, que pacientemente la esperaba.

—Ven o vete —suspiró Leigh con impaciencia—. Decide tú porque yo no puedo.

En cuanto escuchó cerrarse la puerta, deseó que Mayra no se hubiera ido.

Sintió que dejaba de cargar sobre sus hombros como mil kilos cuando escuchó a Myra decir:

—Me quiero quedar.

Aliviada, Leigh entendió lo que tenía que hacer. Se echó a correr y saltó desde el borde que separaba la sala de estar del resto de la habitación. Con toda la intención, al caer golpeó el suelo con fuerza.

—Espero que en toda la casa lo hayan escuchado —dijo.

Myra sonrió y luego saltó también desde el borde.

—Yo me uno —dijo, luego de golpear el suelo con sus pies, con tanta fuerza como Leigh.

Las dos aguzaron sus oídos, esperando escuchar algún reproche. No escucharon nada.

—Tienen que habernos escuchado —susurró Leigh.

—Seguro que sí. Tienen que saber que a estas alturas no deben quejarse, punto.

Leigh fue hasta el sillón y se sentó enrollando sus pies por debajo de su cuerpo como un gato.

—No estaba tratando de ser la mala.

—Yo sé que no. Mamá y papá también lo saben. Los asustaste, eso es todo.

—Apuesto a que Miss Tree está con ellos, contándoles una historia diferente. Una en donde yo soy una niña traviesa o que fue otro intento de suicidio.

Cuando cayó en la cuenta de lo que había dicho, Leigh suspiró. Evitaba a toda costa esa palabra: suicidio. Darle un nombre a lo que había hecho la volvía dueña de esa acción. No quería cargar con ese estigma.

Como era capaz de hacerlo siempre, Myra transformó esa conmovedora inmersión en la desesperanza en un sosegado aterrizaje en paracaídas.

—Ya lo has superado —le dijo con firmeza—. Al menos eso creo. En cuanto a Miss Tree, no importa lo que tú pienses de ella, conoce su juego. No creo que ella lo vea como tú lo dijiste.

—Quizá tengas razón. Es probable que así sea. Me sigue pareciendo algo frustrante. Me metí en problemas en la fiesta y te arrastré conmigo. Peg y Tristin están furiosos con las dos. No me he atrevido a revisar los periódicos para ver qué escribieron los reporteros, si es que escribieron algo. ¿Y todo para qué? Marcus llegó antes de que pudiéramos averiguar algo útil.

—Eso no es tan cierto —dijo Myra. Encontraste un archivo sobre Jason Small.

—¡Qué gran hallazgo! No me dio tiempo de leerlo. Además, ¿recuerdas cómo jugó Marcus conmigo? Parecía un gato divirtiéndose con un ratón antes de comérselo.

—¿Se te hizo morboso?

—Tú entiendes lo que quiero decir. Él ya había pensado en Small y seguro lo investigó. Si existiera algo, Marcus lo hubiera hallado desde hace mucho tiempo. De eso me habría enterado, si es que alguien me hubiera contado lo que está pasando.

—Leigh, ellos solamente…

Leigh se le quedó viendo, retándola.

—¡Si me dices que están protegiéndome, te juro que voy a gritar!

A su vez, Myra volteó a verla. A las dos les entró una risita.

—Bueno, hay algo de lo que me he dado cuenta —dijo Myra, luego de ponerse cómoda.

Con ansiosa curiosidad, los ojos de Leigh se agrandaron y preguntó:

—¿Qué?

Dentro de ese cajón había un expediente disciplinario sobre, ni más ni menos, Oliver Massy.

—¿El asistente personal de Tristin? ¡Caray, no lo vi!

Capítulo Quince

Leigh se moría de curiosidad porque quería saber cómo era que la escapada en la moto de su padre había pasado desapercibida. Transcurrieron veinticuatro horas y nadie, además de Myra, a quien todo eso le parecía una locura divertida, lo mencionó. Leigh estaba asombrada de que no hubiera castigos. No la llamaron a la oficina de Tristin para echárselo en cara. Las llaves de la Ducati, para mayor sorpresa, fueron devueltas a donde se guardan las llaves del garaje. No se atrevió a tocarlas, pero allí estaban. Por mucho que odiaba hacerlo, estaba de acuerdo con Myra en cuanto a que Miss Tree tenía algo que ver con la indulgencia que le mostraban. A la mañana siguiente, cuando Miss Tree apareció con su ropa deportiva para dar inicio a su nuevo método de terapia, Leigh sintió que le debía algo, pero, mordiéndose el labio, siguió adelante sin protestar.

Atravesaron por el bien cuidado césped y se internaron en el bosque. Al principio, Leigh pensó que se dirigían al río, pero Miss Tree se desvió por un sendero que Leigh aún no había explorado. Ese camino, polvoriento y lleno de maleza, era una larga y serpenteante hebra que llegaba hasta el límite de las tierras de Simmons-Pierce. Una sensación de ahogo en sus entrañas le hizo sentir a

Leigh que, fuera lo que fuera, Mis Tree tenía en mente algo que no iba a ser agradable.

—¿Estás lista? —preguntó Miss Tree cuando hicieron un alto.

—¿Para qué? —replicó Leigh, haciendo todo lo posible para que su voz no sonara burlona.

—Para la carrera de regreso.

—¿Carrera?

—Sí, carrera.

Leigh frunció el ceño.

—¿Y de qué se trata esta terapia?

—Si no respondes a la terapia verbal, nos queda la terapia física. Mira, cuando hacemos ejercicio nuestro cerebro se engaña, haciéndonos creer que estamos luchando o corriendo por nuestras vidas. Te habrías dado cuenta si no estuvieras tan ocupada sintiéndote avergonzada por tu comportamiento, aunque así deberías sentirte...

Leigh la fulminó con la mirada, pero Miss Tree siguió hablando:

—... por eso, después de tus pequeñas aventuras te sentiste mejor contigo misma y tuviste un pensamiento más claro, cualquier cosa que esto signifique para alguien como tú. Además, mientras hacías el ridículo te habrás dado cuenta de que el dolor y la incomodidad, que deberían haber sido intensos en su momento, no se manifestaron sino hasta después. Así que —concluyó Miss Tree—, si no te permites sentirte mejor hablando de tus problemas, entonces intentemos forzarte a que lo logres poniendo en movimiento tu cuerpo.

Leigh se cruzó de brazos y levantó la cadera. Mi cuerpo se mueve muy bien.

—Ya veremos —espetó Miss Tree, mientras se alejaba trotando a paso lento—. Trata de mantener el ritmo.

Leigh, que no tenía la menor intención de huir, empezó a caminar de regreso a casa. Miss Tree se dio la vuelta y trotó hacia ella.

—Ahora me doy cuenta de por qué no has avanzado nada en la búsqueda del asesino de tus padres —le dijo.

Leigh se quedó paralizada.

—¿Qué has dicho?

—Lo que oíste. Mírate. Estás fuera de forma. Perezosa. ¿Pensaste que atrapar asesinos sería fácil?

—Óyeme —le gritó Leigh—, perseguir un tren en movimiento, trepar y volver a saltar no fue fácil.

—Entonces una carrera corta hasta la casa no debería ser ningún problema.

—Ninguno —gruñó Leigh—, aparte del hecho de que no quiero.

—Ya sé que no quieres —dijo Miss Tree—, así como tampoco quieres atrapar a los asesinos de tus padres. Hablas mucho, pero al final... —Miss Tree se encogió de hombros— te resulta demasiado esfuerzo.

Leigh gritó, abalanzándose sobre Miss Tree, pero ella ya no estaba allí. Se había alejado por el sendero, burlándose de ella.

—¡Si no me puedes atrapar a mí, nunca atraparás a los asesinos de tus padres!

Leigh se esforzó por alcanzar a Miss Tree. Durante los minutos siguientes corrieron como si fueran un acordeón, Leigh iba hacia ella y, cuando estaba a punto de alcanzarla, Miss Tree se adelantaba, aumentando su velocidad. Cuando se acercaron a la casa, Miss Tree no se detuvo.

—¿Estás enojada? —le gritó por encima de su hombro.

—Sí —respondió Leigh.

—¿Conmigo?

Leigh le gritó un insulto.

—¿Con los asesinos de tus padres?

Leigh corrió más fuerte.

—¡Sí!

—¿Contigo? —le pregunto Miss Tree.

Leigh estaba sofocada y tan desesperada por respirar que le costaba hablar.

—Tú sabes que sí —resolló.

Leigh sentía ardor en los costados. Sus piernas temblaban cada vez que sus pies pisaban el suelo. Se estaba esforzando más que nunca. Miss Tree dejó que Leigh casi la alcanzara, pero Leigh se hallaba demasiado cansada como para aprovechar la oportunidad.

Corriendo a su lado, Miss Tree le preguntó:

—¿Por qué estás enojada contigo misma?

Leigh estiró la mano para agarrarla por la nuca, pero ella se alejó rápidamente, escapándose.

—¡Porque sigo viva! ¡Porque tengo que continuar sola! —gritó Leigh.

Miss Tree dejó de correr. Leigh se soltó a llorar y jadeó al caer de rodillas.

—Si estás sola —le preguntó Miss Tree—, ¿a quién persigues?

Miss Tree regresó a la mansión. Mirando por encima de su hombro, gritó:

—Por cierto, para ser una niña corres muy rápido.

Leigh se dio vuelta sobre sus rodillas, quedó sentada, abrazó sus espinillas, inhaló profundamente y se enfurruñó.

—¿A quién persigo? —se burló en voz alta, lanzando una letanía de palabras horribles para describir a Miss Tree.

Lo peor fue que, cuando su respiración se calmó, cayó en la cuenta de que era cierto, por muy tonto que sonara. Había estado persiguiendo a alguien. Alguien a quien le importaba lo suficiente como para arriesgarse a hacerla enojar. Rezongó de solo pensarlo. Lo último que quería creer es que le importaba a Miss Tree.

Leigh se levantó sacudiéndose la maleza del camino y regresó a casa. Al llegar se encontró a Myra junto a la puerta. Miss Tree debía haber estado esperando por ahí, porque en cuanto Leigh estuvo cerca pasó por detrás de Myra sorbiendo un jugo de naranja y diciendo:

—Mira nada más, llegó otra persona que en realidad no está aquí. En este lugar hay demasiados fantasmas.

A Leigh le ardía tanto la cara del enojo que los ojos se le humedecieron.

—¿Te ha involucrado ella en esto? —le preguntó a Myra, con actitud demandante.

El impacto de la acusación de Leigh sorprendió a Myra.

—¿Quién? ¿Tree? Hoy en la mañana fue la primera vez que la vi. Bueno, además de verte a ti persiguiéndola como si quisieras matarla.

—Quería, y aún podría.

—Vamos —dijo Myra, jalando del brazo a Leigh—. Ve a darte un baño para refrescarte y luego me cuentas qué pasó.

Más tarde, luego de secarse y vestirse, Leigh le explicó lo que había sucedido.

—¡Esa bruja! —exclamó Myra.

La risita forzada que Leigh añadió a su «¡Lo sé! ¿Verdad?» era demasiado falsa como para que Myra la ignorara.

—¿Qué pasa? —preguntó Myra.

Leigh se dejó caer en el sillón.

—Mira, sé que Tree es un poco… ya sabes, pero tiene razón. Yo no estaba siendo muy cooperativa en la terapia.

Myra la miró sarcásticamente.

—¿Tú? ¿No cooperas? No me vengas con eso.

Leigh arqueó las cejas y esperó.

—Lo siento —dijo Myra—, pero tú me lanzaste una a mí y tuve que batearla.

—¿Y ya terminaste de batear?

Myra sonrió con maldad.

—Por ahora, sí. Continúa.

—Lo único que estoy diciendo es que Miss Tree tenía razón —continuó Leigh—, y aunque fue una malvada le funcionó. Yo estaba demasiado agotada para ponerme a la defensiva. No entiendo nada de lo que vociferaba sobre toda esa basura de la química cerebral, pero yo le dije algunas cosas que de otra manera no le hubiera dicho, y ahora que ya están dichas, no puedo borrarlas.

—¿Qué tipo de cosas? —preguntó Myra.

Leigh jaló las mangas de su sudadera con capucha.

—Sobre lo enojada que estoy conmigo misma porque sigo viva mientras que papá y mamá ya no están. También, sobre cómo la idea de vivir sin ellos es tan abrumadora que no soporto pensar en eso.

—Pero no estás sola —le dijo Myra—. Ya no lo estás.

—Eso es a lo que Miss Tree quería llegar. Sé que es así, pero saberlo y sentirlo pueden ser dos cosas diferentes.

Myra dejó caer los hombros.

—No te pongas así —protestó Leigh.

—Creí que sentías, no sé, algo por nosotros.

Leigh se arremangó la sudadera.

—Te puedo decir que yo no te siento como una prima.

Myra resopló, pero asintió.

—Más bien eres una hermana para mí. Así es. Sé que somos primas, pero yo te siento como una hermana.

Myra miró el suelo, la pared, cualquier sitio, menos a Leigh.

—Oye, ya —protestó Leigh—. ¿Por qué crees que te estoy contando todo esto y no a Tree, ni a tus padres? Es porque confío en ti. Yo…

Leigh no acabó la frase. No estaba lista.

Myra sonrió y se secó los ojos.

—Yo también te quiero. Pero ¿qué va a pasar entre tú y Miss Tree?

—No estoy segura.

Antes de que Leigh pudiera especular, el rechinido de unos neumáticos captó su atención. Por el ruido, se dio cuenta de que no solo era un vehículo sino varios, acercándose a la mansión. Se escucharon gritos enérgicos y voces autoritarias y amenazadoras.

—Entren y no dejen que nadie agarre ningún tipo de papeles. Aunque sea la edición de hoy de *The Wall Street Journal*, me da igual. Solo nosotros nos haremos cargo de los documentos, computadoras y celulares. Nadie más.

Leigh se levantó de su asiento y saltó hacia la ventana, se agarró del borde con sus dedos y se alzó para mirar hacia afuera.

La voz de Tristin se escuchó fuerte:

—¿Qué demonios está pasando? ¿Quiénes son? ¿Dónde está mi personal de seguridad? Quiero respuestas y las quiero de inmediato.

—Cálmese, señor Simmons —gritó un hombre mayor, delgado como una vara, con una cachucha de béisbol bordada con las letras CBV—. Tenemos una orden para registrar el local.

—Esto no es un local, es mi casa —gritó Tristin—. Déjeme ver eso.

Leigh se quedó viendo como Tristin revisaba el documento.

—Más les vale que todo esto sea legal, porque si no toda su agencia estará en problemas.

Leigh se paró de puntitas.

—Será mejor que bajemos. Algo está pasando y no es bueno.

—¿Qué? —preguntó Myra—. ¿Qué has visto?

—Agentes de la Comisión de Bolsa y Valores, la CBV, están entrando a la casa. Myra, creo que es una redada a la compañía Simmons-Pierce Shipping.

Myra salió a toda prisa.

—¿Qué? Tenemos que hacer algo.

Leigh no estaba de acuerdo con la sensación de urgencia de su prima. La voz de su padre resonaba en su mente: «En cuanto a la policía, mantén la calma, haz todo lo que te pidan, exagera con la cortesía y el respeto, y trata de resolver cualquier queja que tengas cuando estés ante el juez. Lo último que necesitas es darle a un juez motivos para que te guarde rencor o a un policía motivos para que te dispare».

La voz de Tristin ahogó la voz del padre de Leigh.

—No se pueden quedar con mi celular. Como pueden ver, lo estoy usando para contactar a mis abogados y a mi jefe de seguridad, Marcus Figueroa.

Myra protestó.

—¡Los teléfonos celulares! ¡Marcus!

—¿Qué pasa con ellos? —preguntó Leigh.

Myra saco el suyo del bolsillo trasero.

—Tengo que esconderlo.

—¡Myra, no podemos ocultarle pruebas a esa gente porque van a pensar que somos culpables!

Los ojos de Myra buscaron alrededor de la habitación algún sitio para esconder su teléfono.

—Allí no hay nada que tenga que ver con la empresa, pero sí algunas cosas personales que harían enfurecer a papá.

Leigh miró fijamente a Myra.

—¿Estás segura de que no hay nada en tu teléfono relacionado de algún modo con lo que está buscando la CBV?

Myra se le quedó viendo con los ojos tan llenos de sinceridad como de miedo.

—Te lo juro.

—Dámelo —le dijo Leigh, apurada.

Con el teléfono de Myra en su mano, Leigh corrió hasta su

armario. Sacó la tabla suelta del suelo y lo colocó sobre el diario de Bodie. Volvió a colocar la tabla y, de nuevo, salió corriendo de la habitación y se acercó a la foto del Pequeño Bodie:

—No permitas que nadie lo encuentre —le dijo a la imagen.

Una corriente de aire entró por la habitación soplando suavemente sobre el flequillo de Leigh.

Myra observó de derecha a izquierda.

—¡Esto parece una broma!

—Es mi casa y entraré si se me da la maldita gana —gritó Tristin.

—Señor Simmons —le respondió una voz seria—, si no logra calmarse y deja que mis agentes hagan su trabajo, les pediré que lo saquen.

—Será mejor que bajemos, tu padre está complicando las cosas —dijo Leigh.

Cuando abrió la puerta, Leigh se sorprendió al ver del otro lado a una mujer policía que, alarmada, les dijo:

—¿Quiénes son ustedes y que hacían allá arriba?

—Somos de una organización de cerebros criminales que planean la caída de la civilización occidental —dijo Myra—. Esta es nuestra guarida del mal.

La agente se le quedó viendo con una mirada fulminante.

Leigh gruñó suavemente y regañó a Myra.

—Eso no ayuda.

Le dijo a la agente:

—Disculpe, mi hermana está un poco alterada por todo lo que está pasando. Esta es mi habitación.

En respuesta a la reacción amable y cortés de Leigh, la agente cambió su actitud.

—¿Son hermanas? Nuestro informe dice que son primas.

Myra estaba a punto de hacer otro comentario fuera de lugar, pero Leigh le dio un codazo.

—Técnicamente somos primas, señora, pero nos hemos vuelto muy cercanas desde que llegué.

—Ya veo —dijo la agente. Leigh se alegró de que fuera una mujer, porque probablemente las entendía de una manera que la mayoría de los hombres no lo haría.

—Señorita Simmons —continuó—, usted tiene diecinueve años, ¿cierto?

—Sí, ¿y eso qué?

—La señorita Howard es menor. Tengo que revisar esta habitación. Normalmente, les pediría que salieran, pero si acepta hacerse responsable de la señorita Howard puedo dejar que se queden, por lo que le ha sucedido a ella…

La voz de la agente se apagó.

—¿Se refiere a mi historia? Es muy amable de su parte —dijo Leigh, antes de que Myra pudiera decir algo—, y por favor llámeme Leigh.

Sin responder, la agente comenzó la revisión. Actuó de manera poco entusiasta, lo que hizo pensar a Leigh que no esperaba encontrar nada.

Myra contuvo el aire cuando la agente entró al armario.

—Tranquila —le susurró Leigh, confiada—, todo va a salir bien.

La agente llamó desde dentro:

—¿Señorita Howard? Aquí hay una tabla que parece más gastada que las demás. Sé que a los jóvenes a veces les gusta esconder cosas. ¿Es así aquí?

—No —mintió Leigh con seguridad—. Es una tabla que estaba suelta. Le pedí al empleado de mantenimiento, Nacho, que la pegara y la clavara. Le quedó bien ¿verdad?

Desde dentro se oían golpes.

—Le quedó bien. Está muy fija.

—¿Necesita algo de esta habitación? —preguntó la agente, mientras salía del armario.

—No, gracias —respondió Leigh—. ¿Por qué?

—Voy a necesitar que ambas se reúnan allá abajo con el resto de la familia. Queremos que todos estén en un solo lugar mientras hacemos nuestro trabajo.

Myra habló con brusquedad:

—¿Me van a disparar si les pregunto qué están buscando?

—No le vamos a disparar —replicó la agente—. El investigador encargado les dará más explicaciones a su debido tiempo.

—Está bien —dijo Leigh, antes de que Myra pudiera decir algo más—. Gracias.

La agente salió de la habitación. Myra fue detrás de ella mientras Leigh se quedaba. Al pasar junto a la foto de Bodie, Leigh susurró:

—Gracias.

Se sintió un alivio en la habitación cuando una brisa entró por la ventana abierta.

Leigh y Myra fueron acompañadas hasta la biblioteca. En el momento que llegaron, Peg corrió hacia ellas y las abrazó.

—¿Están bien? —les preguntó.

—Estamos bien —respondió Myra.

—Sí —añadió Leigh, sonriéndole a la agente que revisó la habitación.

—Se portaron como profesionales e incluso fueron amables con nosotras.

En el rostro de la agente se dibujó una sonrisa de complicidad antes de dejarlas bajo la custodia de dos agentes que vigilaban la puerta de la biblioteca.

—¿Dónde está Tree? —le preguntó Myra a su madre—. Tengo unas cuantas cosas que decirle a esa mujer.

Peg parecía sorprendida.

—Tuvo que salir por una emergencia familiar, ¿por qué?

—Este no es momento para preocuparse por Miss Tree —dijo Leigh, cruzando la habitación hasta donde se hallaba Tristin, pensativo.

—Tío Tristin —le dijo en voz baja, una de las pocas veces en que le decía «tío»—, tienes que ser más amable con esta gente.

Tristin se sorprendió y se molestó.

—Hazte cargo de tus asuntos, señorita —le dijo bruscamente.

—Lo hago. Me preocupo por todos y por esta empresa. —Respiró profundo para recuperar la compostura—. Mira, yo soy hija de un policía. Sé cómo piensa esa gente y cómo tratar con ellos. Cuanto más te resistes, más buscan. Se dan cuenta si estás tratando de ocultar algo.

—¿Qué estás diciendo? —le dijo Tristin.

Los dos guardias giraron sus cuellos para observar.

—¿Hay algún problema? —preguntó uno de ellos.

—Ninguno, en absoluto —respondió Tristin secamente.

Leigh volvió a susurrar:

—No creo que tengas algo que ocultar, pero… ¡Escucha! Actúas como si lo tuvieras. Al menos es así como ellos lo ven. Tienes que cooperar más. Te tienen que ver como a alguien que está de su lado, alguien dispuesto a ayudar.

El agente flaco que Leigh vio afuera se acercó hasta la puerta y le habló en voz baja a los dos agentes que montaban guardia.

Cuando entró le dijo a la familia:

—Mi nombre es Davies y estoy a cargo de este operativo. Quiero darles las gracias a todos por haber esperado pacientemente. Mi gente dice que ha habido un poco de tensión hace un momento. Lo siento, si es que nosotros hemos sido la causa.

Tristin posó suavemente su mano en el hombro de Leigh.

—En lo absoluto. El problema era mío. Mi sobrina me lo hizo ver y me dio unos consejos excelentes. Yo estaba… bueno, un poco perturbado, para decir lo menos, y me temo que me comporté como un tonto.

Davies acercó su pulgar y su índice bajo la nariz y se alisó el bigote separando los dedos.

—Es perfectamente comprensible. Estoy seguro de que tiene miles de preguntas. Ahora que nuestra búsqueda preliminar ha terminado, espero poder darles algunas respuestas.

Peg deslizó sus dedos por el respaldo de un espléndido sofá Chesterfield.

—¿Quiere sentarse, por favor? —le ofreció, antes de que ella misma se sentara en el extremo opuesto.

El hombre murmuró su agradecimiento mientras tomaba asiento y mascullaba:

—Me estoy haciendo viejo para este trabajo.

—¿Desde cuándo tener 25 años es ser demasiado viejo para cualquier cosa? —le preguntó Leigh, dejándose caer en el suelo junto a la silla de Myra.

—Me caes bien, querida —dijo Davies, riendo—. Me recuerdas mucho a mi nieta.

Volteó hacia Tristin.

—Será mejor que vayamos al grano. Información privilegiada. Ese es el asunto. Alguien o un grupo de personas, ha estado vendiendo muchas acciones de Simmons-Pierce en tiempos recientes. Suficientes para que nos demos cuenta. Sus cifras parecen más fuertes que nunca. Los trimestres están bien o por encima de las expectativas. No hay absolutamente ninguna razón para tal venta. Como saben, la CBV carece de autoridad penal. Sin embargo, podemos remitir asuntos a los fiscales estatales y federales. En algún momento tomamos la decisión de actuar de forma proactiva en este caso para decidir si tal remisión está justificada.

—¿Me podría decir quién o qué grupo realizaba la venta? —preguntó Tristin—. Me ayudaría saberlo. Hay unos cuántos accionistas que quieren salir del viejo mundo del transporte marítimo para entrar en el nuevo mundo de la automatización: barcos que navegan solos, como los carros automáticos que han empezado a producirse.

—Aprecio su disposición para ayudar —dijo Davies—. Lo cierto es que tenemos en la mira a su hombre, Oliver Massy. Se lo puedo decir porque, mientras husmeábamos por aquí, otros agentes lo acorralaban.

—¿Massy? —Tristin se burló—. Eso es absurdo.

—Su honestidad es admirable, pero hay algunas discrepancias en cuanto a sus impuestos, transacciones que no declaró y ese tipo de cosas.

—Estoy seguro de que eso no es raro en gente tan rica y con inversiones tan diversas como Oliver —dijo Tristin—. Los flujos de efectivo, los activos y demás están siempre en estado de cambio. Eso suele justificar que el Servicio de Impuestos Internos emita una carta desagradable, pero no que realice una redada de la CBV.

—Tiene razón en eso, pero está la venta masiva de acciones de Simmons-Pierce. También parece que existe una conexión con el tráfico de drogas. Estoy seguro de que usted ha estado al tanto de la reciente captura.

—Estoy muy al tanto de los acontecimientos de aquella noche, se lo aseguro.

Leigh vio que Tristin volteaba a verla, pero no le prestó atención. Mientras se hallaba sentada, escuchando que Davis creaba un cuadro muy oscuro de Oliver Massy, en todo lo que pudo pensar fue cómo algo de eso podría estar conectado con el asesinato de sus padres. Si Massy era cómplice de traficantes de drogas, quien sabe en qué más estaría metido. La respuesta tenía que estar en su expediente, pero se hallaba a buen recaudo en el maldito cajón del escritorio de Marcus.

Su corazón comenzó a latir rápidamente. ¿Y si el expediente había sido pasado por alto, o lo trasladaron o destruyeron? Nadie lo sabría nunca.

Leigh tragó saliva. Tenía que decidir si estaba del lado de su familia o buscaba justicia. Cerró los ojos y en su mente aparecieron las horribles imágenes que ella se había robado de la carpeta de Ty.

—Tío Tristin —dijo ella, tratando de sonar como una niña inocente e ingenua—, cuando estaba en la oficina del señor Figueroa, la noche de la fiesta, vi una carpeta con el nombre del señor Massy. ¿Crees que tiene algo que ver con esto? El señor Figueroa es el jefe de seguridad.

—¡Vaya, Leigh! —carraspeó Myra, con una voz plenamente desencantada.

Tristin la observó con una mirada glacial.

—Eso —dijo— es un asunto meramente interno. Es una cuestión personal, si te interesa saberlo.

Davies miraba a Leigh y a Tristin como si se tratara de un partido de tenis.

—Haré un seguimiento de eso con el señor Figueroa, pero estoy seguro de que es tal como usted dice. No tiene que ver con nosotros.

Se levantó.

—Hemos terminado aquí, me parece que le alegrará saberlo. No encontramos nada. Por otra parte, no puedo decir que lo esperaba. Hay uno o dos documentos que vamos a retener, más para probar que estuvimos aquí que para otra cosa.

Davies se rio de su propia broma. Nadie lo secundó. Se aclaró la garganta.

—Me voy, ya conozco la salida.

—No, yo lo acompaño —dijo Peg, levantándose.

Myra le lanzó una mirada fulminante a Leigh.

—Iré contigo, madre.

Leigh se quedó sentada en el suelo mientras Peg, Davies y Myra se marchaban.

Tristin se levantó y los siguió sin dirigirle la palabra a Leigh. Con un fuerte suspiro, Leigh se levantó y se asomó a una de las grandes ventanas que daban a la entrada. Las tropas de la CBV empacaron y cargaron sus furgonetas e iniciaron una procesión una tras otra para retirarse. Leigh las observaba y sabía que Peg y Myra hacía lo mismo desde la entrada de la casa, al igual que Tristin desde su oficina. Cuando la última furgoneta se alejó, escuchó que se cerraba la puerta principal. Nadie entró a la biblioteca.

Dejó caer sus hombros y agachó la cabeza, sintiéndose sola y avergonzada. Una sensación de vacío brotaba de su pecho. Creía haber hecho lo correcto, pero no dejaba de sentirse mal. Se tiró en el sofá, con la espalda apoyada en los cojines del asiento y los tenis maltratados colgando del brazo, y murmuró:

—Vaya, metí la pata, y ni siquiera sé lo que es la «información privilegiada».

—Eso sucede porque eres una niña estúpida —resonó una voz como si saliera de las profundidades de un pozo.

Leigh cruzó los brazos sobre el pecho.

—Vete, Bodie. No estoy de humor.

Con su risa, el fantasma hizo que los vidrios de la ventana vibraran.

—Como si me importara tu humor.

Ella volteó a ver hacia el cuadro de Bodie. Una ácida niebla púrpura se arremolinó en su interior y luego salió en una espiral cuando apareció el Viejo Bodie. Caminó hacia Leigh utilizando su bastón, como si descendiera por unas escaleras invisibles entre el suelo y el cuadro. Al recordar la última vez que estuvieron juntos, ella se sentó haciendo girar su cuerpo. No estaba muy asustada, pero le pareció que era mejor estar en guardia.

—Por si no lo sabes —le dijo, mientras se alejaba—, el uso de información privilegiada consiste en utilizar o compartir información que solo conocen unos pocos dentro de una empresa, es decir, personas con información privilegiada, que no es conocida por la comunidad de operadores en general.

—¿Utilizada para qué? —preguntó Leigh.

—¡Niña tonta! Para ganar dinero, ¿para qué si no?

—No entiendo —dijo Leigh.

Una fuerte ráfaga de viento hizo que la nariz del Viejo Bodie quedara a unos cuantos centímetros de la suya.

—¡Por eso las mujeres no tienen que meterse en los negocios!

—¡Eres un estúpido! Ya sé que tu muerte sucedió poco después del Movimiento Sufragista. ¡Y desde entonces ya han pasado muchas cosas! Tal parece que los fantasmas no se mantienen al día con el paso del tiempo.

La carcajada del Viejo Bodie retumbó de nuevo, mientras su cabeza se elevaba dando alocadas vueltas alrededor de la habitación, seguida por la estela de un espantoso humo gris morado.

—Cuando termines de presumir, tal vez me lo puedas explicar —le dijo ella, enojada.

—Vaya, no seas caprichosa —le respondió, desapareciendo y reapareciendo en una silla, enfrente de ella—. ¿Sabes lo que son las acciones y las participaciones?

—¿Se refieren a la propiedad parcial o a las inversiones en empresas?

El fantasma sacudió su cabeza.

—Casi aciertas. Se compran y se venden todos los días. Se gana dinero cuando se compran baratas y a la empresa le va bien. Después, esos bienes se pueden vender a un precio más alto.

—Eso lo entiendo… —dijo Leigh—, pero ¿cómo influye el uso de información privilegiada?

—Vamos a suponer que te enteras de la jugosa noticia de que una empresa se hará más rentable. Al precio actual, podrías comprar más acciones de esa empresa, sabiendo que su valor aumentará. De la misma manera, si supieras que se avecina algo terrible, podrías vender tus inversiones al valor actual, antes de que ocurra el desastre y tus inversiones dejen de valer.

—Lo entiendo —dijo Leigh—, pero ¿qué secreto interno sabía Oliver Massy? ¿Eran buenas o malas noticias?

El aura de Bodie se oscureció y la habitación se llenó de olor a huevo podrido.

—¡Soy un fantasma, no un clarividente!

Recobró la calma y continuó diciendo:

—Sospecho que la empresa Simmons-Pierce está siendo presionada por fuerzas criminales externas. Si ese es el caso, y me parece que lo es, el señor Massy podría haber estado vendiendo sus acciones antes de denunciar las irregularidades, y provocando así que los precios bajaran, bajaran y bajaran. Así se haría de una fortuna rápidamente. Luego podría volver a comprarlas todas, y aún más, ahora con el precio más bajo.

Leigh lo miró con suspicacia.

—¿Por qué crees que es una organización criminal? ¿Tienes alguna prueba o me estás mintiendo?

Bodie esbozó una sonrisa maliciosa.

—¿Por qué iba a mentir?

—Porque te gusta hacerte el malo.

—Qué poco entiendes. Sin embargo, creo que así es porque siento que las cosas están pasando como sucedieron antes.

Leigh se arriesgó a preguntar:

—¿Te pasaron a ti?

El Viejo Bodie asintió.

—Un joven mafioso, de nombre Al Capone, quería utilizar mi muelle para sus negocios ilegales, pero me negué.

—¿Te mandó matar?

—Sí. ¡Y me dejó atrapado aquí con una endemoniada mocosa!

Frustrada, Leigh negó con la cabeza.

—Yo tampoco entiendo absolutamente nada sobre ustedes dos.

—¿Qué hay que entender? Él no quiere irse, y sin él yo tampoco puedo. Lo gracioso es que yo soy la razón por la que él no se va.

Le sonrió y su cara parecía podrida, muerta y descompuesta.

—Es una tormenta cíclica, deliciosamente desagradable, que se repite desde hace más de cien años.

Leigh se frotó las sienes con las yemas de los dedos, tratando de aliviar sus náuseas. No quería darle al fantasma la satisfacción de verla tener retortijones en el estómago.

—Sigo sin entenderlo.

—Pues pregúntaselo —exclamó Bodie, mientras su cuerpo fantasmal estallaba en forma de una luz púrpura con volutas de niebla acre desvaneciéndose. Como un eco lejano y tenue, dijo—: Estoy harto de ti.

—Yo también estoy harta de ti —dijo Leigh, mientras se levantaba y salía de la biblioteca.

Desde una habitación lateral, convertida en un pequeño cine, escuchó las noticias locales. Arrastrando los pies hacia la sala, sintió que el corazón se le encogía cuando se encontró con el resto de su familia mirando la gran pantalla. Veían cómo Oliver Massy estaba siendo escoltado fuera del juzgado. A nadie se le ocurrió convocarla o, si es que se les ocurrió, decidieron que preferían no tenerla cerca.

Desde la entrada, Leigh vio en la pantalla que los periodistas presionaban a Oliver con sus cámaras y sus micrófonos, y le apuntaban a la cara. Sus voces graznaban preguntas y le recordaban a Leigh la pajarera del zoológico. Un fuerte estallido, como de petardo, resonó detrás de la multitud. La gente se tiró al suelo. Gritos y caos llenaron la transmisión.

Con la mirada fija en las imágenes, Leigh vio cómo los ojos de Oliver Massy se ponían blancos. Entre ellos, un punto rojo se hacía cada vez más grande. La cámara que estaba encima de él cayó al suelo, registrando el propio derrumbe de Oliver, muerto por uno de los muchos disparos.

CAPÍTULO DIECISÉIS

Myra, Peg y Tristin saltaron hacia el frente de sus asientos y se quedaron petrificados por lo que presenciaban. Leigh permaneció pasmada, como si el televisor fuera el ojo maldito de Medusa y la hubiera convertido en piedra. Tristin fue el primero en deshacerse del hechizo y levantarse de su asiento.

—Tengo que llamar a Marcus, debemos hacerle frente a esto —dijo.

En su apuro por salir, Tristin chocó con Leigh. Parada junto a la puerta, con la boca abierta y los labios temblorosos, incapaz de hablar y de quitarse de su camino, Leigh no podía apartar sus ojos de la pantalla ennegrecida del televisor.

—¿Leigh? —la llamó en voz baja. Pero como no le respondió, habló con más fuerza y la tomó por los hombros— ¡Leigh! ¿Cuánto tiempo llevas ahí parada?

La televisión tenía el volumen alto: «Estamos de regreso y en directo, desde el estudio, tratando de entender qué ha ocurrido».

—¡Apaga ese maldito aparato! —demandó Tristin.

Myra cogió el control y apagó el televisor.

—Yo lo vi, lo vi todo —dijo Leigh, como si estuviera muy, muy lejos—. Vi cómo la bala hirió a mis padres. Quiero decir, a Oliver, al señor Massy. Los vi a ellos, a él, lo vi caer al suelo. Fue… —Las lágrimas comenzaron a brotar de sus ojos.

Volteó a ver a Tristin.

—No parecía sentir dolor. ¿Crees que mamá sintió algo?

—No, cariño, no lo creo —respondió él suavemente—. Ven a sentarte.

Ella sintió cómo él la llevaba hacia la habitación y la sentaba en una silla. Tenía una sensación de pesadez en los pies que no le permitía levantarlos y se tambaleó a su lado.

—Peg —ordenó Tristin—, tráele a Leigh un vaso de leche con chocolate. El azúcar le ayudará.

Mientras su madre corría hacia la cocina, Myra se arrodilló junto a Leigh y la tomó de la mano. Leigh la miró con los ojos vidriosos y desenfocados.

—Le han disparado a Oliver. Fue al señor Massy, no a mis padres.

—Así fue —dijo Myra, con la voz temblorosa de preocupación.

Peg regresó y le dio en la mano el vaso de leche fría.

—Tómatela.

A Myra le dijo:

—Llama a Miss Tree. Su número está en mi teléfono. Tú te sabes la contraseña.

Myra salió corriendo de la habitación, pero no tardó en regresar al lado de Leigh.

—No la pude localizar, pero le dejé un mensaje. —Myra acercó suavemente su mano sobre el hombro de Leigh—. Vendrá tan pronto se entere.

—Ya me siento mejor —dijo Leigh, y se enderezó—. ¡Ver lo que sucedió me recordó las fotos de mis padres! Quiero decir que yo ya estaba pensando en ellos, ¿sabes? Me pregunté si el señor

Massy tuvo que ver con sus muertes. Por eso dije lo que dije. O sea, no iba a decirlo hasta que recordé esas imágenes.

—¿De qué fotos estás hablando? —preguntó Peg.

Al darse cuenta de que había hablado demasiado, los ojos de Leigh se agrandaron.

—Yo... eh... hice copia de algunas fotos del archivo que Ty tenía sobre el caso. Son fotos de la escena del crimen antes de que se llevaran los cuerpos.

A Myra se le partió el corazón y dejó escapar un suspiro.

—¿Por qué no me contaste eso?

—Era algo, no se... ¿demasiado personal? No podía soportar que alguien más viera a mis padres en esa condición. —Leigh se estremeció—. Así no.

Tristin se apretó los labios con las yemas de los dedos, como si estuviera atrapando un reproche furibundo.

—Ya veo —fue todo lo que dijo.

Peg acarició la frente y la mejilla de Leigh con el dorso de su mano.

—Creo que en este momento lo mejor es que Leigh se acueste. Más tarde podremos decidir qué hacer con esas fotos y con cualquier otra cosa.

—Myra —dijo, habiéndolo decidido—, lleva a Leigh a tu habitación o a la suya, donde ella se sienta más cómoda.

Myra se levantó y le ofreció sus dos manos a Leigh para ayudarla.

—De veras —insistió Leigh—, estoy bien.

Myra le sonrió.

—Dime ¿tu madre tenía un tono especial que te hacía saber que discutir no tenía sentido?

—Claro que sí, ¿por qué?

—Pues ese es el tono especial de mi mamá. Harás lo que ella diga, ahora o después de una gran pelea, pero sin duda tendrás que hacerlo.

Leigh dejó que Myra la ayudara a levantarse. Siguiendo un impulso repentino, abrazó a Peg, que no vaciló en acercar la cabeza de Leigh a su pecho y la arrulló el tiempo que Leigh quiso quedarse allí. Al separarse, Leigh miró a Peg con ojos llenos de gratitud.

Tomando de nuevo la mano de Myra, se dejó llevar a la cama como una niña de cuatro años.

—¿Estás bien aquí? —le preguntó Myra, mientras tapaba a Leigh con una sábana hasta su barbilla.

Leigh asintió. Por mucho que se resistiera a admitirlo, lo que necesitaba era que la mimaran.

—Tal vez el Pequeño Bodie vendrá a hacerme compañía —suspiró mientras se acurrucaba en el colchón.

—Si quieres me puedo quedar —le dijo Myra.

—¿Tú quieres? —murmuró Leigh—. Odio ser una molestia y sé que Bodie me cuidará, pero ¿podrías quedarte? Solo hasta que me duerma.

—Claro que sí —dijo Myra mientras apartaba un mechón suelto de la cara de Leigh—. Además, no eres una molestia. Tal vez sí una mocosa traviesa, a veces, pero nunca una molestia.

Leigh suspiró cansada y se metió aún más entre las sábanas. En cuestión de segundos se perdió en un sueño profundo y muy necesario.

Cuando despertó, Myra ya no estaba, y en la habitación reinaba un silencio sepulcral. Bajó del altillo y, como una sonámbula, arrastró los pies hasta el primer piso. Olores maravillosos le cosquillearon la nariz y su estómago gruñó. Caminando como si aún estuviera dormida, cruzó por el comedor en dirección a la cocina. La familia, junto con Marcus, al lado de Myra, estaba reunida alrededor de la mesa llena de huevos, tocino, jugos y distintas mieles.

Todos la miraron fijamente cuando entró. Miss Tree se servía de una cafetera que estaba sobre la barra de la cocina, se dio vuelta y exclamó:

—¡Dios mío!

Sin hacerle caso, Leigh se dejó caer en una silla y se concentró en una fuente de plata con huevos taurinos. Tenían algo malo, pero no sabía que era.

—¿Huevos? Los huevos eran para…

—¿El desayuno? —preguntó Miss Tree con voz seca y rasposa.

—Llevas dormida casi veinte horas —dijo Myra.

Confundida, Leigh se rascó la cabeza. Su cabello estaba todo enmarañado. Avergonzada, terminó por despertar y se dio cuenta de que era un desastre y estaba descalza.

—Lo siento mucho —dijo, mientras se levantaba de la silla—. Por un segundo no me di cuenta dónde estaba. Voy a bañarme y a cambiarme.

—No digas tonterías —le dijo Peg, acercándose decidida, y con firmeza hizo que Leigh volviera a sentarse. Fue hacia la barra y tomó un plato para ella—. Ya estás en casa. Por mi parte, me alegra que hayas decidido venir con nosotros así como estás, es decir, como lo harías en tu antiguo hogar. Siento que es un buen signo.

Le dio un plato a Leigh y le acercó las fuentes con las comidas.

—¿No está de acuerdo, Miss Tree?

Aún sin recuperarse de la impresión de cómo vio a Leigh, Miss Tree balbuceó:

—Por supuesto que sí. Especialmente porque fue un acto tan inconsciente y no un desafío deliberado. —Y con la mirada fija, agregó—: Eso refleja que está aceptando cada vez más una realidad que, hasta el actual tiempo presente, tenía reprimida.

—No puedo creer —le dijo Myra con desprecio— que haya dicho «hasta el actual tiempo presente» en una oración.

Miss Tree se sentó en la mesa con la espalda recta.

—El que mi vocabulario haya progresado más allá de los confines de *Dick and Jane* no es motivo para burlarse.

—Sí que lo es —murmuró Leigh mientras tomaba un jugo de naranja.

Tristin golpeó la mesa con la mano.

—¡Señoritas! Miss Tree es nuestra invitada, ténganle consideración.

Pensando que como ya estaba en la cuerda floja por lo que le había dicho a la CBV, Leigh lo volteó a ver preocupada. Al sentir su mirada, él le guiñó un ojo.

El resto del desayuno transcurrió en silencio o en una tensa conversación. El asesinato de Oliver Massy enturbió el ambiente. Tristin y Marcus comenzaron a hablar de negocios, pero Peg los calló:

—En la mesa no.

Sin ofenderse, terminaron su café para luego excusarse y dirigirse a la oficina de Tristin. Peg se fue poco después, murmurando vagas excusas sobre algunas cosas que tenía que hacer. Para sorpresa de Leigh, Myra dijo haberle prometido a su mamá que la ayudaría y salió con ella. Miss Tree se levantó y le quitó el plato a Leigh.

—Oye —protestó Leigh—. ¡Aún no termino!

—Lo puedes recalentar cuando regreses.

—¿Regresar de dónde? —le preguntó Leigh dirigiéndole una mirada inquisidora.

—De nuestra sesión de terapia matutina —dijo Miss Tree con un tono cantarín, como si le hablara a un niño pequeño.

—Es una broma, ¿verdad? —le preguntó Leigh—. O sea, después de lo que pasó ayer, ¿crees que deberíamos seguir igual, como si nada hubiera pasado?

Miss Tree se dio la vuelta, cruzándose de brazos.

—No has escuchado nada de lo que te he dicho, ¿verdad?

Leigh le respondió:

—¿De cómo el ejercicio ayuda? Sí, lo escuché.

—No, niña. Sobre cómo te rindes tan fácilmente. Cualquier pequeño contratiempo y estas dispuesta a no seguir.

—¡Asesinaron a un hombre! —gritó Leigh.

—La gente se muere, querida. Es un hecho de la vida. No puedes evitarlo y tampoco puedes evitar seguir adelante. Ya lo intentaste una vez y, bueno, resultó un desastre, ¿no?

—Eres horrible —se quejó, al borde de las lágrimas.

—Y tú eres muy débil. Mi trabajo es endurecerte para que esos hechos de la vida no acaben con la tuya. Pero, bueno, si mi empeño en mantenerte viva me convierte en una persona horrible —y aquí hizo una pausa para encogerse de hombros—, supongo que lo soy.

Se quedaron viendo la una a la otra hasta que Miss Tree se encogió de hombros.

—Nos vemos allá afuera o puedes irte a tu habitación y rendirte… una vez más.

Miss Tree le dio la espalda y se fue.

Durante un momento, Leigh siguió sentada, murmurando palabras que habrían hecho que su madre le lavara la boca con jabón, y luego se retiró furiosa a su habitación, donde se preparó para la terapia matutina de ejercicios. Cumpliendo su palabra, Miss Tree la estaba esperando en la puerta principal.

—Ya ves —le dijo—, estamos logrando muchos avances. Sígueme.

Se encaminó por el sendero que llevaba a los jardines y, finalmente, rumbo al bosque. Leigh la siguió, haciéndole un gesto obsceno a sus espaldas.

—Cuando seas lo bastante valiente para hacerlo de frente —le dijo Miss Tree—, y no porque sientas que te estoy retando, entonces sabremos que ya no me necesitas.

Leigh rechinó los dientes. No le importaba si la mujer tenía ojos en la nuca o si había podido verla a través del reflejo de las ventanas. Sintió envidia de la capacidad que Miss Tree tenía para darse cuenta de todo lo que sucedía a su alrededor. Admirar algo de una mujer que, por lo demás, detestaba, hizo que Leigh se sintiera mal.

—Ya estamos aquí —anunció Miss Tree cuando llegaron al mismo lugar donde comenzaron a correr el primer día.

Leigh preguntó:

—¿Qué vas a hacer para que otra vez me sienta una basura? ¿Otra carrera?

—Hoy no vamos a correr. Has comido demasiado y no quiero verte vomitar.

—No me dejaste comer lo suficiente —le reprochó Leigh.

Miss Tree la ignoró.

—Quiero que te acerques a ese árbol, ese grande que está solo.

Leigh fue hasta donde Miss Tree le dijo y giró sobre sí misma.

—¿Y ahora qué?

—Quiero que pongas las manos en el suelo y camines con los pies hacia arriba del tronco, hasta que estén más o menos a la altura de tus rodillas —le ordenó Miss Tree—. Mueve tus manos hacia adelante mientras subes, hasta que tus piernas y espalda estén rectas.

Leigh puso las manos en sus caderas y balanceó todo su peso sobre una pierna, empujando la cadera hacia un lado.

—¿Qué quieres que haga?

—¿Qué parte no entendiste? —preguntó Miss Tree—. Usé palabras sencillas.

—Esto es ridículo, mejor me voy.

—Claro que te vas. Renunciar es lo que sabes hacer. La respuesta a nuestros dos problemas es muy simple. Tan pronto olvides tu obsesión por encontrar al asesino de tus padres, más rápido me iré.

Leigh quería decir algo horrible, pero tenía la garganta tan tensa por la ira que no podía hablar. Inclinándose, apoyó las manos en el suelo, moviéndolas hacia adelante poco a poco, mientras subía los pies por el tronco y así logró una posición triangular con la cabeza agachada y el trasero apuntando al cielo.

—¿A eso le llamas estar derecha?

Leigh gruñó y deslizó las manos hacia adelante para que su trasero, espalda y cabeza estuvieran alineados.

—Ahí —exhaló, esforzándose por mantenerse erguida, sintiendo que su rostro se ponía morado por el esfuerzo.

—No está bien —dijo Miss Tree—, pero tampoco está mal. Ahora haz una flexión.

Leigh protestó, furiosa.

Dobló los codos ligeramente, haciendo que su nariz descendiera como un centímetro y medio, antes de enderezar los brazos.

—Te estoy esperando —le dijo Miss Tree.

—¡Acabo de hacer una!

—¿De veras? Me la perdí. Haz otra.

Leigh gritó, frustrada. Dobló los codos y bajó la cabeza, aún menos que antes, pero no alcanzó a enderezar los brazos y se estrelló contra el suelo.

—¿También me perdí esa?

Leigh levantó la cara del suelo.

—Veamos cómo lo haces tú.

Miss Tree caminó hacia el árbol. Doblando la cintura y manteniendo las rodillas rectas, apoyó sus manos en el suelo, justo delante de los dedos de sus pies. Levantó las piernas, rectas como flechas, hasta pararse de manos. Alzó una de ellas e hizo una pirueta hasta quedar frente al árbol. Bajó las piernas con el mismo movimiento suave con que las había levantado y apoyó los dedos de sus pies sobre el tronco. Con la espalda recta como una regla, bajó hasta que su nariz rozó las puntas de las briznas de hierba. Volvió a levantarse y, para que Leigh no pensara que solo podía hacerlo una vez, hizo otra flexión con una inclinación perfecta, antes de volver a ponerse de pie.

—Tienes que ser igual de fuerte que yo, o más, si es que piensas atrapar al asesino de tus padres. ¿Estas dispuesta a esforzarte lo suficiente, el tiempo que sea necesario?

Unas lágrimas comenzaron a brotar de los ojos de Leigh.

—¿Por qué eres tan mala conmigo?

—¿Y tú crees que el asesino de tus padres será más amable?

Leigh giró para sentarse en el suelo con las piernas cruzadas.

—No. ¿Pero no podrías enseñarme estas cosas sin ser tan cruel?

—Lo intenté, ¿te acuerdas?, pero tú elegiste este camino.

Como si hablara consigo misma, Miss Tree prosiguió:

—Empiezo a darme cuenta de que quizá no pueda disuadirte de tu tonta obsesión.

—No es una tontería, ¿y si se tratara de tus padres?

Miss Tree la miró como si se hubiera olvidado que estaba allí.

—Es una tontería porque no estás preparada. Así que, si no puedo cambiar tu manera de pensar, lo más que puedo hacer es prepararte lo mejor posible. No estás tratando con gente agradable, Leigh, y si quieres sobrevivir tienes que ser tan mala y fría como ellos.

Los hombros de Leigh se hundieron mientras se sulfuraba. Miss Tree prosiguió:

—Eso tampoco te llevará a ninguna parte. Ni con los asesinos ni, desde luego, conmigo.

—¿Qué quieres que haga? —le preguntó Leigh, sin entusiasmo.

—Flexiones. Para eso estamos aquí. Empieza de rodillas, si es necesario.

Los dedos de Leigh se curvaron buscando la capucha de la

sudadera que no llevaba puesta y tratando de liberar la tensión que le provocaba su vergüenza.

Leigh y Miss Tree se pasaron la siguiente hora y media haciendo flexiones. Descansaban solo cuando Leigh ya no podía más, momento en el que Miss Tree le ordenaba girar sobre su espalda y hacer flexiones en V, levantando los brazos y los pies al mismo tiempo, uniéndolos en el centro sobre el ombligo. Miss Tree hacía cada uno de los ejercicios sin perder nunca la compostura. Leigh se veía ridícula, más simulando que haciendo ejercicio, con las rodillas dobladas y los brazos temblorosos, mientras le brotaban lágrimas de rabia y humillación.

—Suficiente por hoy —dijo Miss Tree, luego de que Leigh se cayera boca abajo por tercera vez consecutiva, intentando hacer las flexiones—. Vamos a ver lo entregada que eres. Quiero que en las mañanas, al mediodía y en las noches hagas todas las flexiones de codos y flexiones en V que puedas. Muy pronto nos daremos cuenta si no las estás haciendo o si te estás engañando sobre cuántas eres capaz de hacer.

Miss Tree se levantó y caminó de regreso a la mansión. Leigh se levantó también, pero no para seguirla.

—¿No vienes, querida?

A Leigh le dolía demasiado el cuerpo como para caminar, pero no quería que Miss Tree se diera cuenta.

—Me quiero quedar aquí un rato y pensar en lo que me has dicho.

—Como quieras —dijo Miss Tree, dándole la espalda—, pero no tardes. El almuerzo se servirá pronto y no comiste nada en el desayuno. Eso no es sano, ya lo sabes.

La ira se apoderó de Leigh, pero estaba demasiado adolorida como para hacer o decir nada. Una vez que Miss Tree desapareció de su vista, Leigh hizo lo único que quería hacer en los últimos veinte minutos. Tropezó con los arbustos y vomitó. Regresó tambaleándose al claro del bosque y se hizo un ovillo, con el estómago demasiado encogido para poder enderezarse y los brazos demasiado cansados para hacer algo más que cruzarlos sobre el pecho. Sollozaba por el dolor, tanto físico como emocional.

—¿Qué te pasa? —le preguntó el Pequeño Bodie, desvaneciéndose y flotando de espaldas a medio metro de la hierba.

—Vete —le dijo Leigh llorando.

—Está bien —dijo Bodie, encogiéndose de hombros.

Leigh tuvo necesidad de sentarse y luego lo buscó en el claro, pero ya no estaba.

—No —gimió—. ¡Eso no es lo que quiero! Por favor, regresa.

—¿Por qué las mujeres nunca se deciden? —dijo él. Con un destello azul se materializó a su lado.

Ella jadeó.

—¡¡Puedes dejar de hacer eso?!

Él ignoró su reacción y volvió a preguntar:

—¿Entonces qué te pasa?

—Miss Tree —fue todo lo que dijo.

Bodie gruñó.

—Ya lo sé. He observado.

Sonrió perversamente, al tiempo que la temperatura comenzaba a descender.

—¿Quieres que la tire por las escaleras?

Leigh sonrió al imaginárselo.

—Me encantaría ver eso, pero no.

Hizo una pausa y se quedó pensando.

—Lo que pasa es que no puedo decir si tiene razón o no. A lo mejor soy débil y me doy por vencida.

Bodie se burló.

—Claro que no lo eres. Has estado leyendo mi diario, así que sabes lo que tardé en acostumbrarme a mi nueva vida aquí. Tú te estás adaptando mejor que yo.

Leigh arrancó un poco de hierba con nerviosismo.

—Bodie, quería preguntarte algo, pero no quiero que te enojes.

—No me voy a enojar, pregúntame.

—Bueno, tu diario empieza después de que llegaste aquí. No escribiste sobre lo que pasó o dónde estabas antes. Sé que fue algo terrible y que pasó en Japón, pero no sé qué fue.

El aire se enfrió tanto que Leigh se estremeció. El aliento se le escapaba como si estuviera en un campo abierto y en pleno invierno. La hierba que rodeaba a Bodie se llenó de escarcha, mientras el aura azul pálido se volvía de un azul marino tan oscuro como nunca lo había visto. De vez en cuando chispeaba con púrpuras intensos, como el aura del Viejo Bodie cuando estaba furioso.

—No pasa nada —dijo Leigh, el miedo aflorando en su interior—. Si no quieres, no me lo digas.

A lo lejos retumbó un trueno.

—Nunca le he contado a nadie esa historia —dijo Bodie—, y una parte de mí no quiere hacerlo.

—Creo saber qué parte es esa —dijo Leigh.

Bodie sonrió levemente y asintió. De nuevo serio, le dijo:

—Pero de todos modos te lo diré.

—De veras, si no quieres no me lo cuentes.

—Sí quiero, hace mucho que no tengo un amigo con quien compartir algo. —En silencio, se sentó a pensar. Luego asintió y su color se volvió de un azul más agradable—. Quiero contarte.

Leigh se quedó callada. Si Bodie estaba decidido, lo dejaría contar la historia a su manera y en su momento.

—Mi padre, Bradford, era un gran hombre —dijo—. Al menos eso es lo que me contaron. Nunca tuve la oportunidad de conocerlo.

»Era capitán de uno de nuestros barcos, en la época en que Japón abrió algunos de sus puertos a los comerciantes norteamericanos. Papá estaba allí cuando la clase gobernante samurái, el Shogunato, firmó el tratado.

»Al estallar aquí en Estados Unidos la Guerra de Secesión, papá dejó la empresa durante un tiempo y sirvió como capitán en la Armada de la Unión. Por eso se casó muy tarde, a los treinta y cuatro años.

—Eso no es muy tarde —dijo Leigh.

—Lo es, porque en aquel entonces la gente moría a los cincuenta. Recuerda que yo nací en 1867. Las cosas eran muy distintas entonces.

Leigh guardó silencio, avergonzada por no haberlo pensado.

Bodie continuó su relato:

—Cuando terminó la Guerra Civil, papá renunció a su misión y regresó a la compañía. Años más tarde, en 1869, terminaba la guerra civil en Japón. La Corte Imperial le arrebató el control al Shogunato, y mi padre, gracias a su formación militar y su experiencia previa en Japón, fue allí personalmente para asegurarse de que el nuevo emperador, Meiji, respetara los acuerdos alcanzados entre Simmons-Pierce Shipping y el Shogun. Llevó consigo a su mujer y a su hijo de tres años, yo.

»Realmente no hay mucho que contar después de eso. Los samuráis fueron derrotados, pero no desaparecieron así nada más. Había mucho resentimiento contra los occidentales por la ayuda dada a Meiji. Mis padres fueron asesinados, como los tuyos. Me hicieron prisionero, con la esperanza de que pudiera servir como moneda de cambio o para pedir un rescate, pero no sucedió así.

—¿Qué pasó? —preguntó Leigh.

—El poder del Gobierno Imperial creció, así como las restricciones contra la clase samurái. Finalmente, no podían dejarme ir por temor a lo que pudiera contarles a las autoridades sobre ellos. No podían matarme porque eso provocaría una dura venganza. Me convertí en un ancla atada a sus cuellos. Me alimentaban poco y me utilizaban como esclavo. Cuando adiestraban a sus hijos en las artes del combate, les servía como saco de boxeo.

Bodie le sonrió con picardía a Leigh.

—La verdad es que aprendí a pelear bastante bien.

A Leigh se le pusieron los ojos saltones.

—Espera un momento. ¿Me estás diciendo que samuráis de verdad te enseñaron a pelear?

—No. Fueron sus hijos los que aprendieron a pelear. Yo aprendí lo que pude para sobrevivir. Nunca me enseñaron nada. Pero no importaba, porque aprendí a no dejar que se notara nunca que yo había ganado la pelea. Aunque tampoco podía hacer como que perdía fácilmente. Cada vez que sucedía cualquiera de esas dos cosas, mis amos adultos me golpeaban. Nunca se me permitió olvidar que yo era Gaijin, no japonés, inferior a los perros, las vacas, los cerdos. Inferior al barro.

Durante un buen rato, el Pequeño Bodie quedó pensativo. Como Leigh no podía acercarse a él para tocarlo, abrazarlo, consolarlo, hizo todo lo posible para hacerlo sentir bien, sentándose a su lado y respetando su silencio.

—Miss Tree tiene razón en una cosa —dijo al fin—. La forma en que te trata te hará más fuerte.

—Yo no quiero volverme más fuerte, por lo menos no así.

Los ojos de Bodie se agrandaron y brillaron con un resplandeciente azul diamante.

—También podría golpearla en la cabeza con un libro grueso.

A Leigh le hizo gracia su tono, porque sonaba como si se lo estuviera pidiendo.

—No, Bodie.

Él se abrazó las piernas y, apretando sus rodillas contra el pecho, apoyó allí la barbilla, sumido en un profundo pensamiento.

—Oye —le gritó, con la cabeza flotando fuera de sus hombros y planeando hasta llegar frente a ella—, tengo una idea.

Leigh cerró los ojos y un escalofrío desagradable recorrió su espalda.

—¡Pon la cabeza donde debe estar! ¡Ahora!

El cuerpo de Bodie se abalanzó hasta unirse a su cabeza.

—No sé si funcionará, pero...

Sin hacerle caso de lo que le dijo, Leigh abrió un ojo y luego lo entrecerró al decirle:

—¿Ya estás entero otra vez?

—Sí —gimió con ese sarcasmo único que solo un niño de once años puede lograr.

Abrió los dos ojos.

—No vuelvas a hacer eso, por lo menos no donde pueda verte. Pero, dime, ¿qué idea tienes?

—Bueno, ni siquiera sé si esto funcionará, pero... ¿recuerdas cuando te enseñé cómo volver a trepar por la ventana?

—Sí, me acuerdo —dijo Leigh con cautela. Fusionarse con Bodie no era uno de sus recuerdos favoritos.

—¿Qué tal si...? —dijo el muchacho con entusiasmo—, ¿qué tal si comparto contigo mis recuerdos de cuando estaba prisionero? Podrías enfrentar a Miss Tree si tuvieras más experiencia confrontando la crueldad. Es decir, te harías más fuerte sin tener que pasar por todo ese abuso para conseguirlo.

El corazón de Leigh se aceleró. Tenerlo dentro de su mente, cuerpo y alma era demasiado raro y asqueroso. No quería volver a experimentar esas sensaciones, pero de eso no se dio cuenta la primera vez. Bodie no se había apoderado de ella, no la poseyó, sino que había compartido su ser con ella, sin controlarla.

Mordiéndose el labio inferior, Leigh preguntó:

—¿Cómo lo haces?

Bodie se encogió de hombros.

—No sé cómo lo hago. Sé que puedo y ya está.

—¿Yo podría?

—Claro que no. No puedes meter tu espíritu en otra persona. Estás viva y lo sigues usando.

—Lo que quiero decir es que, mientras estás dentro de mí, ¿puedo yo darte algo también?

—Yo… no lo sé. Nunca se me había ocurrido eso, pero ahora que lo pienso no creo que debería saberlo.

Leigh puso cara de hastío, harta de esas respuestas crípticas.

—¿Es una de esas reglas que solo conocen los muertos?

—Sinceramente —dijo Bodie—, yo tampoco lo sé.

Leigh trató de enderezar su columna y echó los hombros hacía atrás. El dolor muscular era tan intenso que no pudo evitar expresarlo con una mueca. Ese dolor la hizo decidirse.

—Vamos a intentarlo, a ver qué pasa. Cuando termines, no te salgas de mi cabeza y trataré de darte algo.

Bodie se transformó en una bola de pura luz azul. Al principio era del tamaño de una llanta de camión, luego como un balón de basquetbol, una pelota de béisbol, una abeja. Como una bala se aproximó a la frente de Leigh y, antes de que estuviera preparada, sintió que él compartía su identidad. La esencia de su ser, todo lo que la hacía ser quien era, comenzó a helarse.

Conteniendo sus ganas de vomitar, cerró los ojos y se concentró todo lo que pudo.

—¿Estás aquí?

Un pensamiento en su cerebro le dijo: «Sí», pero no era su voz.

—¿Y ahora qué? —preguntó ella.

—Ahora puedo compartir contigo mis recuerdos, si los quieres.

—¿Me los quieres dar?

—Sí quiero, pero nunca lo he hecho. No sé lo que provocará, eso es todo.

—¿Eso me va a matar?

—No, estoy seguro de que no, pero no es como era antes. No te estoy compartiendo el recuerdo de cómo hice una cosa. Te estaré dando años de recuerdos. Malos recuerdos.

Leigh se retorció y apretó la mandíbula.

—Hagámoslo.

Su cerebro estalló en imágenes que parecían rugir como un río de aguas revueltas: noches de frío sin abrigo, días de calor abrasador trabajando en el campo, ansias constantes de comida, peleas brutales con chicos mucho mayores y más grandes que Bodie. Experimentando los recuerdos en su propia mente, observándolos desde su perspectiva, veía a los maltratadores mucho mayores y más grandes de lo que era ella.

La ira se apoderó de su ser al verse a sí misma crecer en los recuerdos de Bodie. Los muchachos ya no ganaban sus peleas tan fácilmente. Aprendió qué debía hacer, cómo moverse, pero al mismo tiempo sabía que, al final, siempre tenía que perder, permitir un último puñetazo o patada de su oponente para ponerle fin al combate.

Pero aún peores eran las palizas de los adultos. Eran brutales, constantes, y a menudo diarias. Al no tener forma de protegerse de ellas, su única salida era hacerse un ovillo y desconectar su mente para dejar de pensar por completo hasta que terminaran las palizas.

Un pensamiento recurrente la hacía creer que todo era una soledad angustiosa. Sentía la desgarradora nostalgia por una amiga. En esos dramáticos recuerdos, cualquier palabra amable habría significado mucho, pero nunca llegó. No pensaba en el futuro porque le parecía que sería igual de espantoso que el pasado. Día tras día le decían que no valía nada y empezaba a creérselo. Era tan grande su dolor, tanto físico como emocional, que una y otra vez gritaba, sin poder distinguir si sus gritos estaban dentro de su cabeza o si realmente ella estaba gritando con fuerza.

—¿Oye? —preguntó Bodie, dentro de su cráneo—. ¿Estás bien?

Los recuerdos se desvanecieron y se asentaron junto a los suyos, distantes pero presentes, como esquirlas que nunca podrían ser removidas. Se sentía igual, pero, al mismo tiempo, como una persona muy diferente.

—Estoy… estoy bien —balbuceó en voz alta.

—Me saldré —dijo Bodie—, en otro momento me puedes dar cualquier cosa que quieras darme.

—No, no estoy segura de volver a hacer esto. Es tan personal y duele mucho.

Cerró los ojos con fuerza y se imaginó de pie en su habitación.

—¿Me puedes ver?

Bodie se materializó frente a ella. No estaba bañado en azul, sino que lucía como un muchacho vivo.

—Sí te veo —dijo—, y has hecho que yo me vea como era antes de morir. Qué raro.

Leigh extendió las manos, con las palmas hacia arriba.

Las miró, asustada.

—No he tocado a nadie en más de cien años.

Un sollozo brotó de sus labios. Leigh lo agarró de los hombros y lo jaló hacia ella, abrazando su pequeño cuerpo.

—Lamento que te hayan pasado todas esas cosas terribles. Lamento no haber podido abrazarte cuando lo necesitabas. Lamento que hayas tenido esa vida y esa muerte. No te lo mereces. Eres mi mejor amigo y te quiero como a un hermano menor.

Como cualquier niño de verdad, se zafó de sus brazos. Tenía los ojos abiertos y llenos de asombro mientras se tocaba las mejillas.

—Caliente —jadeó—. Siento la cara caliente.

Leigh se rio de él.

—Te estás sonrojando. Yo también siento el calor.

Bodie dejó caer sus manos.

—¿Puedes sentir lo que yo siento? —preguntó Leigh.

Bodie asintió.

—¿Y te das cuenta de lo mucho que me importas?

Jugueteó tímidamente con un botón de su chaqueta y volvió a asentir.

—¿Quieres llevártelo cuando te vayas? ¿Quieres quedarte con esto?

Leigh sintió un escalofrío. Bodie volvió a tener su halo azul y desapareció.

Ella abrió los ojos y parpadeó frente al sol de la mañana. Con movimientos lentos y rígidos, impulsó su dolorido cuerpo hasta ponerse de pie. Le dolía, pero ese sufrimiento no era nada comparado con el de un niño pequeño, acurrucado en el suelo de un granero mugriento, exhausto, ensangrentado y magullado, buscando calor en una vaca. Lo que ella sufría no era nada.

Inclinando la cara para sentir la brisa, susurró:

—¿Bodie? ¿Todavía estás aquí?

Las hojas crujieron, pero ya desde antes lo hacían.

—Supongo que fue tan espeluznante para ti como para mí. Regresa cuando estés listo.

CAPÍTULO DIECISIETE

Devuélvemelas —exigió Leigh, de pie frente al retrato del Viejo Bodie.

La imagen pintada del Viejo Bodie giró su cabeza calva con barba blanca para mirarla con desaprobación. Leigh estaba descalza delante del cuadro, con un vestido negro hasta las rodillas, sin que le importara lo que el viejo fantasma malhumorado pensara de su aspecto.

Incapaz de sacarla de sus casillas con su sonrisa burlona, Bodie le preguntó:

—¿Qué es lo que dicen ustedes los jóvenes? ¿No me estés jodiendo? Qué expresión más rara.

—Devuélvelas —repitió Leigh, tratando de que no la distrajera.

—Sin ellas no se puede ir —le dijo con altanería el retrato del Viejo Bodie.

—Ese es el punto. Quiero que se vaya.

—Yo no quiero. Hay algo peculiar en esa mujer y quiero saber qué es.

—Pues entonces ella va a pedir prestado uno de los autos de la familia. Por si no te has dado cuenta, el garaje está lleno de autos.

—Oh, entonces agárralas —le dijo el viejo del cuadro.

Empezó a carraspear y a toser, hasta que con un ruido desagradable vomitó las llaves del auto de Miss Tree debajo del cuadro. Estaban cubiertas de una baba viscosa.

Leigh sintió un golpe de bilis en la garganta. Al ver cómo el anciano se limpiaba la baba de la barbilla con sádico regocijo, pensó que ella iba a vomitar.

Cerró los ojos y recordó cómo limpiaba una caballeriza con sus propias manos. Ese recuerdo le pertenecía al Pequeño Bodie, pero la forma en que él lo compartió hizo que también lo sintiera como suyo. Las llaves llenas de babas no eran tan asquerosas, después de todo. Leigh las recogió y las llevó hasta el escritorio de la secretaria, donde había una caja de pañuelos para limpiarlas.

—¿Por eso te la pasas molestándola? —le preguntó Leigh, mientras las limpiaba—. ¿Crees que hay algo sospechoso en ella?

—Sí —dijo el retrato.

—¿Y Marcus? ¿También hay algo raro en él?

—No. No me cae bien, eso es todo.

—¿Y eso por qué?

—Ese secreto no es mío.

—¿De quién es? —preguntó Leigh.

En cuanto las palabras brotaron de su boca, se arrepintió de su tono. Sonaba demasiado ansiosa, demasiado interesada. Un libro voló de uno de los estantes y pasó a centímetros de su cabeza.

—Eres una burra estúpida —bramó Bodie—. Si no te digo cuál es el secreto, ¿te parece que te diré de quién es?

Sabiendo que Bodie pudo haberla golpeado si hubiera querido, Leigh no les hizo caso a sus palabras y suspiró ante su comportamiento infantil. Recogió el libro del suelo y lo devolvió a su lugar.

—¿Y los demás? —preguntó—. ¿Qué hemos hecho para merecer que quiten las alfombras mientras caminamos sobre ellas o que muevan los vasos hasta el borde de la mesa, de donde seguro se caerán?

El hombre pintado soltó una carcajada.

—No han hecho nada. Lo hago porque estoy aburrido.

—Eres horrible —le dijo Leigh.

Un libro de los estantes se movió y se cayó.

—Será mejor que te vayas —dijo Bodie—, siento que mi puntería está mejorando.

Leigh frunció los labios frente al cuadro y levantó la mano para hacer una seña obscena. Al salir, escuchó más carcajadas. Desde el otro lado del vestíbulo escuchó a Miss Tree quejándose en voz alta con Tristin.

—Sé que la chica se las llevó.

Leigh se alegró de escuchar a Tristin defenderla.

—¿Qué prueba tiene de eso? ¿Qué prueba tiene de que alguien se las llevó? Las llaves se pierden todo el tiempo.

—Las mías no —dijo Miss Tree.

—Puede dejar de preocuparse —dijo Leigh cuando entró en el salón—, las encontré.

—¿Dónde estaban? —preguntó Myra, sin mostrar interés real.

—En el piso de la biblioteca.

—Eso es ridículo —dijo Miss Tree—. Hace días que no entro allí.

—Yo no dije que las perdiste allí —replicó Leigh—. Dije que allí es donde las encontré.

—Porque tú las pusiste allí.

—No, no fui yo.

—Mentirosa —le dijo Miss Tree.

Tristin hizo a un lado el *Financial Times*.

—No voy a permitir que la gente de esta casa se hable así, y menos después del funeral de Oliver.

Leigh enderezó su espalda y entrecerró los ojos mirando fijamente a Miss Tree.

—Está bien, tío Tristin. Allí fue donde las encontré, yo no las agarré. No me importa si me cree o no.

Miss Tree dejó de fruncir el ceño para arquear sus cejas, mientras la expresión de su rostro cambiaba del enojo a la perplejidad.

—Últimamente has cambiado —dijo, mirando a Leigh con desconfianza—. Estás más segura de ti misma. Menos preocupada por lo que los demás puedan pensar de ti. Tal vez necesito cambiar de estrategia.

Myra se burló.

—¿Otra vez? ¿Será que tu última táctica de tratarla con menosprecio y crueldad no fue lo bastante severa?

Miss Tree volteó hacia Myra como si acabara de darse cuenta de su presencia.

—En lo absoluto. De hecho, creo que nuestra relación puede haber llegado a su fin. Debes admitir que al parecer mis métodos han funcionado.

Leigh quedó absorta.

—¿No crees que necesito más terapia?

—Todavía hay algo que tenemos que resolver. Una especie de graduación —Miss Tree sonrió—. Lo voy a organizar y te informaré de los detalles.

Leigh hizo una mueca y rotundamente dijo:

—No es necesario que lo hagas.

Miss Tree la rodeó con un brazo.

—Pero yo lo quiero hacer, querida. Será una última sesión, una sesión especial, y te prometo que con eso habremos terminado. Siento que lo estás deseando.

Leigh quitó el brazo de Miss Tree de su hombro y se apartó.

—Está bien, como quiera.

Mientras salía de la habitación, Miss Tree sonrió como si fuera un gato de caricatura acechando a un ratón. Ese gesto le provocó a Leigh un escalofrío.

—Esa mujer es espeluznante —dijo Myra.

—Tremendamente espeluznante —coincidió Leigh.

—Ya cálmense —les dijo Tristin.

Myra se levantó, exhalando ruidosamente.

—Voy a ponerme algo menos sombrío.

Cuando se fue, Tristin volvió a su periódico. Leigh se dejó caer en una silla y comenzó a jalar los ribetes que adornaban el apoyabrazos. Con suavidad, preguntó:

—¿Todavía estás enojado conmigo?

—¿Enojado contigo? Yo nunca he estado enojado contigo.

Leigh le sonrió.

—Vamos, yo sé que lo estabas. Cuando le conté al investigador de la CBV que el señor Massy tenía un archivo del señor Figueroa en la caja de seguridad estabas enfadado, y tenías todo el derecho a estarlo.

De nuevo, Tristin hizo a un lado su periódico.

—De acuerdo, estaba muy enojado contigo. Lo que le dijiste a la CBV no tenía nada que ver con el uso de información privilegiada y, por lo tanto, no era asunto suyo. Después de algunos días, luego de lo que le pasó a Oliver y de lo que encontramos en tu teléfono, entendí por qué… bueno, no hay forma bonita de decirlo, nos traicionaste. Así que, sí, estaba enojado al principio, pero ya no. ¿Me crees?

—Sí, te creo. Gracias. Es que en ese momento me hallaba muy confundida. —Leigh se rio—. ¿Qué es lo que siempre dice de mí Miss Tree? Que estoy atribulada.

Tristin se rio entre dientes y volvió a tomar su periódico.

Leigh se armó de valor.

—Todavía estoy confundida. O sea, si ustedes no estaban investigando al señor Massy por sus negocios, ¿por qué lo hacían?

El rostro de Tristin se ensombreció y de un manotazo apartó su periódico.

—La verdad es que te pasas al insistir con eso. Nosotros, Marcus y yo, te dijimos que no tiene nada que ver con lo que les sucedió a tus padres. Es imposible. Ojalá confiaras más en nosotros y lo creyeras.

—Eso quisiera, no sabes cuánto. Pero no lo entiendes. Mamá y papá están muertos. No van a volver, eso ya lo sé. ¿Pero por qué tenían que morir? ¿Qué era tan importante para quien lo hizo? ¿Qué motivos tuvo? Esas preguntas son como grandes grietas abiertas en mi vida que cuanto más tiempo pasa y sin respuestas se vuelven más grandes. No las puedo olvidar. No sé cómo hacerlo.

El rostro de Tristin se suavizó.

—Nadie te pide que te rindas y mucho menos que lo olvides. Es una parte importante de tu vida y siempre lo será. Leigh, lo que has vivido te va a definir, pero depende de ti cómo te afecte. Te puede hacer más fuerte o te puede destruir, y ninguno de nosotros queremos ver tu vida consumida por promesas vacías a preguntas sin respuesta.

—¿Promesas vacías? —preguntó Leigh.

Tristin asintió.

—Sí, vacías, porque ninguna respuesta será jamás lo suficientemente buena. Nunca podrá tener sentido cuando se mida con el sufrimiento que causó.

Tristin gimió, cerró los ojos y se apretó los párpados con las yemas de los dedos. Apartando las manos, dijo:

—Mira, la contabilidad de Oliver Massy no cuadraba. Sus departamentos registraban pequeñas pérdidas donde deberíamos haber obtenido ganancias. Las ganancias que él registraba eran menores a las reales, que se veían reflejadas en unidades del negocio relacionadas con sus departamentos. Comenzamos a revisar algunas de sus finanzas personales. —Volteó a verla con un gesto de seriedad—. Esto es estrictamente extraoficial, por eso, te podrás imaginar la razón por la que no queríamos que la CBV se enterara.

Leigh asintió y Tristin continuó:

—Todavía hay algunas preguntas sin respuesta, tomando en consideración sus gastos personales y su reciente historia de inversiones. En ese sentido, sí, está vagamente relacionado con la investigación de la CBV, el dinero empezó a contabilizarse.

—No entiendo —dijo Leigh.

—Por supuesto que no. Se necesitó un equipo especial de contabilidad y una gran parte del tiempo de Marcus para darle sentido al fraude que Oliver estaba realizando con el dinero de la empresa. En términos sencillos, estaba malversando. ¿Sabes lo que eso significa?

—Robar.

—Sí. Pero dejemos esto hasta aquí, por favor. No había manera de que tu padre supiera lo que Oliver estaba haciendo. Y aunque lo hubiera sabido, no habría importado mucho. Tu padre trabajaba en investigaciones sobre el crimen organizado y asesinatos. Oliver nunca mató a nadie, sus delitos no involucraban a ninguna organización grande.

—Que tú sepas —le dijo Leigh.

—¡Ay, por el amor de Dios, Leigh! Rastreamos el dinero. Todo estaba ligado a él y solo a él. No hubo pagos a otros. Fue codicia personal, nada más.

—Para quien le disparó fue algo más —dijo Leigh.

Tristin suspiró:

—Sospecho que está relacionado con su actividad de comprar y vender valores financieros con información privilegiada, pero quizá eso nunca lo sepamos con certeza, del mismo modo que quizá nunca sepamos por qué mataron a tus padres. Leigh, es hora de que consideres esa posibilidad. No pretendo que eso sea fácil para ti. De hecho, sé que no lo será, pero puede que así termine siendo. Admiro tu lealtad y tu valentía, pero tienes que prepararte para lo que venga, bueno o malo. Espero que no sientas que soy muy rudo contigo.

Leigh se quedó pensativa.

—He hablado con tanta gente desde lo que pasó —dijo, dando detalles—. Generalmente se dividen en dos grupos, los que te dicen lo que quieres oír y los que se arriesgan a decirte lo que necesitas oír. Empiezo a darme cuenta de que los del segundo grupo son los que se preocupan por mí.

Tristin esbozó una débil sonrisa:

—Me alegra ver que lo entiendes, o que al menos intentes entenderlo.

—Creo que le dirías lo mismo a Myra si ella estuviera en mi situación. Estás haciendo lo mejor que puedes para tratarme como un padre. Puede parecer que me estoy poniendo difícil, pero no tienes idea de lo mucho que significa para mí lo que estás haciendo.

Tristin se aclaró la garganta.

Leigh se levantó para marcharse.

—Creo que yo también iré a cambiarme, antes de hacer que los dos lloremos.

Tristin también se levantó.

—Miss Tree tiene razón. Eres muy diferente a como eras cuando llegaste. Si de algo te sirve, estoy muy orgulloso de tus logros.

Ya en su habitación, Leigh se quitó el vestido y se puso su acostumbrado uniforme de pantalones de mezclilla, camiseta y sudadera con capucha. Se dirigió al área de estar en la terraza, se acomodó en una silla y pensó en lo que Tristin le había dicho sobre Oliver Massy, sospechoso de malversación de fondos. Al ver que Tristin hacía todo lo posible por ocupar el lugar que antes tenía su padre, los pensamientos contradictorios de felicidad y culpa seguía perturbándola, confundiéndola.

Se preguntó si Tristin o Marcus habían compartido con la policía lo que sabían sobre el desfalco del señor Massy. Se preguntó si ella se lo diría o no, si la oportunidad se le presentaba.

—Leigh —la voz de Myra llamó desde abajo—, es hora de cenar.

—Ahora bajo —gritó Leigh.

Se miró en el espejo. Unos ojos enrojecidos le devolvieron la mirada.

«Lloras demasiado», se dijo a sí misma, pero se preguntó si era ella quien lo decía o si esa observación era de esa nueva persona en la que Tristin y Miss Tree decían que se había convertido. Esa nueva persona en la que el Pequeño Bodie la había transformado.

Apretó sus dedos contra la frente y se echó hacia atrás el flequillo, lejos de la cara.

—¿Qué me has hecho? —le preguntó a la habitación vacía, exhalando con fuerza.

—¿Leigh? ¿Vienes?

Leigh apartó los ojos del espejo.

—¡Sí!

Se encontró con Myra un piso más abajo y juntas fueron a cenar con Tristin y Peg. La cena, muy tranquila y un tanto melancólica, se prolongó hasta el anochecer. La familia vio una película nada memorable, pero Peg y Leigh no quisieron terminarla. Una vez en la cama, Leigh estuvo despierta, mirando por la enorme ventana los árboles que se mecían con hipnótico movimiento entre la brisa nocturna. Se quedó dormida preguntándose si seguía siendo ella misma o era otra persona.

Un frío glacial la despertó. Los pilares de la cama estaban cubiertos de escarcha. Sabía que algo estaba mal. No era el Pequeño Bodie. Ya había sentido antes el frío de su ira. Esto era peor, más malévolo, perverso y mortal. En el fondo de su corazón, ella sabía que el Viejo Bodie iba a hacer algo terrible. Rodó fuera de la cama y bajó de puntitas por las escaleras cubiertas de escarcha. Caminó sobre el suelo helado hasta llegar a la puerta, que estaba cerrada a cal y canto, negándose a ceder a sus jalones.

—No puedes dejarme encerrada aquí —gruñó, mientras se esforzaba en abrirla.

Tiró con todas sus fuerzas, la puerta hizo un fuerte chasquido y se abrió, provocando que Leigh cayera sentada.

—Aléjate de mi camino porque si no… —le dijo el Viejo Bodie con tal violencia y una voz que hizo retumbar las paredes.

Leigh se levantó para asomarse en la oscuridad. Sus oídos se esforzaron por captar algún sonido, pero reinaba el silencio y solo escuchaba los latidos de su propio corazón. Con una lentitud como de miel que gotea, bajó las escaleras hasta el segundo piso. Repitió los mismos movimientos, asomó la cabeza para ver con un ojo la pared del pasillo.

Un resplandor púrpura, tan oscuro que apenas resultaba visible en la oscuridad, flotaba cerca de la parte superior de la escalera. El haz de luz verde de una linterna dibujaba la silueta del intruso que subía sigilosamente.

El resplandor de Bodie aumentó a medida que el intruso se acercaba al último peldaño. Bodie, cada vez más alargado y delgado, tomó una forma que ella conocía muy bien: la del propio Viejo Bodie, que brillaba con una malicia y un odio nunca vistos.

La figura que se acercaba quedó congelada en las escaleras.

—¿Quién es usted?

El Viejo Bodie se rio entre dientes:

—Soy la muerte.

—Yo seré el que te mate esta noche, viejo. Primero a ti, luego a la muchacha y después a todos los demás.

El hombre levantó la mano y un destello cegador, acompañado de un ruido sordo, llenó la mansión. Las balas atravesaron a Bodie y se incrustaron en la pared detrás de él, dejando un remolino de niebla en donde impactaron contra su cuerpo. Bodie soltó un terrible alarido, que hizo a Leigh llevarse las manos a los oídos.

En las habitaciones de ese piso, otras voces gritaban y exigían saber qué pasaba.

Leigh observó aterrorizada cómo la forma humana de Bodie se transformaba en algo que parecía salir directamente del infierno. Era más esqueleto que carne, con la ropa hecha jirones por los largos años pasados en la tumba.

—¿Qué eres? —gritó el intruso—. ¡Aléjate... aléjate de mí! —El arma se disparó una y otra vez.

Atrapada detrás de una puerta misteriosamente cerrada, Peg gritó.

Bodie bajó a toda prisa por las escaleras y se metió en el cuerpo del hombre armado. Los pies del intruso, calzados con botas, se desprendieron de los escalones y se estrelló contra la pared que estaba a un lado. Se movía tan aprisa que Leigh estiraba el cuello tratando de seguir la trayectoria, hasta que el hombre voló por los aires y su cara impactó contra el techo.

—No, no lo hagas —gritó Leigh, pero sus súplicas fueron inútiles.

Las puertas de los dormitorios cimbraron, pero no se abrieron.

—¿Qué diablos está pasando? —gritó Tristin—. ¿Leigh? ¿Estás tú ahí afuera? ¡Dígame alguien qué está pasando!

El maligno resplandor púrpura mantuvo al hombre incrustado en el techo. Cuando desapareció, el cuerpo del hombre cayó estrepitosamente, provocando un crujido exasperante al pie de la escalera. Como un relámpago maligno, el aura púrpura de Bodie envolvió al cuerpo, lo elevó hacia el techo y lo dejó caer de nuevo. El intruso no se movió. Nada se escuchó. Eso no evitó que Bodie lo arrastrara nuevamente hasta el techo y lo dejara caer por tercera vez. La niebla púrpura se elevó hasta ser absorbida por el techo y desapareció.

Tristin salió de su habitación en pijama y con un revolver en la mano.

—¿Qué está pasando aquí?

Al ver a Leigh, le apuntó con el revolver. Ella gritó.

Tristin bajó el arma y Peg salió sigilosamente de la habitación para acercarse a su lado.

La puerta de la habitación de Myra se abrió de golpe, y ella corrió hasta el final del pasillo, donde golpeó con furia el interruptor de la luz. Lo primero que llamó su atención fue la pulpa ensangrentada de un cuerpo al pie de la escalera y, haciendo ruidos de náuseas, se tapó la boca.

Peg corrió hacia su hija y la estrechó entre sus brazos, protegiendo su rostro de la espantosa visión.

—Leigh —gritó—, ¿qué has hecho?

Desconcertada, Leigh balbuceó:

—Yo… No… No… Él tenía un arma y…

—¿Un arma? —preguntó Tristin asustado.

Salió disparado escaleras abajo, apuntando con su propia pistola al cuerpo sin vida.

—Hay una pistola aquí, detrás de esta maceta. ¿Quién es este hombre? ¿Qué quería?

Volteó a ver a su familia y gritó:

—¡Peg! Llévate a las niñas a nuestro dormitorio y llama a la policía. Voy a mi oficina para llamar a seguridad. ¿Dónde demonios están?

Peg llevó a Myra al dormitorio y abrazó a Leigh en el camino. Leigh volteó a ver la terrible escena y vio un tenue resplandor púrpura en la biblioteca, antes de que la puerta se cerrara con un silencio imposible de creer.

El equipo de seguridad de Tristin llegó en cuestión de segundos y se encerraron en la habitación principal. Leigh escuchó el berrinche de Tristin, reclamándoles por su ausencia en el momento que se les necesitaba. Los guardias trataron de disculparse, entre balbuceos, pero no lograron articular palabra alguna. La policía no tardó en aparecer, con sirenas y luces atravesando la noche. Leigh hizo un esfuerzo para escuchar cómo un Tristin más tranquilo explicaba lo sucedido. Pero cuando alguien mencionó a Leigh, él estalló aún más, negándose a permitir que hablaran con ella sino hasta la mañana siguiente.

Apagada y frágil, escuchó la voz de Ty. Bajó de la cama y se acercó a la puerta.

—Leigh —dijo Peg—, no hace falta. Lo que necesiten saber puede esperar hasta mañana. Necesitas tiempo para recuperarte.

—Está bien, tía Peg. Ty es un amigo. Prefiero hablar con él que con un desconocido.

—¿Quieres que vaya contigo? —preguntó Myra.

—No, quédate con tu mamá. Tristin está abajo y además… —Leigh encogió los hombros— se trata de Ty.

—Si nos necesitas —dijo Myra—, estamos aquí.

—Lo sé, ustedes han estado desde el día que llegué.

Las débiles sonrisas de Myra y Peg le hicieron sentir que lo entendían.

Con todo el coraje que pudo reunir, bajó las escaleras y pasó al lado del bulto de carne, que alguna vez fue una persona, cubierto por una sábana. Cayó en la cuenta de que estaba descalza, solo con una camisa de dormir, y que estaría rodeada por muchos desconocidos. Ese pensamiento desapareció tan pronto como le había llegado, porque al fin de cuentas su aspecto ante esa gente no era lo importante. Al menos no tanto como para dejar de averiguar quién era esa persona y qué buscaba.

—Leigh —dijo Tristin al verla—, regresa arriba, no hay nada que hacer esta noche que no pueda esperar hasta mañana.

Todos hacían lo posible por no voltear a verla. Algunas de las miradas de reojo estaban llenas de simpatía. Otras parecían de miedo. Unas pocas reflejaban asco y repulsión. La alarmante verdad la golpeó como un mazo. Pensaban que ella había matado a ese hombre. En defensa propia o premeditadamente, todos estaban convencidos de que era una asesina de dieciséis años.

—Quiero aclarar todo esto —le dijo Leigh a Tristin—. En tanto sea Ty con quien hable y con nadie más.

Ty salió de la oficina de Tristin. Sin esperar a que lo reconocieran, dijo:

—Siempre seré yo, cariño. Cuando estés lista, allí estaré.

—Estoy lista ahora. No tiene sentido posponerlo.

—Entremos allí —dijo Ty, señalando la biblioteca.

—No —jadeó Leigh, tratando de ocultar su miedo—. Ahí no.

Miró a Tristin.

—¿Podemos usar tu oficina?

—¿Te parece bien? —le preguntó Tristin a Ty, con cierta desconfianza por su reticencia.

—Bueno —dijo Ty—. No parece que el intruso haya estado allí. Cualquier cosa que estuviera buscando, se hallaba arriba.

La cara de Tristin perdió su color.

—No hay nada arriba, excepto los dormitorios de la familia.

—Yo —dijo Leigh.

—¿Qué fue eso, nena?

—Yo. Antes de que se cayera dijo que iba a matarme y luego a los demás, como si el objetivo fuera yo y el resto solo le estorbara.

La respiración de Ty brotó con un silbido fuerte.

—De acuerdo. Pasa. Siéntate y cuéntame qué ha sucedido.

Leigh contó que se había despertado con frío.

—La puerta principal estaba abierta de par en par —explicó Tristin—. La alarma se hallaba apagada manualmente. Quienquiera que fuera ese hombre, conocía la clave.

Ty asintió y volvió a prestarle atención a Leigh. Ella contó lo que había visto y oído. Cuando llegó a la parte en la que Bodie estaba en lo alto de las escaleras, las mentiras comenzaron.

—Yo creo que fue mi sombra lo que vio —dijo, muy segura de sí misma.

—¿Y cayó por las escaleras? ¿Es eso lo que estás diciendo? —preguntó Ty.

—Ella ya dijo que eso fue lo que pasó, detective —dijo Tristin, para protegerla del interrogatorio.

—La he escuchado —dijo Ty, con un tono de voz mucho más severo de lo que ella estaba acostumbrada a oír de él—. El asunto es que el examen preliminar del cuerpo indica que tendría que haberse caído por esas escaleras una docena de veces para hacerse ese tipo de heridas.

Miró con frialdad a Leigh.

—¿Y de dónde venía la luz que proyectaba tu sombra en la pared que de arriba de la escalera? Si la luz estaba detrás de ti, entonces tu sombra habría estado por el pasillo.

—Yo… no tengo idea. Todo lo que sé es lo que ya te dije.

—Creo que hemos terminado —dijo Tristin.

—Aún no terminamos —gruñó Ty—. Acabamos de empezar y continuaremos hasta que obtengamos respuestas que tengan sentido.

—Leigh, ¿tienes puesto lo que llevabas cuando por primera vez bajaste por las escaleras? —preguntó Ty.

—Sí, ¿por qué?

—Alguien golpeó a este hombre hasta matarlo. Lo hizo de una manera terrible. Si tú lo hubieras hecho te habrías llenado de sangre. Vamos a tener que revisar tu habitación.

Los ojos de Leigh se abrieron de golpe.

—¿No me crees?

—Ya no sé qué creer. Dijiste que se cayó por las escaleras, pero eso no puede ser cierto. No explica el tipo de heridas, y por supuesto tampoco explica por qué hay manchas de sangre en el techo, justo encima de donde se encontró su cuerpo en el suelo.

—¿Tal vez salpicaduras? —sugirió Tristin, tratando de ofrecer una explicación razonable.

—No. Las salpicaduras se ven diferentes. Eran manchas. Las mismas que se verían si presionaras una esponja empapada de pintura contra una pared.

Leigh cerró los ojos. El recuerdo del cuerpo rebotando en el techo antes de caer en el suelo, una y otra vez, le producía náuseas.

Sabía que si se atrevía a mencionar al Viejo Bodie sería como admitir que ella lo había matado y, además, que estaba loca.

—No sé qué decirte. Subió las escaleras y vio, no sé. Creí que era mi sombra, pero usted dice que no fue así. Disparó su arma sobre el vacío. Una y otra vez la disparó. Después, como que se cayó.

Leigh permaneció callada, mientras su mente daba vueltas repitiendo la escena, luchando por inventar mentiras creíbles.

—Su arma —dijo, haciendo un esfuerzo por evitarlo—. Vi que la disparaba, pero solo escuché un rumor de aire.

—El arma tenía silenciador. Podemos estar seguros de que lo enviaron aquí para matar a alguien.

—¡A mí! —jadeó Leigh—. Vino a matarme. Recuerda lo que dijo. «Primero la muchacha». Alguien sabe que he estado fisgoneando y tal vez piense que he descubierto algo. O que papá me dijo algo, no lo sé.

—¿Lo hizo? —le preguntó Ty para presionarla—. ¿Tu padre dijo algo acerca de lo que estaba investigando?

—Ya te había dicho que no.

—Creo que ya fue suficiente por esta noche —dijo Tristin.

Ty se le quedó viendo a Leigh, estudiándola.

—Sí —dijo—, por ahora es suficiente.

Sintió el tono de duda y desconfianza en la voz de Ty como si fuera una bofetada. Sus mejillas enrojecieron. Abrió la boca para responder agresivamente, pero se contuvo y apretó su labio inferior con los dientes.

—Al diablo con esto —dijo, levantándose del sofá.

Salió de la biblioteca y pasó al lado de los forenses, quienes la miraban con desconfianza. Enderezando la espalda, Leigh se mordió de nuevo el labio y siguió de largo. Una mujer vestida con un traje azul marino y con un bolso grande, que llevaba una placa y una pistola en el cinturón, la siguió de cerca. Leigh no se dio cuenta y se encaminó hacia su habitación. Lanzó un bufido de burla cuando encontró el camino bloqueado por una cinta amarilla de la policía y una agente que montaba guardia.

Leigh se dio la vuelta.

—Quiero ir a mi habitación.

—Lo siento —dijo la oficial detrás de ella—. Tenemos que revisarla. Ya hablamos con tu prima Myra y te quedarás con ella esta noche.

—¿Ah, sí? ¿Decidiste qué es lo que voy a hacer y dónde?

—Yo no lo decidí —dijo la mujer—. Fuimos todos. Lo hablé con la señora Simmons que es tu tutora legal, y ella estuvo de acuerdo en que esa era la mejor opción.

—¿Es eso un hecho? —dijo Leigh, alzando la voz—. ¿Y qué otra alternativa hay? Quizá prefiera la otra opción.

—Lo dudo —dijo la policía—. Puedes cooperar o pasar la noche en el reformatorio, o tal vez varias noches. —La oficial se inclinó hacia ella—. Ahórranos la molestia de llevarte cuando averigüemos que nos estás mintiendo.

—¿Así que ustedes creen que yo hice esto? —dijo Leigh, sin dejar de gritar.

—No lo sé. Lo único que veo es que tu historia y las pruebas físicas no coinciden. Estás mintiendo en algo. En mi experiencia, eso es lo que hacen los culpables. Mienten.

—Está bien —dijo Leigh—, voy a decir la verdad.

Leigh miró a la mujer con ojos impacientes.

—El frío me despertó. Bajé a este piso, como ya lo dije. El hombre subía por las escaleras. Uno de los fantasmas que rondan este lugar se hallaba de pie en el rellano superior. El hombre le disparó al fantasma, quien lo levantó y lo lanzó al piso. El fantasma lo hizo una y otra vez.

Leigh cerró los ojos y se estremeció, porque el recuerdo era implacable.

—Fue horrible.

La policía cruzó los brazos sobre el pecho.

—Si yo fuera tú, me quedaría con esa primera historia disparatada. De otra manera, te llevaremos al hospital del condado y, créeme, el reformatorio es mejor que ese lugar.

—Lo sé. He estado allí —dijo Leigh, en voz baja.

La policía asintió.

—Bien —dijo con suavidad—. ¿Te importaría acompañar a tu prima?

Leigh se dio la vuelta y encontró a Myra apoyada en el marco de su puerta abierta.

—¿Cuánto tiempo llevas ahí? —le preguntó Leigh.

Myra sonrió.

—El tiempo suficiente como para darme cuenta de que tú sigues siendo la misma.

Leigh le devolvió la sonrisa.

—No importa en cuántos problemas me meta, siempre me haces sentir mejor.

—Para eso están las hermanas —dijo Myra—. Vamos. Tengo un viejo camisón para ti.

Leigh frunció el ceño y jaló el camisón.

—Dormía con esto antes de todo el alboroto.

—Tengo que embolsarlo y llevármelo —dijo la mujer policía.

La cara de Leigh se quedó como piedra debido a su ira. Con un fuerte jalón se levantó la camiseta y se la puso encima de su cabeza. Se la ofreció a la policía, gruñendo:

—¿Quieres también mi ropa interior?

Los labios de la mujer se endurecieron con impaciencia, pues las bravuconadas de Leigh no la impresionaban. Leigh se dio cuenta de cómo la lengua de la mujer recorría sus dientes por debajo de sus mejillas, haciendo un bulto. La agente rebuscó en su mochila y sacó una gran bolsa de plástico para guardar las evidencias.

La abrió y dijo:

—No será necesario.

Leigh metió la camisa en la bolsa y pasó al lado de Myra, quien la siguió, cerrando la puerta tras de sí.

—No sé si estoy horrorizada o impresionada —dijo Myra.

Leigh la ignoró.

—¿Tienes algo para ponerme?

—En la esquina de la cama.

Llena de un repentino arrebato de pudor, Leigh se puso el camisón sobre la cabeza. Parecía como si lo hubieran sacado de una vieja película del oeste.

—¿Es tuyo o de tu abuela?

—Es la última prenda de ropa que me compró papá. Creo que mamá le dijo amablemente que no tenía la menor idea. De cualquier manera, hay una cosa de la que puedes estar segura.

—¿De qué cosa?

—Está limpio, porque nunca me lo pongo —dijo Myra, mientras retiraba los cobertores—. ¿Crees que vas a poder dormir?

—No sé —dijo Leigh, ya en la cama—. Sigo bastante asustada, pero entre más me calmo más sueño me da.

Myra apagó la luz.

—Ya lo creo.

Recostada, quieta y en silencio, Leigh trató de conciliar el sueño, pero los suaves sonidos y movimientos en la habitación superior oprimían sus nervios, como un suéter que le picara.

—¿Myra? Si te dijera que es cierta la historia de que el Viejo Bodie mató a ese hombre, ¿me creerías, ¿verdad?

Leigh sintió que Myra se daba vuelta para mirarla. Con la escasa luz de la luna que entraba en la habitación, vio la silueta de Myra apoyada en un codo.

—No, Leigh, no te creería. Pero tampoco me apresuraría a no creerte, como lo harán los demás. Por eso, aunque eso es lo que crees que pasó, es mejor que te lo guardes para ti.

Leigh se acurrucó bajo las mantas.

—Me gusta mucho que siempre seas sincera conmigo. No dejes de serlo nunca.

—Te lo prometo —le respondió Myra, recostándose de nuevo—. Pero ¿harías algo por mí?

—¿Qué?

—Comienza a reflexionar en lo que haces y dices antes de meterte en problemas y no después, cuando tienes que pagar los platos rotos.

Leigh soltó una risita.

—Puedo intentarlo.

En pocos minutos se quedó dormida.

CAPÍTULO DIECIOCHO

Por qué hace tanto frío aquí? —preguntó Miss Tree con un tono irónico.

Leigh levantó la cabeza, sorprendida al ver a Miss Tree de pie, junto a la cama de Myra, quien ya se había ido.

—¿Qué demonios haces aquí, en la habitación de Myra? —dijo Leigh, enfurecida.

—Sacarte de la cama para la terapia matutina.

Leigh gruñó, dándole la espalda.

—¿Me vas a torturar con ejercicios? Yo pensé que ya no había nada entre nosotras.

—Así era. Pero eso fue antes de que asesinaran a un hombre y de que tú fueras la única testigo. Lo más probable es que hayas sido tú.

Leigh hizo las sábanas a un lado y saltó de la cama. Señaló con el dedo a Miss Tree y gritó:

—¡Eso es mentira! Se lo dije a Ty y a Tristin, y ahora te lo digo a ti: yo no fui.

Miss Tree sonrió.

—En realidad, te creo. Tú no tienes lo que se necesita para matar.

—Ni lo deseo —aclaró Leigh.

—¿Aunque se tratara de las personas que asesinaron a tus padres?

Un escalofrío recorrió la espina dorsal de Leigh.

—Eres horrible. Pero no, ni siquiera a ellos. Quiero que los arresten. Quiero que se enfrenten a un tribunal. Quiero que los encierren. Quiero ver sus caras cuando se dicte la sentencia.

Miss Tree se rio para sí misma.

—Bueno, nunca verás ese día si no puedes seguirme el ritmo. Depende de ti. Puedes intentarlo o desertar. Otra vez.

Miss Tree se fue y dejó muy enojada a Leigh, quien subió a su habitación. Abrió de par en par la puerta del armario y entró a cambiarse. El aire estaba tremendamente frío y Leigh se rodeó los brazos con las manos.

Frotó sus brazos para entrar en calor y dijo:

—¿No podías haber hecho algo mejor que convertir la casa en un refrigerador?

—¿Como qué? —dijo Bodie, desde afuera del armario.

Leigh asomó la cabeza por detrás de la puerta. El Pequeño Bodie estaba de espaldas al armario. Ella no sabía dónde se metía cuando no lo podía ver y no era la primera vez que se preguntaba si no la estaría espiando cuando no debía. Esa idea la incomodaba, pero, por alguna razón, no tanto como si se tratara de una persona viva. Lo único que ahora sabía es que no la estaba espiando y, por eso, sentía que podía confiar en él, aunque no lo pudiera ver.

—No lo sé —dijo ella, con menos intensidad—. ¿Qué tal si no dejas entrar a Miss Tree a cualquier habitación donde yo esté sola? Nunca, a menos que yo le abra la puerta.

—Lo puedo hacer —dijo Bodie—, pero sería más fácil tirarle una estantería encima.

La visión del asesino rebotando del suelo al techo pasó por su mente.

—No —susurró—. No le hagas daño, simplemente no la dejes entrar.

Bodie se encogió de hombros. Leigh no sabía qué decir en los momentos en que él no quería hablar.

—Tengo que irme —le dijo, cuando el silencio se hizo incómodo—. ¿Podemos hablar más tarde?

Bodie soltó una risita.

—Ni que me fuera a ir a algún otro lado.

Vestida con pantalones cortos y una de las camisetas de policía de su padre, que se había encogido al lavarla, bajó las escaleras para enfrentarse a Miss Tree. Al salir por la puerta principal la encontró al otro lado del jardín discutiendo acaloradamente con Nacho. Estaba demasiado lejos como para escuchar lo que decían, pero por la exasperación de él, Miss Tree llevaba las de ganar.

Leigh se acercó a con la intención de detener la agresividad de Miss Tree hacia Nacho.

—¡Oye! ¿Qué está pasando?

Miss Tree levantó las cejas.

—Si no lo sabes es porque se supone que no debes saberlo, así que dedícate a tus asuntos, por favor.

—Es un asunto mío —expresó Leigh—. Nacho trabaja para la familia y yo soy parte de la familia. Y ya que estamos en eso, déjame recordarte que tú también trabajas para la familia.

Los labios de Miss Tree se curvaron con una sonrisa condescendiente.

—Qué simpática eres, tratando de hacerte la mayorcita. Todo un fracaso, por supuesto, pero simpática.

—No hay necesidad de ser así —le dijo Nacho.

Miss Tree le lanzó una mirada mordaz.

—Yo no te digo a ti cómo podar un arbusto. Así que no me digas a mi cómo dirigir mis sesiones de terapia. Supongo que tienes mucho que hacer, entonces ponte a trabajar.

Leigh vio que a Nacho le temblaban los músculos de la mandíbula cuando apretó los dientes para no contestar. Escuchó el sonido del césped bajo sus botas, mientras observaba su figura nerviosa y tensa retirarse al garaje. Al verlo caminar, sus ojos se iluminaron con una súbita revelación.

—No eres nada —le dijo a Miss Tree.

—¿Qué dices?

—Te dije que no eres nada. Nada, sino una acosadora. Tal vez era eso lo que estabas tratando de enseñarme: que no eres más que una cruel y patética acosadora, y que yo no tengo por qué aguantarte.

—Oh —siseó Miss Tree—, pero lo haces. Mira, tu tío Tristin es el que me paga, no tú. Yo trabajo para él, no para ti.

—No seguirás trabajando para él después de que le cuente lo que nos has estado haciendo a mí y a algunos empleados. Además, no tengo por qué aceptarlo. Puedo elegir. Puedo irme y ya está. Ni tú, ni Tristin, ni nadie me puede obligar.

Miss Tree cruzó los brazos sobre el pecho.

—Vaya, vaya, vaya. Mira quién se ha envalentonado. Nunca creí que fueras a defenderte.

—No me importa lo que pienses. Para mí no eres lo suficientemente importante, así que no voy a darte ese tipo de poder. Creo que eres horrible y hasta aquí llegamos.

Al igual que Nacho, dio la media vuelta y dejó a Miss Tree sola. Podía escucharla reír.

—Eres más dura de lo que pensaba —dijo Miss Tree a sus espaldas—. No lo suficiente, desde luego. No lo necesario como para atrapar a los asesinos de tus padres, pero sí más de lo que me imaginaba.

Furiosa, Leigh entró en la casa, tan nerviosa y descontrolada que chocó con Myra, quien iba saliendo.

—Vi que pasaba algo —dijo Myra— y salí para ayudar.

—Estoy bien —dijo Leigh. Miró por encima del hombro y añadió—: estoy más que bien. He terminado con esa mujer.

A Myra se le iluminó la cara de orgullo.

—Bien por ti. Te dije que era malvada.

—Yo no sé lo que es. No sé si honestamente estaba tratando de ayudarme o algo así. De todas maneras, ya no la necesito.

Myra entrelazó su brazo con el de Leigh y la llevó hacia la cocina.

—¿Qué tal si nos servimos algo de comer, preparamos unas bebidas y nos pasamos todo el día bronceándonos bajo el sol en el río?

—No se me ocurre nada más perfecto.

Tristin las esperaba cuando regresaron por la tarde.

—Quisiera hablar contigo —fue todo lo que le dijo mientras se dirigía a su oficina, esperando que Leigh lo siguiera.

—Cierra la puerta, por favor —le dijo.

A Leigh se le revolvió el estómago. Sentía que se hallaba en problemas por su discusión con Miss Tree, pero no estaba dispuesta a que Tristin la forzara a disculparse o, peor aún, a que continuara con la sádica terapia de Miss Tree.

—Miss Tree nos abandonó —dijo Tristin, sin preámbulos.

Los ojos de Leigh se agrandaron y en su rostro apareció un gesto de preocupación por lo que se veía venir.

—¿Te dijo… algo?

—Dijo que estaba convencida de que no podía hacer nada más por ti. No pude hacer que dijera algo más, por lo que no sé si ella cree que estás lista para arreglártelas sola o si eres demasiado testaruda para continuar. Sé que han discutido esta mañana. Cuéntame.

Tristin no le estaba preguntando. A Leigh la invadió el temor de haberse metido en un lío.

—Estaba regañando a Nacho por algo —explicó Leigh—, así que le dije que no se metiera con los trabajadores. La contrataron para hacerme la vida imposible a mí, no a los demás.

El cuerpo de Tristin se puso tenso de ira.

—Ella no estaba aquí para arruinarte la vida, sino para ayudarte a sobrellevar la situación, y creo que lo logró. Tienes que admitir que no eres la misma que al comienzo.

Aunque Tristin hablaba de Miss Tree, sus palabras hicieron que Leigh conectara con el Pequeño Bodie y su regalo de recuerdos.

—No sé qué tanto tuvo que ver ella con eso.

Tristin sacudió la cabeza, con los ojos entrecerrados por la impaciencia.

—Esa es una actitud bastante egoísta. Francamente, estoy decepcionado.

Leigh soltó un gritó ahogado.

—Papá me dijo eso una vez —dijo con voz suave—. Nunca pensé que algo pudiera doler tanto. Decir que lo siento no es suficiente. Pero no por Miss Tree, que nunca me gustó ni me gustará. Siento haberte decepcionado. Si sustituyes a Miss Tree, te prometo que me esforzaré más.

Tristin aclaró su garganta:

—Miss Tree no cree que necesites otra terapeuta. Me recomendó que te diera un par de meses para ver cómo te va sola.

Leigh levantó sus cejas, sorprendida.

—¿Por qué no vas a tu habitación y descansas? —le dijo Tristin—. La cena estará servida en treinta minutos.

Leigh se dio vuelta para marcharse. Al abrir la puerta, la voz de Tristin la detuvo en seco.

—Leigh, el hecho de que no me guste cómo te has comportado

en esta situación concreta no significa que no te aprecie en general. Creo que eres una joven maravillosa.

Leigh miró a Tristin por encima de su hombro y sonrió.

—Eso es más o menos lo que decía mi padre. Yo… —Hizo una pausa, dudando si estaba preparada para expresar lo que sentía. Decidió que sí y le dijo—: Yo también te quiero.

Se quedaron mirando entre ellos, sin saber qué hacer ni a donde ir. En ese momento, sonó el teléfono.

—Tristin Simmons —dijo Tristin al contestar.

—¿Nacho? Más despacio. ¿Cómo que tenemos que salir de la casa? ¿La policía ordenó que nos fuéramos a un lugar seguro? Danos veinte minutos. Nos vemos en la entrada, pero no nos iremos sin tener antes una mejor explicación.

Capítulo Diecinueve

Nacho condujo la gran limusina más allá de las puertas de la mansión, internándose entre los tonos ocres del atardecer. En la casa, mientras la familia se congregaban, Leigh trató de decir algo, una disculpa, un comentario, una muestra de frustración, lo que fuera, pero se dio cuenta de que todos los demás estaban luchando con sus propias interpretaciones de lo que estaba sucediendo. Myra tenía fija la mirada en la luz mortecina del exterior, mientras que Tristin y Peg se tomaban de la mano, con los ojos perdidos en el horizonte.

—Leigh, nada de esto es culpa tuya —le dijo Peg, sorprendiéndola.

—¿Qué? No, no estaba pensando en eso. Yo…

Leigh miró hacia abajo y descubrió que pasaba su pulgar sobre una de las cicatrices de su muñeca. No se esforzó por ocultarlas y dijo:

—Creo que he adquirido la mala costumbre de hacerlo cuando estoy nerviosa. Ahora estoy nerviosa. Pero sé que nada de esto es culpa mía. La culpa es de quien nos está haciendo esto, no mía.

Tristin hizo todo lo posible por tranquilizarla con una sonrisa cansada.

—Has recorrido un largo camino en muy poco tiempo. Estoy seguro de que Myra te ha dicho que puedo ser un tanto reservado cuando se trata de elogiar, pero estoy orgulloso de ti.

Giró la cabeza en dirección de Myra.

—De las dos, son unas jóvenes increíbles.

Sin dejar que ninguna de las dos respondiera, Tristin dirigió su atención hacia Nacho.

—Dime otra vez, ¿por qué se supone que debemos ir contigo?

—Como ya les dije —explicó Nacho—, llamó a la mansión el detective que ha ido un par de veces. El grande.

—¿Ty? —preguntó Leigh—. ¿El detective Tyrone Milbank?

—Exacto, él mismo. En fin, llamó para decirme que quería que llevara a toda la familia a un lugar seguro. Me dijo que si enviaba a la policía parecería sospechoso. Después de lo que pasó la otra noche, hay muchos periodistas y paparazis merodeando. Me dijo que los llevara a todos por esta carretera, donde en medio de la nada se supone que nos encontraremos con una escolta armada.

—Me suena algo sospechoso —dijo Myra.

—Pienso igual —dijo Leigh—. ¿Seguro que era Ty?

—Sonaba como él. Hablaba como un policía, también. Dijo que averiguaron algunas cosas del tipo que vino a dispararle a todo el mundo. Que era parte de un grupo y que iban a seguir intentándolo. Se supone que yo tengo que llevarlos para que parezca una salida normal por la noche, luego nos reuniremos con la policía y ellos harán el resto. Eso es todo lo que sé.

En el espejo retrovisor se dibujó la amplia sonrisa de Nacho.

—¿Qué te parece, Peg? —preguntó Tristin.

—Estoy de acuerdo con las muchachas. No da confianza. Tal vez deberíamos regresar e ir directamente a la comisaría. Allí podemos resolverlo todo.

—Miren —dijo Nacho—, el lugar donde tenemos que encontrarnos está justo allí adelante. No pasa nada si vamos. Si veo algo raro, les aseguro que seguiré de largo. Los embestiré, si es necesario, pero no creo que lleguemos a eso. Además, ¿quién va a saber que estamos tratando de llegar a un lugar seguro? Solo ustedes y la policía. Ni siquiera yo lo sabía, hasta que ese policía Ty se comunicó conmigo.

—De acuerdo —dijo Tristin—. Seguiremos el viaje, pero no te detengas a menos que yo te lo ordene.

—Claro —dijo Nacho, en un tono demasiado optimista para el gusto de Leigh. Luego se dio la vuelta y le entregó a Tristin un revólver, diciéndole—: Mira… Toma esto por si las dudas.

—¿Qué diablos haces con eso? —exclamó Tristin.

Nacho soltó una risita nerviosa, mientras Leigh observaba que la nuca se le enrojecía, como si fuera un termómetro.

—Llamadas extrañas de la policía. Reuniones en medio de la nada. Un equipo de asesinos siguiéndote la pista. ¡Sí! He traído una pistola.

Tristin levantó la pesada pistola que tenía en la mano.

—Sí —dijo con voz baja e insegura—. Bueno, gracias, Nacho.

—De nada —le respondió.

Tristin le quitó el seguro al revolver. Observando con atención, Leigh vio que el arma estaba cargada. Tristin volvió a activar el seguro y la guardó en su chaqueta. Se recargó en el respaldo del auto y la oscuridad le dio a su rostro un aspecto adusto y duro.

Peg se acurrucó a su lado y le susurró:

—Todo irá bien.

Siguieron el camino mientras el crepúsculo anaranjado iba desvaneciéndose entre las inmensas sombras de la noche. Leigh, al igual que Myra, se asomaba por la ventanilla. Con la creciente oscuridad, su sensación de pánico era mayor. No sabían dónde estaban ni hacia dónde se dirigían. Eso no era nuevo, ya que no lo sabían antes de que comenzara a oscurecer, pero al caer de la noche empeoraban sus preocupaciones.

—Aquí vamos —dijo Nacho—. Algo sucede allá adelante.

—¿Qué es? —preguntó Peg, con un temblor en la voz.

—Parece que un par de camiones pesados se detuvieron a un lado de la carretera —dijo Nacho mientras entrecerraba los ojos para ver a la distancia.

—Esquívalos —le ordenó Tristin—. Por ningún motivo te detengas, ¿de acuerdo?

—Haré lo que pueda —dijo Nacho—, pero esta carretera es bastante estrecha para camiones tan grandes.

Nacho redujo la velocidad del auto al pasar frente al primer camión. Leigh volteó para mirar por la ventana trasera.

—Cuatro hombres vienen caminando hacia nosotros. Nos están siguiendo —gritó.

—Acelera —le pidió Tristin.

—No puedo —le respondió Nacho—. El otro camión está ocupando demasiado espacio. No hay un borde suficiente y sí una zanja enorme de este lado.

—No importa —gritó Tristin.

—Por el amor de Dios —gritó Myra—, tienes que rebasarlos.

—¡Oh, no! ¡No! ¡No! —se alarmó Leigh—. ¡Esos hombres que vienen detrás de nosotros tienen rifles!

—Maldita sea, hombre —dijo Tristin, golpeando la parte posterior del asiento de Nacho.

—¡Muévete! No me importa si destrozas el auto. Tienes que sacarnos de aquí. —Nacho detuvo el auto. Un grupo de hombres salió corriendo del frente de la segunda plataforma y se paró en fila con los rifles en alto, impidiendo que el auto avanzara.

—¿Qué estás haciendo? —le gritó Tristin—. Pasa encima de ellos.

—No puedo hacerlo —dijo Nacho, dándose la vuelta y echando el brazo sobre el respaldo del asiento—. Esta es la gente con la que hemos venido a reunirnos.

Myra agachó la cabeza y miró por el parabrisas delantero.

—No parecen policías.

Leigh estaba con la boca abierta. Tenía los ojos redondos como platos, mientras miraba atónita a Nacho. Una lagrima rodó de uno de ellos.

—No son policías. No nos íbamos a encontrar con los policías. Todo el tiempo fuiste tú.

Nacho se encogió de hombros, pero no contestó.

Tristin sacó el revólver del bolsillo y le apuntó a Nacho, diciéndole una de las palabras más soeces que Leigh jamás hubiera oído.

—Sácanos de esta mierda, porque si no te juró que te daré un tiro.

—¿Ya comprobaste que esté cargada? —le preguntó Nacho.

—Por supuesto que sí.

Nacho soltó una risita.

—¿Y sabes con qué está cargada?

A Tristin se le cayó la cara de vergüenza. Abrió de nuevo el cilindro y sacó uno de los cartuchos. No había ninguna bala engarzada en la parte superior, solo una cubierta verde que sellaba la pólvora.

—Balas de salva —dijo.

—Ahora que eso quedó claro, salgan y obedezcan para que no les hagan daño.

Leigh levantó las cejas.

—¿En serio? ¿No nos harán daño? ¿Ni siquiera a mí?

Nacho se sintió avergonzado.

—Tú y yo tenemos que hablar.

Myra se acercó para proteger a Leigh y le dijo:

—Déjala en paz.

—No es mi decisión, chiquita —dijo Nacho—. Bájense.

Tristin se puso rígido.

—No.

—De acuerdo —respondió Nacho, asintiendo—. En ese caso los vamos a bajar y no puedo garantizarles seguridad.

Uno de los hombres frente al auto golpeó el cofre con la culata de su rifle.

—¿Qué esperas, Nacho? Tenemos que irnos.

Nacho le indicó que tuviera paciencia y volvió con sus pasajeros.

—Usted decide, pero piense en las chicas. Estos hombres les harán daño si se resisten. Si hacen lo que les digo, les prometo que nadie saldrá herido.

—Excepto yo —puntualizó Leigh.

—Quizá no. Como dije, tenemos que hablar.

Leigh miró a Nacho fijamente.

—De acuerdo. Por ahora no tenemos otra opción.

Volteó a ver a Myra.

—Debemos hacer lo que dice.

—No —dijo Myra—. No permitiré que te lastimen.

A Leigh le retumbaba el corazón en el pecho, pero forzó una sonrisa para tranquilizar a Myra.

—Nacho dijo que no me va a pasar nada. Por lo menos no de inmediato. Pero si no hacemos lo que dice, nos van a pasar cosas malas a todos ahora, no después. ¿No lo entiendes?

—Leigh tiene razón —dijo Tristin—. Ojalá no la tuviera, pero la tiene. Todo lo que podemos hacer es esperar algo mejor más adelante. Tal y como están las cosas, no tenemos opción.

Leigh estiró la mano sobre Myra y jaló la palanca de la puerta. Estaba a punto de pasar sobre ella, pero Tristin la empujó.

—Yo primero.

—Luego yo —dijo Myra—, y que Dios ayude a quien intente ponerte un dedo encima.

Uno a uno fueron bajando, y dejaron que Leigh fuera la última en salir. Cuando lo hizo, los demás ya habían formado un semicírculo alrededor de la puerta para protegerla.

—Bien hecho —dijo Nacho, mientras se bajaba del auto.

Volteó a ver a los hombres que estaban delante del auto.

—Llévenselos con cuidado. La organización no quiere que ninguno de ellos sufra algún daño. Si algo sale mal, no importa quién sea el culpable, todos ustedes serán hombres muertos. ¿Entendido?

El hombre que había golpeado el cofre del auto con la culata de su fusil se acercó.

—Los vamos a subir a la parte trasera de este camión —dijo, señalando con su cabeza—. Los ataremos y amordazaremos con cinta aislante. No es muy agradable, pero eso no significa que tenga que ser totalmente desagradable. Depende de ustedes.

Myra se burló de él.

—Mira nada más, un secuestrador que cree tener buenos modales.

—Este es mi primer secuestro —le dijo el hombre mientras la miraba con ojos de tiburón muerto—. Normalmente me contratan para matar gente, así que, ¿sería tan amable de subirse al camión para que esto siga siendo un secuestro? ¿O prefiere que se convierta en un asesinato?

Leigh tomó a Myra de la mano.

—No va a pasar nada. Dejemos que hagan lo que quieran hacer. Buscan algo y tal parece que nos necesitan vivos para encontrarlo.

—Creo que Leigh tiene razón —dijo Peg—. No les demos ninguna razón para que nos hagan daño y no creo que lo harán.

Se subían en la parte trasera del camión cuando Nacho dijo:

—Tú no, Leigh. Tú irás adelante, conmigo.

—Ni de broma —gritó Tristin, abalanzándose hacia adelante.

Uno de los pandilleros giró y lo golpeó en el vientre con la culata del rifle. Leigh escuchó cómo se le escapaba el aire mientras caía al suelo.

—¡Papi! —gritó Myra, mientras corría a su lado. Peg ya estaba allí.

Dos hombres se acercaron y empujaron a Myra y a Peg. Arrastraron a Tristin hasta el camión.

—Tranquilos —les ordenó Nacho—. Que no se les olvide que no debemos hacerles daño.

Tomó a Leigh del codo.

—Por aquí.

—Quítame de encima tus sucias manos —le dijo, apartando el brazo de un tirón. Nacho levantó sus brazos en señal de rendición.

—Si tú lo dices. No te quiero hacer daño.

—Me estás haciendo daño —le dijo ella—. Es peor que si me estuvieras dando una golpiza.

Caminó hacia la cabina del camión.

Al pasar junto a la parte trasera vio que no era un camión con remolque sino una plataforma con un contenedor de transporte, con carga en su parte superior.

—¿Nos van a llevar a la zona de carga? —preguntó ella.

—¿Ya ves? —le dijo Nacho, mientras se ponía a su lado—. Ese es tu problema. Eres demasiado lista. Necesitamos saber lo que sabes, lo que te contó tu padre, que me imagino no fue nada, pero también lo que has averiguado por tu cuenta. Si hubieras dejado las cosas como estaban, habría sido mejor para todos.

Leigh se subió a la cabina. Detrás de ella escuchó a Nacho dando órdenes. Átenlos bien, pero no los traten mal. Queremos que se asusten y se desesperen, pero sobre todo, no les hagan daño. Cuando terminen, suban el auto al segundo camión y llévenlo al deshuesadero. Quiero que lo desmantelen y que todas sus piezas estén fuera del país antes del amanecer.

Se subió al camión, pero Leigh se negó a moverse.

—Hazte a un lado —le ordenó.

El camión tenía un compartimento para dormir y, sin otra opción, Leigh se metió por el hueco entre los asientos. Abrió de un jalón la cortina que separaba el coche cama del área de conducción y se acostó dentro.

—¿Esto es para mí? —preguntó, señalando con la cabeza un rollo de cinta aislante tirada en el suelo.

—No, a menos que lo hagas necesario —le dijo Nacho, siguiéndola.

Leigh se arrastró hasta el rincón más alejado y lo miró con odio.

—Mentiste. Sé que lo hiciste.

Nacho apretó la mandíbula.

—¿Mentí? ¿En qué?

—No hay nada de qué hablar, ¿verdad? Me vas a matar.

—Sí, lo haré. Lo siento, Leigh. Te lo digo en serio, lo siento.

A Leigh no le gustaba el silencio, pero en esta ocasión lo agradecía. Era su último viaje.

Cuando llegaron, Nacho le ordenó bajar del camión. Aguardando para ver que el trabajo se hiciera bien, Nacho se quedó mirando cómo levantaban el contenedor de la plataforma y lo montaban junto a cientos de contenedores idénticos que los rodeaban.

Cuando él dio la orden de moverse, Leigh se sintió como un miserable sabueso dominado y encadenado a bloques de cemento que estaba obligado a arrastrar. Con cada respiración, su corazón roto le dolía más. Sus ojos estaban nublados por las lágrimas. No podía ver hacia dónde iba.

Tambaleándose, con pasos vacilantes de un boxeador derrotado, se tropezó con sus propios pies y cayó de bruces.

—Creí que éramos amigos —le dijo, con una voz quebrada por la desesperación, mientras se levantaba.

—Lo somos —le dijo Nacho—. Eso no cambia lo que tengo que hacer.

Ella se dio la vuelta, secándose con la palma de la mano las lágrimas que brotaban de sus ojos, ignorando la pistola que le apuntaba al pecho.

—¿Cómo puedes decir eso? ¿Cómo puedes decir que alguien te importa y luego haces lo que me estás haciendo?

—Es como estar en diferentes habitaciones de la misma casa, me parece. En un cuarto somos amigos y en el otro te mato. Como que eso contradice lo que es el primer cuarto, pero si no lo hago se quema toda la casa, ¿entiendes?

—¡No, no entiendo! —protestó Leigh—. ¿Quién te obliga? Si construyes tu casa matando a tus amigos, ¿qué tanto vale la pena? ¿Qué tan honorable será vivir en ella?

—Yo no dije que fuera honorable. Así es mi vida, a menos que quiera volver a la que tenía antes. Deshecho, aterrado y solo. Tomé la decisión de no volver a ser ese niño asustado.

»Sabía que siempre sería así con los cárteles, por eso miré más arriba y llegué hasta quienes los controlan. Ahora todo el mundo me tiene miedo. Recuperé mi vida y no pienso perderla. Si eso significa que tengo que cometer algunas fechorías en el camino, lo haré. Además, de cualquier manera, tú ya estás muerta. Si no te mato yo, alguien más lo hará. La diferencia es que si yo no lo hago, también a mí me matarán.

Leigh se enderezó.

—Yo habría muerto por ti.

—Te creo —le dijo Nacho, asintiendo con la cabeza y sonriéndole—, pero yo no voy a morir por ti ni por nadie.

Leigh sonrió con una mueca de desprecio.

—¿Y no te das cuenta de que eso hace que sigas solo y aterrado? Aún estás destrozado. Tan destrozado que ya no queda nada que te haga humano.

Se alejó de él con pasos firmes y más seguros.

—¿A dónde vamos? Ya quiero terminar con esto.

—¿Así de fácil? —le preguntó Nacho—. ¿Ni siquiera vas a tratar de que no ocurra?

—Tú has dicho que si no me matabas, alguien te mataría a ti. Sé muy bien lo que dije, y porque eres mi amigo moriré por ti.

—Vamos al edificio de la izquierda —dijo Nacho con un tono áspero que no tenía un minuto antes.

—Adentro y luego por las escaleras.

—¿Por qué allí? —le preguntó Leigh.

—Porque hago lo que me ordenan.

—¿Quién?

—Si te lo dijera, sería como dejarte ir y me matarían.

Un sentimiento de frustración encandiló a Leigh.

—¿Quién impone esas reglas? —le dijo gritando—. ¿Quién es ese del que no puedo saber nada en los últimos cinco minutos de mi vida?

Nacho señaló la escalera, moviendo la cabeza.

Al llegar arriba, como a la mitad del entrepiso, le dijo:

—Aquí está bien, arrodíllate.

Leigh se arrodilló.

—¿Por qué mataron a mis padres? ¿Me lo puedes decir?

Nacho se encogió de hombros.

—No es un gran secreto. Tu padre estuvo cerca de descubrir nuestra organización. Más cerca que nadie desde antes de que nacieran mis abuelos.

Leigh tragó saliva.

—¿Y mi mamá?

—No hay forma de saber qué le pudo haber dicho. Esa noche también hubieras muerto tú, por la misma razón —dijo Nacho, moviendo la cabeza—. Pero decidiste ir al cine. La vida es así de irónica.

Al no tener nada más qué decir, Nacho comenzó a caminar a su alrededor, pero Leigh giraba arrastrando sus rodillas sobre el piso de cemento para mantenerse frente a él.

—¿Qué haces? —le preguntó Nacho con voz cansada.

—Dije que moriría por ti. No dije que iba a colaborar para que te resultara fácil. Lo menos que puedes hacer es mirar a tu amiga a los ojos antes de volarle los sesos.

Nacho soltó un incómodo suspiro mientras acercaba la pistola.

Leigh miró el cañón del arma. Un hilo de sudor recorrió su espalda. Odiaba a Nacho. De una manera extraña lo odiaba, más por traicionarla que por matarla.

Apretó los dientes para no insultarlo y trató de pensar en cualquier otra cosa menos en él. No quería morir pensando en alguien a quien odiaba. Quería pensar en los que amaba. Manteniendo sus ojos fijos en los de él, comenzó a susurrar nombres:

—Tristin, Peg, Ty, Myra, el Pequeño Bodie.

—El Pequeño Bodie —repitió.

—El Viejo Bodie —gritó—. ¡Espera!

Nacho bajó la pistola.

—De nada sirve suplicar. Lo tengo que hacer.

—No —le dijo Leigh—, no es eso. Lo que quiero decir es que… te perdono.

Sus palabras enfurecieron a Nacho.

—Estoy a punto de matarte y me perdonas. Yo fui quien asesinó a tus padres… yo te he causado todo ese dolor. ¿También me perdonas por eso? ¿O es un truco para ganar tiempo?

Leigh sacudió la cabeza, demasiado sofocada como para hablar. Arrastró sus dientes sobre el labio inferior y exclamó:

—Estoy muy cansada, Nacho. Yo sé que sabes lo que se siente. Yo tenía a Myra, a Bodie y al resto de la familia. Tú no tenías a nadie. Si no fuera por ellos, tal vez yo sería como tú. He cargado con este odio y con este dolor durante mucho tiempo, pero he visto lo que sucede cuando te lo llevas contigo hacia el otro lado. Yo no quiero eso. Cualquier cosa, menos eso. Así que sí, te perdono por todo.

Nacho frunció el ceño.

—¿Ya acabaste de decir tonterías?

Leigh asintió.

La mano de Nacho levantó de nuevo la pistola. El orificio negro del cañón se cimbraba y ya no apuntaba fijo como antes.

—Maldita sea —gritó Nacho.

Puso la otra mano alrededor de la empuñadura de la pistola. El cañón negro no dejaba de temblar.

—Maldita sea —volvió a gritar.

Leigh vio que sus ojos se movían de derecha a izquierda.

—Nos están vigilando, ¿verdad? Están aquí para matarte si fallas. ¿Entonces serán ellos los que terminarán matándome?

La tensión que Leigh veía en su rostro le daba un aspecto esquelético.

Una sonrisa falsa se dibujó en el rostro de Leigh.

—Está bien, Nacho. Tú lo has dicho, de cualquier manera, ya estoy muerta. Tú sigue viviendo. Estoy lista.

Un ruido ensordecedor, seguido de un hedor acre, la obligó a cerrar los ojos y a apartar la cabeza. Algo pegajoso y húmedo salpicó su cara. Todo quedó en silencio.

CAPÍTULO VEINTE

El lugar apestaba a pólvora. A Leigh le zumbaban los oídos por el estruendo del disparo. Lentamente, temerosa de mirar el más allá, entreabrió los ojos lo necesario como para ver a través de sus pestañas. Seguía arrodillada sobre el piso de cemento. Estaba viva. Nacho había fracasado.

Su cuerpo yacía a un metro de distancia, con un charco de sangre bajo su cabeza. Quiso correr a su lado para ver si podía ayudarlo, pero el miedo no la dejaba moverse. Nacho tenía los ojos abiertos, pero en ellos no brillaba ni la más tenue chispa de vida. La lengua le colgaba floja sobre los dientes. Estaba muerto y ella lo sabía.

Un ligero chasquido de pasos se escuchó desde las sombras.

Leigh se levantó. A la derecha, el entrepiso terminaba en una pared de ladrillo. Cuando corrió hacia el barandal, se dio cuenta de que ese piso era demasiado alto para saltar hacia la planta baja. La única salida era regresar por donde ella y Nacho habían venido, donde se escuchaban pasos aproximándose.

Sin hallar hacia dónde correr, se quedó mirando en la oscuridad.

—¿Quién es?

Una figura oscura avanzaba hacia ella, entre las sombras de las cajas y los contenedores apilados. A medida que se acercaba y entraba en la luz, se hizo más visible, hasta que finalmente adquirió identidad.

—¡Miss Tree! —gritó Leigh, sorprendida.

Miss Tree se paseó por el centro de la bodega, con una pistola colgando en una de sus manos. De pie, al lado del cuerpo de Nacho, con la punta de su tacón rojo le dio la vuelta a su cabeza, para poder mirar el agujero que la bala había hecho en la sien.

Leigh se levantó con dificultad.

—¡Miss Tree! Era él. Fue Nacho.

Sus palabras brotaban en forma atropellada, como autos de carrera ante un semáforo en verde.

—Él estaba detrás de todo. Me contó cómo los cárteles se apoderaron de su pueblo. Cómo obligaban a la gente para unirse a ellos. Él dijo que no lo hizo, pero yo creo que sí. Debe haberlo hecho. Quieren usar a Simmons-Pierce Shipping para mover cargamentos ilegales por todo el mundo. Eso fue lo que me dijo. Mató a mis padres porque papá los descubrió. Mató a mamá porque temían que papá le hubiera contado algo. También iban a matarme a mí, pero yo no estaba en casa, y…

Miss Tree se cruzó de brazos, la pistola aún en la mano. Una extraña sonrisa se dibujaba en sus labios.

Esa sonrisa cruel y burlona acalló el atropellado monólogo de Leigh.

—¿Miss Tree?

Miss Tree soltó una risita.

—Esto nunca pasa de moda. A ver, repítelo de nuevo.

—Miss Tree, esto no es gracioso.

La risita se convirtió en carcajada. Su voz resonó en las paredes, burlándose de Leigh.

—Miss Tree. Miss Tree.

Leigh apoyó su cabeza en las manos, la confusión giraba en su cerebro.

—Miss Tree, ¿qué está haciendo? ¿Por qué se comporta así?

Miss Tree levantó las cejas.

—¿Todavía no lo has entendido, querida? Repítelo.

—¿Qué quieres que repita?

—Mi nombre, tonta.

—Miss Tree.

—Más rápido.

Leigh guardó silencio.

Miss Tree la apuntó con el arma. Sus facciones se endurecieron.

—¡Te dije que repitas mi nombre otra vez!

—Miss Tree —murmuró Leigh.

Miss Tree dio un paso adelante y golpeó el rostro de Leigh con el arma.

—Más rápido, una y otra vez.

—Miss Tree —Leigh sollozó con dolor—. Miss Tree, Miss Tree, Miss-Tee, Misstrery. ¡Mystery! ¡MISTERIO!

Leigh contuvo el aire, con los ojos desorbitados.

Era usted la que estaba detrás de todo esto, ¿verdad?

Miss Tree gimoteó y le dio la espalda, molesta. Se apoyó en la barrera metálica a orillas del entrepiso y miró hacia abajo.

—Has tardado una eternidad —se quejó—. Esperaba que te dieras cuenta para poder matarte y continuar con mi vida. Pero no, tuve que quedarme a escucharte hablar y hablar de lo horrible que es tu vida.

Leigh, demasiado aturdida como para decir algo sensato, balbuceó:

—Pero no puede ser que seas tú. Me estabas ayudando.

Miss Tree se dio la vuelta.

—¡No, estúpida! Trataba de llevarte al límite. Quería que te suicidaras para no tener que matarte yo. Te quería muerta, junto con el resto de tu estúpida familia, pero... —señaló con su pistola hacia el cuerpo de Nacho— este idiota ni siquiera pudo hacerlo bien. Tuve que terminar el trabajo yo misma.

—¿Por qué me querías matar a mí? Tenías que haberte dado cuenta de que no sé nada.

Miss Tree la observó con el ceño fruncido.

—Por supuesto que lo sabía. Eras un cabo suelto, eso es todo. Iba a deshacerme de ti para que todo acabara de inmediato. Luego hiciste las cosas difíciles al irte a vivir con los Simmons. Después de eso, asesinarte habría sido demasiado arriesgado. Demasiado evidente. Queremos a Simmons-Pierce como parte de nuestra organización, pero no hay forma de conseguirlo con la policía merodeando. Ese tonto de Tristin podía haber comenzado a decir que lo presionamos para que nos dejara entrar. Así que, pensé, ¿por qué no hacer que la muchacha lo haga por sí misma? Ya lo intentó una vez. Todo lo que necesita es un poco de entrenamiento y ¡zas! Todos nuestros dolores de cabeza habrían terminado.

»Pero entonces tú... empezaste a investigar con todo detalle. Algunas cosas nos beneficiaron, como el descubrimiento de que el tonto de Massy nos engañaba. Llamaba demasiado la atención y por eso lo tuve que matar antes de que le contara de nosotros a todo el mundo. Otras de tus intromisiones fueron peligrosas para nosotros, como descubrir el contrabando de drogas a través de los puertos de carga. De una manera o de otra tenías que morir.

—¡Dante estaba involucrado! —exclamó Leigh.

—¿Ese tonto? No. Era demasiado estúpido para formar parte de algo tan grande como nuestra organización.

—Entonces, ¿trabajas para Nacho y sus colegas del cártel?

—¿Nosotros? ¿Trabajar para ellos? —Miss Tree se rio en su cara—. Por lo visto, si lo dejáramos en tus manos todo sería al revés.

Ellos son los que trabajan para nosotros, querida. Los cárteles, la Mafia, la Yakuza. Todos ellos trabajan para nosotros.

—Estás mintiendo —le dijo Leigh—. Esas organizaciones no le dan cuentas a nadie.

—¿Te parece? ¿Es tan difícil de creer que, luego de tres décadas de preparación e infiltración, no íbamos a colocar a nuestra gente en los puestos más altos de esas organizaciones? ¿Acaso no crees que llegamos a convertirnos en socios anónimos de las principales organizaciones delictivas? ¿En negocios legítimos? ¿Por qué no íbamos a ubicar a nuestra gente en los gobiernos de todo el mundo? No seas ingenua, niña.

Leigh se apartó de Miss Tree. Su mente estaba perdida. ¿Primero Nacho y ahora Miss Tree? ¿Cómo convivió con ellos tanto tiempo sin darse cuenta, sin sospecharlo? Su estupidez iba a provocar que la mataran.

Sentía dolor en el cuero cabelludo. Se dio cuenta de que tenía el flequillo enredado entre sus dedos y que lo jalaba con ansiedad. Enderezó la espalda y soltó su pelo. Apretando los ojos pensó en Bodie y en todas las veces en que imaginó que iba a morir cuando era niño. Buscó en su memoria los recuerdos que él le había dado sobre cómo defenderse arañando, mordiendo y rasguñando para seguir vivo. Ella también lo haría. Tenía que hacerlo. Habría muerto por Nacho, pero no por Miss Tree.

Si ella moría, nunca nadie sabría quiénes eran Nacho o Miss Tree. Nadie se enteraría de la organización de la que decían formar parte. Tristin, Peg, Myra estarían en peligro si Miss Tree tenía todo bajo control y si ella no vivía para contarlo.

Con toda la fuerza que tenía, giró sobre sí misma y se lanzó contra Miss Tree. Como un torero bien entrenado, la mujer se hizo a un lado. Los tenis de Leigh chirriaron al clavarse contra el piso de cemento y girar de tal manera que sus tobillos y rodillas estuvieron a punto de torcerse.

Haciendo un ruido estruendoso, Miss Tree golpeó la sien de Leigh con la pistola. Siguió caminando, pero su cabeza cayó hacia atrás. Se le puso blanca la vista. Cayó de espaldas y se estrelló contra el piso. Todo el aire de sus pulmones se le escapó, como una ola en retirada.

—Qué patética eres —la reprendió Miss Tree, mirándola con desprecio—. ¿No te lo he dicho? Mientras seas tan débil para detenerme, no tendrás las fuerzas necesarias para atrapar a los asesinos de tus padres.

Soltó una carcajada.

Leigh recordó de las innumerables veces que Miss Tree se burló de ella con eso. Al darse cuenta de lo que en realidad quería decir, el doble sentido, le pareció que estaba jugando con ella como si fuera un ratón bajo las garras de un gato, y la ira la consumió. Rodó para apartarse y alejarse de Miss Tree, para luego ponerse rápido de pie.

—Yo puedo detenerte —la amenazó Leigh—. Voy a detenerte.

—¿Te parece? —le preguntó Miss Tree—. Voy a decirte algo…

Miss Tree se acercó con tranquilidad a un enorme cajón de madera. Se sacó los tacones, dejó la pistola en la parte superior de la caja y le dijo:

—Lucha lo mejor que puedas. Te voy a matar con mis propias manos. Tú me puedes eliminar como mejor te parezca. ¡Vamos, incluso puedes usar mi pistola si te atreves a agarrarla!

El cuerpo de Leigh temblaba con el ansia de agarrar el arma, pero sabía que Miss Tree estaba preparada para cualquier movimiento impulsivo. Hacerlo la llevaría a una muerte rápida.

Giró para tener un mejor ángulo del arma. Miss Tree volteó sin dejar de mirarla, pero no se acercó para cuidar el arma. Leigh hizo lo mismo, pero en la otra dirección. La reacción de Miss Tree fue idéntica.

De nuevo, Leigh comenzó a moverse despacio hacia el otro lado.

—¿Vamos a bailar así toda la noche? —se burló Miss Tree—. O estás tratando de ganar tiempo con la esperanza de que venga alguien y…

Leigh se abalanzó directamente sobre Miss Tree. En su mente apareció el recuerdo de un momento en el que Bodie saltó con los pies por delante sobre un hombre corpulento que lo golpeaba para matarlo con un bastón de equitación. En el instante en que se le apareció ese recuerdo se levantó del suelo y se lanzó con los pies por delante hacia Miss Tree. Miss Tree gritó obscenidades y cruzó los brazos sobre su torso, dejando que los antebrazos se llevaran la peor parte del golpe, pero la fuerza del impacto la hizo tambalearse hacia atrás. Leigh golpeó con fuerza el piso, pero se levantó y se lanzó de nuevo para agarrar la pistola.

Por muy rápida que fuera, Miss Tree lo era más. Una sensación de agonía se apoderó de Leigh cuando la agarró del pelo y la empujó de espaldas hacia el barandal protector, donde cayó al suelo y se golpeó la cabeza.

—Me has ocultado cosas —le dijo Miss Tree—. ¿Te enseñó algún truco tu querido papá exmarino y superpolicía? Cualquier cosa que te haya enseñado no será suficiente.

Apoyándose en el barandal, Leigh se levantó con dificultad. Sin previo aviso, se abalanzó de nuevo. Miss Tree le lanzó un puñetazo, pero Leigh logró esquivarlo. Si seguía moviéndose para agarrar la pistola, Miss Tree la detendría. Giró sobre sí misma y la golpeó con todas sus fuerzas en los riñones. El golpe hizo que Miss Tree gritara y se tambaleara, pero logró girar lo suficientemente rápido para agarrar el brazo de Leigh y con un movimiento de judo lanzarla hacia atrás contra el barandal.

Aprovechando la distancia, Miss Tree presionó su mano en la parte baja de su espalda y la utilizó como soporte para enderezarse.

Animada por la expresión de dolor en el rostro de Miss Tree, Leigh se levantó de nuevo con la ayuda del barandal.

—De a poco —dijo, jadeando de dolor—, podré detenerte y te detendré.

—Tal vez esto no signifique mucho para ti —dijo Miss Tree—, pero tal parece que de nuevo te he subestimado. Tienes razón, cuanto más dure esto, peor me irá a mí. Ahhh, te voy a matar, pero esa muerte larga y prolongada que había planeado ya no vale la pena. Lo haré de una vez.

Leigh se lanzó desde el barandal, con los dedos tensos como garras, buscando los ojos de Miss Tree. Leigh no supo cómo Miss Tree evitó el ataque, pero con una precisión experta su puño la golpeó en el diafragma. Sus pulmones se vaciaron y no pudo recuperarse. Asfixiada, cayó en cuatro patas.

Sin darle ni un segundo de respiro, Miss Tree la pateó en el vientre, levantándola del suelo y haciéndola volar hacia un lado. Los recuerdos de Bodie le advirtieron que iba a recibir otra patada. Leigh se alejó rodando. El pie de Miss Tree pasó zumbando a un centímetro de su mejilla.

Leigh corrió hacia el barandal. Sabía que estaba derrotada y a punto de morir. Sin saber qué más hacer, se enroscó tanto como pudo, mientras Miss Tree se acercaba y comenzaba a golpearla, una y otra vez. En tanto eso sucedía, le llegó otro recuerdo. No del Pequeño Bodie, sino uno propio. En su mente veía como el Viejo Bodie levantaba y dejaba caer al asesino, una y otra vez, hasta matarlo.

Con un grito primitivo, Leigh saltó hacia arriba, aferrándose con las manos a la ropa, al pelo y a la carne de Miss Tree, a cualquier cosa que pudiera agarrar. Con todas las fuerzas que le quedaban, se levantó y se retorció, arrojándose con el estómago hacia el barandal. Lo hizo con tanta fuerza que casi se cae. Miss Tree sí se desplomó y con un crujido atroz aterrizó abajo sobre el piso de cemento.

Leigh se alejó de esa horrible escena. Con el cuerpo agitado por la respiración entrecortada, cerró los ojos y trató de detener el vértigo de su mente. Sin estar segura de cuál sería su siguiente movimiento, dio tres pasos tambaleantes hacia el arma, antes de caer arrodillada, mareada.

—Tú… No puedes… quedarte aquí —dijo en voz alta, entre jadeos.

Aturdida, volvió a ponerse de pie. Aspiró hondo y soltó el aire.

—Myra, Tristin, Peg, mi familia. Tengo que ir con ellos.

Tambaleándose, tomó el arma y la guardó en el bolsillo de la sudadera. Con una mueca de dolor enderezó la espalda e hizo un esfuerzo para caminar hacia los escalones de acero que llevaban al piso inferior.

Caminar le daba una sensación de control. Si cedía a su desesperación y corría, la histeria se apoderaría de ella. Lo que le esperaba requería mantener la cabeza fría, porque sabía que estaba más cerca de la locura que de la calma.

Trastabillando como si estuviera borracha, salió de la bodega y entró en la zona de carga. El olor del océano, contaminado por el combustible y los contenedores oxidados, llegó a su nariz como el chorro de una manguera de bomberos. En su estómago, todavía delicado, sintió la sensación de querer vomitar, pero tragó con fuerza para evitarlo.

Palideció del pánico. Sus ojos miraron hacia todas partes, buscaba un lugar donde esconderse para poder recobrar la compostura. Apoyó los hombros en la sombra de una pila de tres pisos de contenedores y, tratando de que sus piernas sostuvieran su cuerpo, tensó los tobillos y se apretó las sienes con los dedos para tratar de detener los giros de sus pensamientos.

¿Cuál era su plan? ¿Adónde iría? ¿Cómo podría salvar a su familia? ¿Cuántos matones de Miss Tree había allí? ¿Debería correr en busca de ayuda? Si lo hacía, ¿sería capaz de conseguirla a tiempo o ya sería demasiado tarde?

Frustrada, se golpeó la cabeza contra un contenedor. No tenía respuestas. Miró hacia la izquierda, hacia el laberinto amarillo que era esa zona de carga. En algún lugar de ese caos estaba su familia.

A su derecha podía ver el camino que llevaba a la puerta principal. Con una carrera de treinta segundos llegaría hasta un lugar donde podía pedir ayuda. Sabía que no podía quedarse dónde estaba y que era necesario tomar una decisión.

Un sonido de grava crujiendo llegó hasta las sombras de la zona de carga.

—¿Por qué tardan tanto?

—No lo sé —susurró otra voz—. Algo debe estar mal.

Como una silenciosa pantera al acecho, Leigh se acercó. Tratando de ocultarse en el camino serpenteante, se aproximó sigilosamente hasta el lugar de donde creía que provenían las voces. Al doblar una esquina, se encontró a plena vista de los dos. Más rápido que su pensamiento fue su movimiento, volvió a escabullirse detrás del contenedor. Sin detenerse, aterrorizada ante la idea de que la hubieran visto, dio la vuelta por el lado opuesto. Trepó a la parte superior apoyando los pies en dos contenedores. Recostada boca arriba miró hacia el cielo nocturno, pero la luz de las estrellas no penetraban el molesto resplandor amarillo que emitían las luces del puerto de carga.

—Tienen razón —les gritó Leigh—, algo está mal. Esa Tree, o como sea que se llame, está muerta. Yo la maté. Cualquiera que fuese su plan, se acabó.

Escuchó a los hombres maldecir, por encima de los chasquidos metálicos de sus armas listas para la acción.

—Ustedes saben que su organización quiere el control de Simmons-Pierce Shipping —gritó—. Con esa mujer muerta, tal cosa no puede ocurrir sin la familia Simmons viva. Lo mejor es que se retiren, se reagrupen y vuelvan a intentarlo después.

A lo lejos se escuchó la sirena de una ambulancia. Su padre le había enseñado la diferencia entre las sirenas de la policía y las de los vehículos de emergencia. Cerrando con fuerza los ojos y haciendo una mueca por el riesgo que corría, rezó para que esos hombres no fueran tan listos.

—¿Escucharon eso? —gritó—. Llamé a la policía, son ellos los que vienen. ¿Los escuchan? Piénsenlo. Nacho está muerto. Tree está muerta. Encontrarán sus cuerpos y les juro que les diré que fueron ustedes quienes lo hicieron. ¿Asesinato? ¿Secuestro? Tal vez en Maryland no exista la pena de muerte, pero irán a la cárcel el resto de sus vidas.

Uno de los hombres refunfuñó.

—Cállate —gritó el otro.

Los dos susurraron entre ellos, y todo lo que Leigh podía hacer era apretar los dientes y esperar. El silencio se apoderó de la zona de carga. El lugar estaba muy tranquilo. ¿Dónde estaban los estibadores, los conductores de carretillas elevadoras, los agentes de seguridad? Algo no estaba bien.

Cerró los ojos y metió las manos en los bolsillos de la sudadera. La pistola fría la tranquilizó. Mientras sus dedos rodeaban el mango, su dedo índice apuntaba hacia abajo cerca del cañón y lo mantuvo fuera del gatillo, como su papá le había enseñado. A lo lejos, una sirena de policía se unió a la primera.

En medio de la noche, Leigh gritó:

—¡Se los dije, ya vienen!

Como una máquina que bombea hielo picado, una voz dijo:

—Nosotros estaremos muy lejos antes de que ellos lleguen.

Leigh apoyó su barbilla en el pecho y levantó la cabeza y los hombros del techo del contenedor. No muy lejos, uno de los matones de Miss Tree le apuntaba con su rifle. Pensó en suplicarle, en discutir, o rogar por su vida. Un torbellino de recuerdos del Pequeño Bodie acudió a su mente como una tormenta en el desierto, dejándola con un claro impulso: «¡No pienses, actúa!».

Su dedo se deslizó por el cañón de la pistola hasta el gatillo. Exhaló y lo apretó.

La única certeza de que le había dado fue ver que sus ojos se abrieron de par en par y de su boca brotó una mueca sin palabras. Se tropezó hacia un lado, se tambaleó al borde del contenedor hacia un costado, para finalmente desaparecer. Leigh escuchó el golpe sordo del cuerpo contra el suelo.

Desde abajo llegaron maldiciones. Unas explosiones ensordecedoras retumbaron en la noche, mientras al borde del contenedor saltaban chispas provocadas por las balas que rebotaban en el metal. Leigh se hizo un ovillo, rodando de espaldas a las chispas y gritando aterrada.

Amortiguado por el zumbido de sus oídos, escuchó el paso veloz de unas botas que se alejaban. Cuando abrió los ojos vio al segundo hombre escabullirse detrás de una pila de contenedores. Leigh se tendió y se arrastró boca abajo hasta la orilla. El hombre al que le había disparado yacía en el suelo, gimiendo pero inconsciente. El escándalo de las sirenas se multiplicaba. Desde donde se hallaba podía ver el constante flujo de los trabajadores que se retiraban de la zona de carga. El plan se les fue al garete y ya no había nadie custodiando el contenedor donde estaba cautiva su familia.

Se levantó de un salto y corrió hacia el otro lado del contenedor. Invirtiendo su ascenso, balanceó los pies entre los dos contenedores, bajando de nuevo al suelo. A pesar de sentir el latido de la sangre en las venas de su cuello y las sienes, aterrada de que Miss Tree tuviera más secuaces en la zona, corrió hacia el contenedor en donde Myra, Tristin y Peg estaban prisioneros. El miedo paralizaba sus movimientos y golpeó la cerradura del contenedor repetidamente. Sus dedos y sus nudillos, en carne viva y sangrantes, no dejaron de trabajar hasta que la puerta cedió ante sus frenéticos esfuerzos.

Encontró adentro a su familia, atada de pies y manos con una cinta aislante gruesa. Enormes tiras rodeaban sus cabezas, para asegurar que sus bocas permanecieran amordazadas.

Arrojándose hacia Myra, jaló la cinta que ataba sus muñecas.

—No hay manera de quitártela sin hacerte daño.

Myra se quejó, mientras con sus ojos bien abiertos la urgía a que lo hiciera con rapidez, por muy doloroso que fuera.

Leigh jaló y jaló hasta que una esquina de la cinta se levantó. Pellizcándola entre sus dedos giró la mano una y otra vez, desenvolviendo las muñecas de Myra como si fueran las de una momia. Al llegar adonde el adhesivo estaba pegado a la piel, Myra lloriqueó bajo la cinta que cubría su boca, pero Leigh continuó su labor diciéndole una y otra vez:

—Lo siento, lo siento, lo siento.

Una vez liberó las manos de Myra, Leigh fue hasta donde se hallaba Tristin, dejando que Myra se encargara de liberar sus propios tobillos, boca y pelo. Mientras Leigh ayudaba a Tristin, Myra, con la cinta colgando de su pelo, se abalanzó para ayudar a su madre.

De golpe se abrió la puerta y aparecieron un montón de hombres y mujeres con las armas desenfundadas. Leigh agarró a Myra del hombro y, girando, la tiró al suelo detrás de ella. Con un movimiento similar, Leigh sacó la pistola de su sudadera y les apuntó.

Llorando, les gritó:

—No se los van a llevar otra vez. No, otra vez. ¡Otra vez no!

—¡No disparen, no disparen! —gritó una voz—. Que nadie se mueva.

Ty se abrió paso y llegó al frente del montón de hombres y mujeres.

—Está bien, pequeña. Todo va a salir bien. Nadie te va a quitar a nadie. Hoy no.

—¿Ty? —Leigh aún les apuntaba y dejó caer su brazo—. ¡Oh, Ty! Fueron Nacho y Miss Tree. Ellos… ellos nos engañaron a todos y… y… y nos mintieron para sacarnos de nuestra casa y… y…

Cayó de rodillas sobre sus talones. Las lágrimas corrían por su rostro.

—Lo sé —dijo Ty, despacio y sereno—. Se han ido. Necesito que pongas la pistola en el suelo y te alejes. ¿Puedes hacer eso por mí, pequeña?

Leigh miró la pistola que tenía en la mano. Levantó la cabeza y parpadeó al ver en la puerta del contenedor al grupo nervioso con sus armas desenfundadas. Comenzó a reírse, sin saber qué era lo que le hacía tanta gracia, sin poder contenerse. Myra la abrazó. Leigh permitió que su prima le quitara la pistola y la arrojara. Ty la detuvo con el pie. Leigh apoyó su cabeza en el hombro de Myra y el mundo se oscureció.

Capítulo veintiuno

En el pasillo, Leigh escuchó el sonido familiar de la voz de Ty discutiendo con el agente de la Interpol, quien se había pasado las últimas tres horas haciéndole las mismas preguntas de un millón de maneras distintas. Sus palabras apenas se alcanzaban a oír y no se entendían. Con la mirada fija en la puerta de su habitación de hospital, Leigh trataba de medir por el tono de voz qué tan enojado estaba Ty.

—Hola, Ty —le dijo con una alegría impostada cuando él entró—. No esperaba verte.

Él se quedó en la entrada, mirándola.

Su apariencia de felicidad se evaporó.

—¿Viniste a comerme viva?

Él le sonrió con ironía.

—Auch ¿alguien le está haciendo pasar un mal rato a esta niñita?

Leigh le respondió con un gesto de amargura y cambiando de posición en su cama del hospital, pero por dentro se sentía aliviada. Si estuviera enojado no bromearía con ella.

—Las acciones tienen consecuencias —dijo Ty, acercándose a la cama y tomándola de la mano—. Tu actuaste y el mundo actuó en consecuencia. Así es como funciona siempre.

Una lágrima rodó por su mejilla y ella se la quitó con la palma de su mano.

—¿De manera que por culpa mía mataron a Nacho?

—No, no fue tu culpa. Fue consecuencia de sus actos, de sus decisiones. Ninguno de los inocentes murió esta vez y eso fue gracias a ti. No te voy a mentir, hiciste algunas cosas muy estúpidas. Pero también hiciste cosas muy valientes. La línea entre ambas puede ser muy delgada.

Leigh le apretó con fuerza la mano.

—¿Alguna noticia de esa mujer?

—¿Miss Tree?

—Ese no es su nombre, no la llames así.

—De acuerdo. Esa mujer. No, no encontramos su cuerpo.

—¿Me prometes que ahora sí me vas a mantener informada?

Ty se rio entre dientes.

—Te diré lo que pueda y cuando pueda, aunque ya sé que eso no será suficiente para ti.

—Por favor, llámame de vez en cuando. Hazme saber que aún hay esperanza.

—Eso sí te lo puedo prometer, aunque tal vez al principio no tenga mucho que decir.

Ella lo miró sorprendida.

—No seguirás pensado en renunciar a la policía, ¿verdad?

—Nunca lo he pensado —dijo Ty—. Esa carta que encontraste era una coartada. ¿Sabes lo que es eso?

—¿Ibas a fingir que renunciabas?

—Esa era la idea. El plan consistía en que pareciera que lo estaba dejando todo, antes de que me pasara a mí y a los míos lo que le pasó a tu familia. Como si estuviera cambiando de bando porque en este momento el otro está ganando. Todo esto te lo habría dicho si me lo hubieras preguntado. La comunicación tiene que darse en ambos sentidos, mi niña.

Leigh se puso a jugar con el cable del control remoto del televisor que tenía sobre el pecho.

—¿Son ellos?

—¿Ellos? ¿Quiénes?

—Los malos. ¿Ellos están ganando?

—Sé que no debo mentirte, así que te lo digo: no, no están ganando. Pero tampoco están perdiendo. Mira, siempre habrá buenos y malos en este mundo, pero no se trata de eso. Esas grandes guerras entre el bien y el mal existen para obligarnos a elegir un bando. Esa elección te convierte en la persona que eres. Después de todo, fíjate en la buena persona en que te has convertido gracias a tus elecciones.

—Soy un desastre —protestó Leigh.

Ty le respondió con una risita.

—Muéstrame a un joven que no lo sea. Lo cierto es que tus enredos van por buen camino. Además, tú tampoco estás esperando que algo ocurra, de eso estoy seguro. No te castigues tanto.

Las palabras de Ty hicieron que Leigh se sintiera mejor consigo misma, pero ella no quería eso en ese momento. Cambiando de tema, le preguntó:

—¿Por qué se te hace tan difícil mantenerte en contacto?

—Me quitaste la oportunidad de ir de incógnito y desenmascarar a su organización. Tú los has desenmascarado. Gracias a ti podemos comenzar nuestro trabajo para acabar con ellos. Por eso, pasaré mucho tiempo en Washington, realizando una misión especial en la sede de la Interpol. También viajaré a Europa y a donde quiera que me lleven las pistas.

—Eso es maravilloso —dijo Leigh, sin poder expresar entusiasmo. Lo iba a extrañar. Compartieron un momento de silencio antes de que Ty le preguntara:

—¿Estás preparada para salir de aquí?

Leigh sintió que sus ojos se le salían del cuerpo.

—¡Cómo demonios no!

Ty entrecerró los suyos.

Leigh se agachó y se corrigió a sí misma:

—Quiero decir que sí, por favor, señor.

Ty sonrió.

—Por eso estoy aquí, para llevarte a casa. Tu tío Tristin todavía está dando su declaración y tiene a un grupo de abogados que lo están haciendo revisar cada palabra. Peg se niega a separarse de él. En cuanto a Myra…

—¿Myra? ¿Cómo está ella?

Leigh se molestó.

—Una vez más, ¡nadie me dice nada!

—Ella está bien. Regresó a la mansión con órdenes estrictas de tomárselo con calma. Por eso no está aquí. Se enojó mucho cuando se lo dijeron.

—¿Por qué ella se fue a casa y yo tuve que quedarme toda la noche? —preguntó Leigh con un tono de indignación.

Ty estiró su cuello hacia un lado y balanceó su cuerpo de un pie a otro.

—La mejor forma de responder es que tu historial médico no es igual al de ella. Los médicos querían asegurarse de que estuvieras en buenas condiciones para darte de alta.

—¿En buenas condiciones? —rezongó Leigh—. ¿En unas malditas buenas condiciones? ¿Quién se creen que son?

—Doctores —le dijo Ty—. Médicos que solo han leído un informe acerca de una joven frágil que alguna vez trató de suicidarse, sin conocer al súper poderoso dínamo en el que se ha convertido.

El gesto severo en los ojos de Ty hizo que Leigh desistiera de su reclamo.

Transcurrieron otras dos horas antes de que redactaran y firmaran los papeles de alta. A Leigh le recetaron una medicina para los nervios que no tenía intenciones de tomar. Ty le dijo que él no tenía intenciones de comprar lo que indicaba la receta. Mientras ella no se lo mencionara a sus tíos, él tampoco lo haría.

Cuando llegaron a la mansión, Leigh fue a la cocina por un refresco para ella y una taza de café para Ty. Se sentaron en la biblioteca y hablaron de cualquier cosa, hasta que terminaron por no decirse nada.

Ty se levantó para retirarse y Leigh le dio un inesperado y apretado abrazo.

—Ya lo decidí, prefiero vivir con la idea de que la organización que mató a mis padres quede impune y no con la preocupación de que te pase algo. Por favor, recuérdalo y cuídate.

—A mí no me va a pasar nada, pequeña.

—Si algo he aprendido es que nada le pasa a nadie sino hasta que le pasa.

Ty la besó en la frente.

—Mírate, ¡cómo estás creciendo frente a mis ojos!

Cuando iba saliendo de la biblioteca, se dio la vuelta.

—Ya que nos estamos haciendo promesas, prométeme que tomarás mejores decisiones.

Ella le sonrió con picardía.

—Todas mis decisiones son perfectamente razonables… en el momento en que las tomo.

La señaló con el dedo de manera juguetona.

—Eso que acabas de decir lo aprendiste de tu padre.

Se despidieron y él se fue.

Leigh se desató sus tenis y se los quitó. Escondiendo los dedos de los pies debajo de sí misma, se hizo un ovillo en una silla y dejó el diario de Bodie abierto sobre el apoyabrazos. Empezó a releer no solo lo que Bodie había escrito sino también su primer apunte. Él no le había dado permiso para que escribiera allí, pero ella sabía, o por lo menos esperaba, que no le disgustara.

—¿Ya se fue el agente Milbank? —le preguntó Myra desde la puerta.

—Se fue hace unos diez minutos —dijo Leigh, con la atención en el libro.

—¿Tenía algo valioso qué decir? —insistió Myra, y se sentó.

—La verdad es que no —Leigh cerró el libro—. Habló de que iba a trabajar en una misión con la Interpol para dar con la organización que mandó matar a mis padres.

—Eso es bueno, ¿no?

Leigh suspiró.

—Lo es. Pero si se va, me será difícil seguir los avances, o la falta de ellos, si ese fuera el caso.

—No estás pensando en involucrarte de nuevo, ¿verdad? No después de lo que pasó o lo que casi pasó.

El rostro de Leigh enrojeció de ira.

—¡Para empezar, yo nunca quise involucrarme! Lo único que quería era saber qué estaba pasando, porque nadie me lo decía. No saber me estaba volviendo loca y nadie lo entendía.

—Está bien, está bien, cálmate —le dijo Myra, sin perder de vista la puerta para asegurarse de que nadie escuchara su arrebato—. Tú sabes que te creo, pero me temo que nadie más te cree.

—Bueno, genial —protestó Leigh mientras abría de nuevo el diario.

Leigh sabía que Myra estaba esperando que dijera algo, pero no lo haría. No estaba enojada con Myra. De hecho, no estaba enojada con nadie, pero se hallaba muy frustrada por la manera en que todo había acabado y se sentía culpable por lo mucho o poco que hizo. No sabía cómo actuar y esa incertidumbre la enfurecía. Fue esa ira descontrolada lo que afectó a Myra.

—He pensado preguntarte —le dijo Myra con cautela, cuidando que el sonido de su voz no provocara que Leigh se encendiera—, ¿qué libro es ese? Te he visto con él durante meses.

Leigh respiró hondo, infló las mejillas y exhaló lentamente. Una parte de ella creía que ese diario era su secreto, pero otra parte no quería secretos entre ella y Myra. Sabía que se estaba comportando como una malcriada y odiaba hacerla sentir mal.

Haciendo el compromiso consigo misma de ser franca, susurró:

—Es el diario del Pequeño Bodie.

Myra se deslizó hasta la orilla de su asiento.

—Es… ¿qué?

Leigh cerró el libro y lo abrazó con fuerza.

—El diario de Bodie. Me lo encontré casi después de que llegué, debajo de una tabla suelta en el piso del armario.

—He estado en ese armario un millón de veces, desde hace muchos años. ¿Cómo es que nunca lo encontré?

—Yo creo que él no quería que eso sucediera —le dijo Leigh, con la mayor amabilidad posible.

Myra hizo un mohín.

—Lo que quiero decir —trató de explicar Leigh— es que yo no creo que él pensara que necesitabas encontrarlo. Desde luego, no como yo lo necesitaba.

Esa respuesta pareció tranquilizar a Myra.

—¿Puedo echarle un vistazo? —preguntó.

Leigh dudó. De mala gana le entregó el libro. Mientras su prima lo hojeaba, Leigh recorrió la habitación con la mirada. Si Bodie no quería que Myra viera su diario, se lo haría saber.

La habitación estaba silenciosa y tranquila, lo que le provocó una leve sonrisa. Bodie no hacía berrinches cuando ella escribía en su diario. No estaba haciendo un escándalo cuando Myra lo leía. Sintió un agradable calor en el pecho al darse cuenta de que en realidad Bodie no le había prestado su diario a ella, sino que se lo había dado.

—¿Has estado leyendo esto durante todo el verano? —le preguntó Myra, pasando las páginas sin leerlas.

Leigh asintió. Con vergüenza, pero dispuesta a correr el riesgo, le dijo:

—El último apunte es mío. Si quieres puedes leerlo.

Myra pasó el pulgar por las páginas hasta encontrarlo. Lo miró con una expresión de extrañeza en el rostro.

—¿Tú escribiste esto?

Sintiéndose cohibida por el tono de Myra, Leigh asintió. Myra le pasó el diario.

—Léemelo.

—Ahora te estás haciendo la mala —le dijo Leigh.

—No, no es cierto. Por favor, léemelo.

Leigh se quejó y comenzó a leer:

—«Cuando llegué a la mansión Simmons-Pierce ya había perdido todo lo que tanto amaba. Por mucho que en ese momento no lo deseara, encontré a una nueva familia a quien amar y que me amaba. Especialmente...».

Leigh miró a Myra por encima de sus ojos, la vergüenza hacía que su corazón palpitara, pero se negó a detenerse.

—«Especialmente mi prima Myra. Si ella no hubiera sido tan amable desde el primer día, y todos los días que siguieron, yo sé que ahora estaría muerta».

Leigh dejó de leer.

Myra sorbió con la nariz y se secó los ojos. Estirando la mano, preguntó:

—¿Puedo volver a ver el diario?

Leigh se lo entregó.

Myra revisó la página que le había leído.

—¿En verdad dice eso?

Con una voz de enojo y molestia, Leigh expresó:

—Léelo tú misma.

—No puedo —le dijo Myra—. Todo está escrito en japonés.

Leigh se quedó con la boca abierta.

Myra eligió una página al azar.

—¿Puedes leer esto? —le preguntó, devolviéndole el diario.

Leigh miró la página:

—Claro que puedo leerlo. Está escrito en un inglés sencillo. ¿Por qué me dices eso?

—Cierra los ojos —le dijo Myra.

Leigh frunció el ceño.

—Por favor.

A punto de perder la paciencia, Leigh hizo lo que le pedía.

—¡Ya!

—Ahora cuando abras los ojos quiero que mires el libro, pero no como si fueras a leerlo, sino como si vieras un cuadro o una escena por la ventana. Mira toda la página, no te concentres en las palabras.

Leigh abrió los ojos. La vista se le nubló y tuvo que parpadear varias veces para enfocar bien el libro. Luego descubrió que Myra tenía razón. Una hermosa escritura japonesa llenaba la página.

—¿Lo ves? —le preguntó Myra, emocionada por la expresión de asombro de Leigh.

—Mmmm… Sí, tienes razón, ¡todo está en japonés!

—¿Todavía lo puedes leer?

Leigh fue a la primera página y la leyó en voz alta:

—«Me llamo Ichabod Pierce y tengo diez años».

Un suave jadeo de Myra hizo que Leigh se detuviera y levantara la vista. La expresión de Myra era una mezcla de asombro y miedo.

—¿Qué? —le preguntó Leigh, casi sin aliento.

—¡Lo estabas leyendo en japonés!

—Eso es imposible, yo no sé japonés —le dijo Leigh.

—Bodie sí. ¿Te enseñó a entenderlo, como lo hizo con todas esas otras cosas de las que me has hablado?

—No, no lo sé. ¿Quizá?

Myra se rio de ella:

—Bueno, eso lo aclara todo.

De nuevo se puso seria y le dijo:

—Pasa a la última página, a la parte donde tú escribiste.

Leigh lo hizo. También estaba escrita en japonés.

—¿Cómo es posible? —objetó Leigh, eufórica y asustada al mismo tiempo.

—Te lo dije —comentó Myra—. ¡Tenía que ser Bodie!

Leigh miraba el diario.

—No sé qué pensar.

Myra se echó hacia atrás, con las cejas fruncidas.

—No creo que él haría algo para dañarte —se rio entre dientes—. Mi consejo es que le sigas la corriente.

Leigh hizo un gesto exagerado de escepticismo.

—No parece alterarte que mi mejor amigo sea un fantasma.

Myra se encogió de hombros.

—Crecí creyendo en ellos. Sabiendo que estaban aquí. Aunque nunca los viera sabía que estaban ahí, mirándome por encima del hombro. Incluso el Pequeño Bodie me salvó la vida una vez, ¿recuerdas?

Afuera, los neumáticos rechinaban en la grava. A Myra se le iluminó la cara y se levantó de un salto para ver quien entraba en el garaje.

—Déjame adivinar —gimió Leigh—. ¿Marcus?

Myra se le quedó viendo, sorprendida.

—¿Desde cuándo lo sabes?

—Comencé a sospecharlo cuando te vi aterrada ante lo que podían encontrar en tu teléfono, la noche en que la CBV estuvo aquí. —Una sonrisa malévola se dibujó en el rostro de Leigh—. Pero hasta ahora me entero.

Myra apretó los labios y entrecerró los ojos, pero Leigh descubrió en esa mirada mordaz una sonrisa.

—¿Cómo fue? —preguntó Leigh—. Pensé que lo odiabas.

—Después de que me arrestaron en la fiesta, se sentó conmigo para hablar. Descubrí que habían encubierto a Theo muchas veces. A Tessa también. Incluso logró mantener limpio el expediente policial de Ralph, aunque no tengo la menor idea de cómo lo hizo. Ahí comencé a verlo como algo más que el jefe de seguridad y, ¡no sé!, empezamos a hablar más. Cuando finalmente lo besé...

—Guácala —gimoteó Leigh.

La cara de Myra se retorció como si hubiera chupado un limón.

—¿Ya terminaste?

Una sonrisa maliciosa se dibujó en los labios de Leigh.

—Todavía no, pero continúa.

—Bueno, lo sentí totalmente distinto a cuando investiga. Sigo creyendo que es un idiota cuando está en su papel de jefe de seguridad, pero, por lo demás, es muy dulce, siempre piensa en los otros antes que en sí mismo. Es como dos personas diferentes, ¿me entiendes?

Los ojos de Leigh voltearon en dirección del retrato del Viejo Bodie y dijo sonriendo:

—Más de lo que te imaginas. ¡Pero, aun así, qué asco!

—Escribe eso en tu libro —le dijo Myra—. En esta fecha, yo, Myra Simmons, pronostico que, dentro de un año, tú, querida

Leigh Howard, conocerás a alguien que pondrá tu mundo patas arriba y amarás cada minuto de eso.

Leigh se rio y comenzó a escribir.

—Entendido —dijo, y siguió garabateando.

—¿Qué más estás escribiendo? —le preguntó Myra.

—El equivalente japonés de decir tonterías.

Myra le dio unas palmaditas en la cabeza como a un perro obediente.

—Ya veremos, hermanita, ya veremos.

Myra salió corriendo para encontrarse con Marcus. Leigh se levantó, se estiró y fue hacia uno de los grandes ventanales. Miró hacia afuera y vio a Myra acercarse Marcus, que hablaba con Tristin y Peg. Myra rodeó a sus padres y tomó la mano de Marcus. Leigh se dio cuenta de que una sonrisa iluminaba el rostro de Peg. Tristin se movió, pero no puso objeción. Cuando Myra y Marcus se alejaron hacia el jardín del patio, Peg pasó su brazo bajo el de Tristin y vio cómo se marchaban.

—Si todavía comiera, esa escena me habría hecho vomitar —dijo una voz hueca cerca del codo de Leigh.

—A mí me parece muy dulce. Espero que les vaya bien. ¡Uy, pero no les cuentes que lo dije!

El Viejo Bodie lanzó un ruidoso gruñido, como solo un fantasma podría emitir, que resonó por toda la mansión.

—Pensar que yo la rescaté hace tantos años y todo para que creciera y se arrojara en brazos de un hombre inferior a ella.

Leigh volteó a verlo:

—¡Eres un esnob! ¿Y cuándo la rescataste?

Por un momento frunció su ceño. Al recordar sus palabras, sus ojos se abrieron de par en par.

—¿Fuiste tú y no él? Tú la llevaste del río a la casa cuando era niña, después de que se cayó del árbol y se golpeó la cabeza.

Bodie bramó y caminó hacia su retrato.

—Se comportó como una tonta y ahora está haciendo lo mismo.

—¿Tonta? ¿Por nadar sola en el río? —le preguntó Leigh.

Bodie giró su cabeza para que Leigh viese su mirada de impaciencia.

—Por supuesto que no. En ese río nadé hasta el día de mi muerte. Pero puedo asegurarte que nunca fui tan tonto como para caerme de un árbol.

Leigh puso sus puños en las caderas y se burló:

—Si ella es una vergüenza para el apellido Simmons-Pierce, ¿por qué la salvaste?

El cuerpo de Bodie dio un giro para hacerlo coincidir con la dirección hacia la que su cabeza miraba.

—Es mi deber proteger a la familia. Eso, por desgracia, la incluye a ella. —Hizo un gesto de amargura y agregó—: Y a él.

Leigh bajó las manos de sus caderas, confundida por la respuesta.

—¿Al Pequeño Bodie? ¿De qué lo proteges?

El Viejo Bodie se abalanzó sobre ella, con el rostro cada vez más descompuesto a medida que se acercaba. Huesos, carne y tendones brillaban, rezumando humedad en su aura púrpura. Un ojo lloroso la miraba. Una cuenca vacía brillaba con matices grotescos donde debería haber estado el otro ojo. Era repugnante mirarlo y su presencia irradiaba crueldad, como si fuera calor de una estufa. Leigh quería darse la vuelta, salir corriendo y gritando de la biblioteca, pero se negó, desafiante, sabiendo que eso era lo que el fantasma quería que hiciera.

Apretó tanto los dientes que le rechinaron las muelas. Los músculos de su cuello se tensaron, impidiendo el impulso de apartar la mirada. Estaba tan cerca de ella que la niebla púrpura oscura que siempre lo rodeaba la devoró. Su presencia le resultaba sofocante.

El aura del Viejo Bodie era un calor de odio y malicia. A Leigh se le entrecortaba la respiración al imaginar el tortuoso fuego del infierno.

—¡De que se transforme en mí! —gritó esa horripilante aparición, al unísono con cincuenta voces en un tono que oscilaba entre el rugido de un león y el chillido de un halcón.

Un lamento de rabia y angustia llenó la biblioteca cuando Bodie se tornó en calavera sin cuerpo y se elevó por el techo. A toda velocidad por la habitación, su cráneo chocó con el retrato de Bodie y, como si lo hubiera golpeado un globo de agua como de pesadilla, una sustancia viscosa púrpura salpicó su superficie. A medida que chorreaba sobre la pintura, esta lo absorbía.

—Por favor, siéntate —le dijo una voz suave desde el sofá detrás de ella.

Al darse la vuelta, Leigh encontró al Viejo Bodie sentado con una rodilla ligeramente apoyada sobre la otra. Ella cruzó la habitación y, sin perderlo de vista, se sentó en una silla.

—No estás bien de la cabeza —le dijo—. ¿Lo sabías?

Él soltó una risita encantadora que dejó a Leigh parpadeando sorprendida. Aunque ya era viejo, algo en él parecía más vibrante y juvenil, más sano.

—Contigo compartimos los abusos que sufrimos mientras estuvimos cautivos —dijo sin preámbulos.

Leigh no podía concentrarse en lo que él decía, estaba demasiado sorprendida por la forma en que lo decía.

—Has dicho «nosotros». No «yo» y no «él». ¿Están unidos ahora o qué?

El Viejo Bodie sonrió y asintió pacientemente con la cabeza.

—Más unidos que de costumbre, pero no somos uno. No una totalidad.

Leigh sacudió la cabeza y frunció el ceño.

—Ustedes dos son los que deberían ver a un terapeuta, no yo.

Bodie inclinó su cabeza y aceptó la observación.

—Tal vez, si aún estuviéramos vivos, pero como están las cosas —se encogió de hombros—, es demasiado tarde para nosotros.

—Demasiado tarde —repitió mientras sus ojos se ponían vidriosos recordando el pasado—. Creía que estaba haciendo todo lo que podía para mantener vivo lo que quedaba de nuestra humanidad, alguna pequeña chispa de nuestra inocencia. En la vida fracasé estrepitosamente. Mi miedo y mi celo hicieron lo que nuestro cautiverio no pudo. Todo lo que era amable o alegre, todo lo que seguía siendo él, se perdió para mí. —Acercó una mano a su pecho—. En la muerte nos dividimos entre lo que me convertí y lo que intentaba y aún intento proteger.

—Alguna vez me dijiste que no podías seguir adelante porque él no quería —le dijo Leigh—. ¿Es por eso? ¿Tienes que quedarte y protegerlo? ¿O es en verdad para proteger lo que queda de inocencia en ti?

—Es exactamente eso. No me arriesgaré a que haga algo que empañe esa inocencia si alguien de la familia estuviera en peligro. Así es como empezó mi caída en la miseria. Ahora hago lo que se requiera para que él nunca tenga que hacerlo.

—Pero ¿qué lo retiene aquí? —le preguntó ella.

—En la otra vida hay repercusiones por las cosas que hacemos en esta. Aunque estamos separados, esa parte de nosotros que es él, en cierto nivel sabe las cosas horribles que hemos hecho, que yo he hecho. Debido al abuso que sufrimos de niños, ¿no es de extrañar que le aterre la posibilidad de ser castigado para toda la eternidad?

A Leigh se le desgarró el corazón.

—Eso es lo más triste que jamás he escuchado.

Sin hacerle caso, Bodie continuó:

—Pero, luego de tantos años, hay esperanza.

—¿De qué se trata? Haré lo que sea necesario para ayudar —dijo Leigh.

El rostro de Bodie se ensombreció.

—Nunca digas eso. «Lo que sea» abarca todo, y necesitas límites, fronteras morales que no cruzarás, pase lo que pase. Límites que nunca tuve el valor de imponerme.

—Creo que lo entiendo, pero quiero ayudar.

—¿Quieres ayudarlo?

—A los dos.

Leigh estiró su mano para tocarle la rodilla. Como siempre, su mano lo atravesó, pero sintió como si sus dedos atravesaran agua en lugar de aire vacío.

El fantasma sonrió ante su valiente esfuerzo.

—Cuando llegaste estabas destrozada y tan cerca de la muerte que apestabas. —Hizo rebotar su bastón en el suelo y en el exterior estalló un trueno—. ¡Ahora estás rebosante de vida!

Leigh se sonrojó y cambió de tema.

—Entonces, ¿cómo puedo ayudar?

—Has demostrado que te sacrificarías por la familia. Eso me hace creer que también lo protegerás a él. Convencido de que así será, puedo soltar, desvanecerme, descansar.

Confundida, Leigh preguntó:

—Creía que no podrías irte mientras él siguiera aquí.

Paciente, Bodie le ofreció otra sonrisa.

—La mente de los vivos nunca podrá entender el mundo de los muertos. Lo más cerca que puedes estar de entenderlo es saber que no puedo avanzar, pero que ya no debo quedarme aquí.

Se levantó con un movimiento tan inesperado y veloz que a Leigh le dio un vuelco el corazón. Saltó de su asiento, preparada para cualquier cosa.

—Adiós, señorita Howard. Usted es una joven extraordinaria

y me alegro de que haya entrado en nuestra vida después de la muerte.

Se inclinó hacia ella y, mientras sus labios helados rozaban su mejilla con un beso, desapareció.

Ella volteó en todas direcciones, buscándolo.

Una pequeña parte de la pared del fondo brilló en azul. La luz se convirtió en niebla. La bruma se arremolinó y se tornó en un pasillo que llevaba a otro mundo. El Pequeño Bodie se acercó a ella, con el pelo alborotado, vestido tan solo con sus calzoncillos largos.

—Me voy a nadar al río. ¿Quieres venir? —le preguntó el niño fantasma.

Leigh sonrió y se encogió de hombros.

—Claro que sí.

FIN

Acerca del Autor

La vida de Shawn es un reflejo de las aventuras que le gusta escribir. Ha sido paracaidista, buzo, practicante del puentismo y de las artes marciales. Shawn es el primero en decir que su condición de marido y padre es, por mucho, lo más loco y gratificante en su vida. Antes de convertirse en escritor profesional, Shawn fue paracaidista del ejército, ingeniero y terapeuta pediátrico.

Los primeros libros que recuerda haber leído son las aventuras de un caballo llamado Blaze y de su joven dueño, Billy, escritas e ilustradas por Clarence William Anderson a mediados de los años treinta. Billy y Blaze siempre se encontraban en medio de algún aprieto, pero con valentía y heroísmo salían de él. Cautivado por ellas, Shawn se propuso escribir sus propias historias. En ese tiempo tenía cuatro años, y desde entonces no ha dejado de hacerlo.

Poco después de su publicación en inglés, en 2022, la primera novela de Shawn M. Warner, *Leigh Howard y el misterio de la mansión Simmons-Pierce*, se convirtió en la más vendida de Amazon en todo el mundo y alcanzó el primer puesto en el género de suspenso y misterio para jóvenes. El libro y su historia han sido una sensación TikTok. Warner ha sido entrevistado en NewsNation, *Inside Edition* y varios medios de FOX News, y aparecido en *The Today Show*, así como en otros programas de televisión y radio locales, nacionales e internacionales.

NOTA DEL AUTOR

La comunicación de boca en boca es crucial para el éxito de cualquier autor. Si les ha gustado *Leigh Howard y el misterio de la mansión Simmons-Pierce,* escriban una reseña en línea donde les sea posible. No importa si es solo una o dos oraciones. Eso marcaría la diferencia y estaría muy agradecido.

¡Mil gracias!

Shawn M. Warner